水野梓

AzusaMizuno

蝶の眠る場所

ポプラ社

蝶の眠る場所

目次

装幀　鈴木久美
装画　チカツタケオ

序章

「まったく、お前はしょうがないな。あっちこっちに散らかして」

愛犬にため息をついてみせながら、左手に引き綱を持ちかえてフンを集める。柴犬のくせにこいつのは小さくて、いつも集めるのに苦労する。遠くまで転がっていった小さなものまで、すべてポリ袋におさめた。袋の口を結んで身体《からだ》を起こそうとした瞬間、ギシリときしむ音がした。先月腰をやられたばかりだ。靴下を履こうと身をかがめたら、激痛でそのまま動けなくなった。中腰のまま、手をかざして空を見上げる。六月の始めだというのに、今日は真夏のような日差しだ。校門の奥、アプローチを抜けた先にある小学校が白くかすんで見える。おそるおそる腰を起こそうとしたその時、四階建ての校舎の屋上で何かが動いた気がした。転落防止の金網の向こうに何か白いものが見える。

日曜日の午後五時すぎ。こんな時間に小学校の屋上に誰かのぼっているのだろうか。この学校には孫も通っている。屋上で太陽光発電をしていると話していたから、機器の点検でもしているのかもしれない。目をこらすと、それは白い半袖の服を着た少年だった。六年生の孫よりすこし小さいだろうか。何かキラキラ光るものを手に、屋上を行ったり来たりしている。

犬がリードを引っぱるので緩めてやると、電柱のそばに駆け寄っていった。夢中で匂いを嗅いでいる。いつもの散歩コース。いつもの電柱。よくも飽きないものだと思うが、サラリーマンだった自分も同じようなものかもしれない。四十年間勤め上げた会社、ようやく手にした小さな戸建ての我が家。妻も息子夫婦も健康だ。定年を迎え、孫が生まれた。このまま何事もなく、日々が穏やかに過ぎてくれればいい。

再び屋上を見上げると、先ほどの少年が、二メートルはゆうにありそうな金網をよじ登っているところだった。てっぺんまで来ると一旦馬乗りになり、体の向きを変えて反対側に降り始めた。高さ一メートルのあたりまで来ると、少年はひらりと屋上のへりに飛び降りた。足場は幅五十センチあるだろうか。背筋が凍りつく。普通の建物より天井が高そうだ。四階建てとはいえ、落ちたら命の保証はないだろう。

「あ、危ないから戻りなさい！」

大声で叫んだが、少年はこちらの声など聞こえないかのように、無表情で屋上のへりに立っている。

「何してるんだ、早く戻りなさい！」

少年が一歩前に出た。助けを呼びたかったが、喉がすぼまって声が出ない。辺りを見回したが、誰もいなかった。背中を冷たい汗が伝い落ちた。

「早く戻れ！」

喉を振り絞って叫んだつもりが、痰《たん》がからんで咳《せ》き込む。

少年がまた一歩前に出た。

「危ない！」

また一歩。

「ああっ！」

また一歩。

次の瞬間、少年がふわりと宙に浮いた。なすすべもなく、ただ見つめる。少年の身体がスローモーションのようにゆっくりと落ちて行く。両目を閉じ、まるで安らかな眠りにつくかのようだ。かすかにほほえんでいるようにも見える。

次の瞬間、硬質な音と共に、銀色のものが地面で跳ねた。ハーモニカだった。はっとして見上げると、屋上に白い半袖シャツを着たもう一人の少年がいた。バラ色に上気した頰《ほお》に、落ちて行った少年とはまるで異質のゆがんだ笑みを浮かべていた。

第一章　告白

なぜ、今日なんだ。

佐野《さの》は頬を刺す冷たい風にコートの襟《えり》をかき合わせながら、駅の券売機で切符を買った。昨夜、車で迎えに行くと言われたが断った。黒塗りの車を横づけされたら、近所の目を引くし、何より歩きながら考えたいことがあった。駅前のロータリーには歳末セールのポスターと、色とりどりの電飾に彩られた小さなモミの木が飾られている。クリスマスの朝。出勤前の若い女性たちの顔がいつもより少し華やいで見える。

東武伊勢崎線の小菅《こすげ》駅の小さな改札口を出て東に向かう。駅を出ると、いきなり住宅街の狭い路地が続いている。一面灰色の殺風景な景色が、吹きつける風をよけいに寒々しく感じさせた。きょうは午後、雪の予報が出ている。

八年前に教誨師《きょうかいし》になったときから、この日が来ることは覚悟していた。望んで教誨師になったわけではない。やめよう、やめようと日々思いながら、話を聞いてほしいという受刑者がいる限りはと、何とかこれまで続けてきた。もちろん、その先に「執行」があることは覚悟していた。でもまさか、牧師である自分が立ち会う初めての執行が、クリスマス当日とは。あまりの皮肉に、思わずため息が漏《も》れる。死刑の執行は法律で土日、祝日、年末年始には行わないと決められている。これまでは突然の執行に備えて、いつでも連絡が取れるようにしていたが、もう年の瀬だ。そろそろ大丈夫だろう、と気が緩みかけていた矢先のことだった。幼い女の子とその母親を殺して峠《とうげ》に遺棄した男が、今日死刑になる。自分が初めて教誨を担当した男だ。教誨は月一回、一時間余り。男は回を重ねるごとに信仰を深め、三年前、六十六歳の誕生日に洗礼を施した。

厳重なボディーチェックを経て廊下を進み、関係者用の待合室に入ろうとすると、どこからか刑務官の会話が漏れ聞こえてきた。思わず足を止める。

「何も、こんな日にやらなくたっていいよな」

「今年は全国で一件もなかったから、『執行ゼロ』にしないための駆け込みだろ。でも、今日やるってのはあんまりだな」

「俺さ、『6番』のこと結構好きっていうか、こう……うまく言えないんだけど」

「わかる。言葉はアレだけど、神々しいっていうか、何かこの世のものじゃないみたいだった」

「うん。ひまさえありゃ聖書読んでて、何か悟りを開いた修行僧みたいだった」

通称『6番』。死刑囚は通し番号で呼ばれる。収監から約十年。六十九歳になった死刑囚の人生の最後に、どんな言葉をかけたらいいのか。引き受けた時から、考え続けた。与えられる時間は五分程度だという。伝えられることはごくわずかだ。心穏やかに天に召されるよう、自分にあたう限りの言葉を尽くそう。そう思ったが、ここへ来てもまだ悩み続けていた。

職員に付き添われ、東京拘置所《こうちしょ》の長い廊下を歩いていくと、その部屋は突然現れた。通称「別れの間」。初めて足を踏み入れたそこは、薄いベージュ色のカーペットが敷き詰められた狭い部屋だった。木目調の壁にはめこまれた祭壇には、真っ白な十字架がおさめられている。その奥にはあらゆる宗教に対応できるよう、仏壇やマリア像やイスラム教の教具などが入っていると聞く。中に入ると、すでに拘置所の幹部や検事らがずらりと並んでいた。これから何が起こるかを物語るように、その表情は一様に硬い。職員に促《うなが》されるまま、中央の小さな机の前に座る。

「よろしいでしょうか」

問いかけた職員に小さくうなずくと、目の前の扉が音もなく開いた。刑務官に両脇を支えられた男が入って来る。部屋の入口で軽く会釈する。この十年で真っ白になった髪はきれいに七三に分けられ、いつもの面会と変わらない穏やかな表情を浮かべている。これから死刑に処される人間には見えない。おびえた様子を微塵《みじん》も見せず、手足が震えることもなく、背筋を伸ばして、ただまっすぐに前を見つめている。男の姿は先ほどの刑務官の言葉通り、何か神々しくさえあった。

所長が法務大臣の死刑執行命令書を読み上げている間も、命令書を掲げている間も、男は微動だにしなかった。

「最後に何か書きますか」

「いえ、気持ちはもう、佐野先生にお伝えしてありますので」

「何か、言い残すことは?」

男は八畳ほどの狭い部屋の中に並んだ拘置所長や処遇部長、立ち会いの検事など一人一人をゆっくり見渡すと、頭を下げた。

「今までお世話になりました。本当にどうもありがとうございました」

そして、こちらに向き直った。

「先生」

その後は、言葉にならなかった。男の目に光るものがあった。

「神様は見守ってくださっています」

「先生、私は……」

男は一瞬迷うように目を閉じた。そして次の瞬間、大きく両目を見開くと、毅然《きぜん》とした声で続けた。

「罰は受け入れます。でもこれだけは、最後にどうしても言っておきたいんです。先生、私は事件には一切関係していません。真犯人は、別にいます」

まっすぐな目。自分を見つめる真摯な眼差《まなざ》しは、嘘をついているようには見えなかった。忘れるはずがない。教誨を重ねる中で、男は毎回、同じ言葉を口にしていた。

「先生、信じて下さい。私はやっていません」

会う度、男に情のようなものが湧いた。容貌も物腰も話す言葉も、とても重罪を犯した人間とは思えなかった。それでも、信じようとした。長い時間をかけて審理を重ね、最高裁判所まで争って刑が確定したのだ。司直の下した結論が間違っていようはずはない。そう信じる方がたやすかった。

しかし今、最期の時を迎えたこの男の目に宿るのは、真実の光だ。そう感じた。そして、震撼《しんかん》した。万が一審判が間違っているのだとしたら、法の名のもとに男は縊《くび》り殺されることになる。

胸中の激しい動揺を悟られないよう、一語一語を区切ってゆっくり発音した。

「神様は、すべてをご存じです」

「信じています。これまでお導きいただき、本当にどうもありがとうございました」

むしろ男のほうが堂々と落ち着いて見えた。男は深々と一礼すると、目を上げて言った。

「お願いがあります。最後に、私の一番好きな讃美歌を聞きたいのです」

それは、いつも教誨のたびに一緒に歌った賛美歌だった。体の深いところからこみ上げるものをおさえながら、心をこめて歌った。

いつくしみ深き　友なるイエスは
罪とが憂いを　とり去りたもう
こころの嘆きを　包まず述べて
などかは下ろさぬ
負える重荷を

歌い終えると、刑務官が男に言った。

「お別れです」

刑務官が男の後ろに回した両手に手錠をかけると、白い布で目隠しをした。アコーディオンカーテンが音もなく開く。すぐ隣の部屋が刑場だった。およそ一メートル四方の赤い線で囲われた踏み板がある。中央に死刑囚の立ち位置を決める小さな四角が記されていた。赤い枠線の中央に立たされると、男は両足を縛られた。

部屋を出ようとした矢先、振り返って見たカーテンの隙間から、天井から垂れ下がる白いロープが目に入った。そのあまりの白さに、胸の中に冷たい手を突っ込まれたような戦慄を覚えた。震える声で、讃美歌三一二番をもう一度最初から歌い始める。最後の瞬間を迎える男の耳に届くように、できるだけ大きな声で歌った。息継ぎをしようと室内の薄い空気を吸い込んだ瞬間、刑場全体が不気味な静寂に包まれた。

ガタン！

大きな音がして、衝撃が直接体に伝わってきた。心臓が跳ねあがる。その瞬間、自分のなかで何かが凍りついた。全身の震えを感じながら、目を見開き、男の最期を見届けた。

第二章　疑惑

小さなショートケーキに立てた二本のろうそくに火をつけると、陸《りく》はさっそく大声で歌い始めた。

「はっぴばーすでーちゅーゆー」

声を合わせて歌い終わると、陸はほっぺたを膨らませて二つの火を上手に吹き消した。

「よくわかってるわねぇ」

母の春子《はるこ》が目を細めると、美貴《みき》は胸を張った。

「あたしに似て、頭脳明晰。将来が楽しみでしょ」

「あんたに似てちゃ困るじゃないの。さ、食べましょ」

いちごを傷つけないよう慎重にナイフを入れた瞬間、けたたましい音でスマホが鳴り出した。

「ちょっと、陸のお祝いくらい電源切っておいたらどうなの」

春子の小言を背中で聞きながら、スマホを持って寝室に入る。

会社からだった。それも社会部デスク席の番号だ。非番の日曜日なのに……美貴は小さくため息をついて、通話ボタンを押した。

「はい、榊《さかき》です」

「おまえ、今どこだ?」

居場所を聞かれて良いことがあったためしがない。

「自宅です」

「おまえんち、町田《まちだ》だったよな」

「そうですけど……」

「今すぐ町田南署に行ってくれ。十歳の男の子が町田第七小の屋上から転落して死んだらしい」

今日は息子の誕生祝いなので、という言葉を飲みこんだ。

「事故ですか?」

「まだわからん。一報段階だ。警視庁クラブから一課担の中村を向かわせるから、ヤツが着くまで守ってくれ」

腕時計を見ると、午後六時半を回ったところだった。六月ということもあって、まだ明るい。昨夜帰宅してから吊るしたままになっていた黒いジャケットに腕を通す。モバイルパソコンと小型のビデオカメラをリュックに突っ込むと、急いで居間に戻った。美貴のいでたちを見て、春子が眉をひそめたのがわかった。陸の顔をのぞき込む。

「ごめんね。ママ、お仕事行かなきゃ」

陸が早くも泣き出しそうな顔になっている。

「美貴、こんな日も行かなきゃならないの?」

春子の片方の眉が吊り上がった。

「ごめん。町田南署だから、私が一番近いのよ。陸の寝かしつけ、お願い」

両手を合わせる。

「あんたって昔からそうよね。頼まれると、絶対にイヤって言えないの」

春子がため息をつきながら、ケーキを皿に載せる。

「ほら、これ食べてから行きなさい」

「ありがと」

フォークに刺したケーキを頬張りながら、おいしいね、と陸に笑いかける。陸はふてくされて目を合わせようとしない。

「ごちそうさま」

美貴が皿をテーブルに置くと、陸が叫び声を上げた。子供用の食事椅子に座ったまま、両手を差し出して抱っこをせがむ。陸を抱きしめた。

「まま、いっちゃやだ!」

ゼロ歳から保育園に行かせているからだろうか。二歳になる少し前から二語文が話せるようになった。最後が「やだ」で終わる言葉が多いことが気になる。

「ごめんね。ママ、お仕事になっちゃったの。ケーキ、ばぁばと食べてね」

まま、まま、と呼ぶ悲痛な声を振り切り、玄関のドアを後ろ手に閉めた。振り返らずにマンションの二階から階段を駆け降りる。廊下に走り出てきたのだろうか。一階に降りても、まだ陸の声が追いかけて来ていた。目の前が滲《にじ》む。去年の誕生日は、出張で大阪にいた。今年こそはと張りきってケーキを焼いたのに、二歳の誕生祝いも最後まで一緒にいてやれなかった。そうまでして働くのは、母親のエゴなのだろうか。

流しのタクシーをつかまえて行き先を告げる。日曜日だ。十分もしないで署に着くだろう。つかの間、目を閉じる。

三十五歳の自分は、本来ならまだ現場取材に奔走《ほんそう》している年代だ。しかし、去年、史上最年少の遊軍キャップに抜擢《ばってき》されてからというもの、現場には出ず、もっぱら社で取材の指揮を執ってきた。最も効率良く成果が上がる布陣を考え、若手に取材のイロハを教えて育てる。

その面白さに目覚めてきた矢先のことだった。配下の記者がミスをした。遊軍には自分より年上の記者も含め、全部で二十一人いる。そのうち最も若い二年目の記者だった。企画の立案から相談に乗り、取材の仕方や映像の編集、原稿の一言一句まで細かく指導した。無事オンエアした直後、視聴者から電話がかかってきた。

「この企画、『やらせ』じゃないですか?」

調べてみると、そう取られても仕方のないような行為があった。記者はまだ二年目。企画を指導した美貴の責任は重い。正式な処分が出る前に、社会部長の権限で遊軍キャップの任を解かれ、ヒラ記者に戻った。おそらく、来週には社としての処分が出るだろう。自分はどうなってもいいから、まだ若い後輩には累《るい》が及ばないようにしてほしい、と社会部長に懇願した。最近はコンプライアンスの締めつけがどんどん厳しくなっている。聞き入れられるかどうかは五分五分だろう。悪くすると、自分だけでなく、後輩も報道局を追われるかもしれない。

署に着くと、消防無線で覚知したのか、すでに警視庁の記者クラブに加盟している数社が一階の大部屋で副署長を取り囲んでいた。

「だからね、同じこと何度も聞かせないでくださいよ。事故か自殺かくらい、いい加減わかるでしょうが」

「いや、だからまだ、署員が現場に着いたばかりで……」

「遺書とか、ないわけ?」

「今のところは……」

おなかまわりに脂肪をたっぷりとたくわえた副署長が、しどろもどろで防戦を強《し》いられていた。手にしたハンカチでしきりに額の汗を拭いている。

「すみません、毎朝《まいあさ》放送の榊ですが、第一発見者は?」

すでに第一ラウンドが終わったところなのだろう。二、三人の記者が迷惑そうにこちらを振り返った。

「散歩中の男性です」

「男性の身元は？」

「架電《かでん》があっただけなので……」

「少年はどこに倒れていたんですか？」

「校舎の下に」

「身元は？」

「まだわかりません。所持品がなかったもので……」

来客用のソファに陣取っている小柄な男性記者が甲高い声で割り込んだ。

「何にもないわけないでしょ。財布とか、着衣の名前とかさあ、もう一時間も経ってるんだよ」

何も答えない副署長に貧乏ゆすりをしながら、さらに声を尖《とが》らせる。

「救急搬送された病院ぐらいわかってんでしょ」

「それは……」

「こんなんじゃ何にも書けないよ。現場付近の病院なのかどうか、それぐらいわかるでしょ！」

副署長の机を叩きながら、脅迫じみた勢いで迫っている。警視庁詰めは血気盛んな記者が多い。警視庁クラブは大手新聞社や通信社の記者にとって、初任地でめざましい成果を上げ、認められた者だけが入れる狭き門だ。テレビ局はそれに比べて、入社二、三年の、まだ右も左もよくわからない、やる気だけが取り柄の若手記者が送り込まれることが多く、実力派の新聞記者からは疎《うと》まれやすい。美貴が二十四歳で警視庁に配属になった頃は、まだテレビそのものを馬鹿にする記者も多かった。捜査一課長の会見で、一課長室のソファに腰を下ろした美貴を、新聞記者が見とがめて叱責《しっせき》したことがある。そこに座る権利を有するのは歴史ある新聞だけ。お前たち新参者にその権利はない。そういうことを言わんとしているのだと感じた。

『そんな旧《ふる》い因習にとらわれてるから、弱小テレビにすっぱ抜かれるんですよ』

そんなことを言って、新聞のベテラン記者を激怒させた。ソファに座っても何も言われなくなったのは、新聞の一面級のネタを次々に抜き、実力を認められるようになってからのことだ。

「病院は、子どもの集中治療室があるところだと……」

副署長が手書きのメモを見ながら答える。

「ちょっとごめんなさいね」

音をたてて床にリュックを置くと、副署長の机に腰掛けていた無礼な記者をどかせた。机の隅でパソコンを開き、予定稿を書くふりをして副署長が握りしめているメモを横目で盗み見る。裏返しているつもりでも、透けて見える。こうした技術も取材のうち。いつのまにか習性として身についた。逆向きだったが、かろうじて『清水大河《しみずたいが》』という手書きの文字が判読できた。亡くなった少年の名前だろうか。

入り口の自動扉が開く音がした。

「美貴さん、遅くなりました」

警視庁担当の中村が走り込んできた。

「大丈夫。ここまでの副の話はメールで送っといたから。穴あきの予定稿も入れといた。カメラ、現場に出てるんでしょ。事故にしても自殺にしても、亡くなった少年が通ってた小学校みたいだから、映像の出し方には気をつけて。デスクにも言っとくわ」

「何から何まですいません」

中村がわざとらしい最敬礼のポーズを取った。声と図体は大きいが、めっぽう気が小さい。去年、三日ぶりに上がった水死体を目撃し、その場で気を失った。

警視庁担当記者が来れば、あとは引き継いで終わり。美貴がこの事件を継続して取材することはない。デスクに報告の電話をかけ終わり、署のガラス扉を出る時、誰かとすれ違った。目線の高さをその人の肩先がかすめた。ふと、沈丁花《じんちょうげ》の香りがした気がして、思わず振り返る。夏服を着た警察官だった。

「署長！」

どこかの記者が大声で呼びかける。

「自殺の線はないんですか？」

別の声がたたみかけたが、当人は集まった記者には目もくれず、落ち着いた足取りで署長室に向かった。背中しか見えなかったが、副署長とは対照的なすらりとした長身。百八十センチはあるだろうか。身のこなしはなめらかで、刑事系の警察官にありがちな、ギラギラした感じはない。短く切りそろえられた髪は黒々としている。キャリア組だろうか。

署長室に入る直前、あたふたと副署長が近づいた。

「あの、少年の母親が……」

「話は署長室で聞きます」

遮《さえぎ》った声は硬質で、否《いな》とは言わせないという威圧感をもっていた。そのまま署長室に入る。そのあとを背中に大きな汗ジミをつくった副署長が追った。

腕時計を見ると、午後八時を過ぎたところだ。陸はもう布団に入っただろうか。今帰っても、陸が寝入るまでには間に合わないだろう。署の前にやってきたタクシーを止めようとした手が止まった。そう遠くないところに、町田市立病院の看板が見える。子どもの集中治療室がある病院と言えば、市内ではあそこだけだ。少年が運び込まれた可能性がある。徒歩十分といったところか。美貴はタクシーを見送り、病院をめざして歩き始めた。

町田市立病院に着くと、小雨が降り出した。美貴はリュックから折りたたみ傘を取り出した。少年の家族は、もう病院に来ているだろうか。「少年の母親が……」の声が気になっていた。署に来た、ということなのだろうか、それとも……。病院の周囲を歩いてみる。救急搬入口の脇の花壇に植えられた紫陽花《あじさい》が、久しぶりの雨を吸って鮮やかに色づいている。今年は空梅雨《からつゆ》だから、ほっと息を吹き返しているのかもしれない。繊細なグラデーションを描く薄紫の花びらに思わず見とれたその時、背後で悲鳴のようなブレーキ音が響いた。振り返ると、タクシーのドアから転がるようにして出てきたのは、脱色したような茶色の長い髪を一つに束ねた女性だった。タオル地のような水色のスウェット上下を着ている。見たところ、二十代後半といったところか。青白い顔で何事かつぶやいている。何も見えていないかのような虚《うつ》ろな表情。ただ口だけが陸に打ち上げられた魚のように、パクパクと動いている。美貴のそばをすり抜けた一瞬、彼女の発している言葉らしきものが聞こえた。

「……ろされた」

美貴は思わず耳をそばだてた。

「……たいが、ころされた……」

思わず振り返る。

『たいが、ころされた?』

女性は美貴の存在には気づかぬまま、救急搬入口へと消えて行った。

今、何と言った? 「殺された」と言ったような気がする。「たいが」という名前は、副署長が持っていたメモの「清水大河」と一致する。救急口から病院に入る。「ＰＩＣＵ(小児集中治療室)」と書かれた部屋の前まで来ると、灯《あか》りはすでに消え、廊下に人の姿はなかった。

あの女性が亡くなった少年の母親だとしたら、事故でも自殺でもなく、他殺の線があるということか。清水大河が執拗《しつよう》ないじめに遭《あ》っていたとすれば、「殺された」という表現になることもあるだろうか。けれど、遺書のようなものは見つかっていないと言っていた。記者としての直感に引っかかるものがある。ただの事故ではないかもしれない。

表に出ると、小雨まじりのひんやりとした空気が首筋を撫でた。美貴は体の芯《しん》にぞくっとするものを感じて、小さく身震いした。

＊

「男子小学生、小学校屋上から転落か

六月三日午後五時十五分頃、東京都町田市の市立小学校の敷地内で、この小学校の男子児童（一〇）が血を流して倒れているのを、通行人の男性が発見、警察に通報した。男子児童は搬送先の病院で間もなく死亡が確認された。遺書のようなものは見つかっておらず、町田南署は事故とみて経緯を調べている。

警察の発表によると、小学校の屋上には高さ一・八メートルの柵があるが、男子児童はこの柵を乗り越えて遊んでいたとみられている。

男子児童が通う小学校の教頭は『警察から詳しい情報が入っておらず、状況を把握できていない』としたものの、『いじめなどはなかったと聞いている』と話した。」

朝刊を閉じて、ため息をつく。社会面の片隅の小さな記事。どこも、ほぼ似たような内容だ。少年一人の命など、事件性や特異性がなければベタ記事程度にしかならないのか。

「榊さん、警視庁の中村記者からお電話です」

研修中の新入社員が受話器を手に甲高い声を上げた。

「ありがと。四番に回して」

固定電話が赤いランプを点滅させると、受話器を上げた。

「中村君、忙しいところ電話もらっちゃってごめん。昨日の町田南の件だけど、なんか遺書とか日記とか、自殺を示唆《しさ》するようなもの、出てない？」

「いやあ、今朝も朝回りしてみたんすけど、何にもないです。自殺の線はなさそうっすね」

「ちょっと確認したいことがあるんだけど、昨日の発表文と副署長レクのメモ、送ってもらえないかな」

「榊さん、こんなのただの事故っすよ」

億劫《おっくう》さを隠そうともしない声。中村も、あの一件からあからさまに態度を変えた一人だ。

「うん、でもとりあえず読んでみたいんだ。忙しいのに、ごめん」

「いいっすけど……」

聞こえよがしなため息を残して、電話が切れた。

それから三十分ほどして、ようやく発表文と警察のレクをメモ書きしたもののコピーがファックスされてきた。あまりの字の汚さに、メモはほとんど判読不能だった。他人には読めない文字であることくらい、本人もわかっているはずだ。打ち直しもしないのは、無言の抵抗だろうか。最近の若い記者は人のことを考えない……そうひとりごちて、苦笑いした。自分もかつては特ダネだけを追い求める傍若無人な記者だった。順繰りに世代交代しているだけではないか。

時間をかけてなんとか読み解いたメモの大半は、副署長と記者たちによる堂々巡りのやりとりだった。しかしその中で一点だけ、副署長が強く匂わせていることがある。事故なのか、自殺なのか、と問いつめる記者に対して、副署長は「事故の線が強い」とかなり早い時点から示唆している。おかしいと思った。ろくに捜査もできていない段階で、事故の線が強いなどと、どうして断じることができるのか。日曜日の夕方という不自然な時間帯に、小学校の屋上に上がっていたのはなぜなのか。周辺には他に誰もいなかったのか。学校に限らず、家庭内に問題はなかったのか……もっと調べが進んでから答えるべきだ。

欲しい情報は、一報を伝える広報文にあった。現場の小学校と死亡した清水大河の住所。二報からは自殺の可能性も出てきたためか、清水大河の名前も住所も消えていたが、一報は所轄の下っ端が打ったものと見えて、個人情報がそのまま記載されていた。

「ちょっと出てきます」

美貴はリュックをつかむと、社を出た。遊軍記者は時間の自由がきく。スマホを取り出し、広報文にあった少年の自宅住所を打ち込んで検索すると、町田駅からは徒歩圏内、さらに美貴の自宅からは車で十分ほどの距離だった。
ＪＲの車内でもう一度メモに目を通す。警察が事故の線を強調したためだろう、今朝の新聞も、ほとんどが「事故」の方向で書いている。学校側も、いじめを匂わせるような遺書が出てきたりすると会見を開くことが多いが、今のところそういった動きはない。学校と警察が最初からそろって同じ方向を向いていることに、違和感を覚えた。

少年の自宅は町田駅から十五分ほど歩いた住宅街にあった。周囲に小綺麗な一軒家が立ち並ぶ中、少年の自宅は、まるでそこだけ置き忘れられたような木造モルタル造りの小さな二階建てアパートだった。かなりの築年数とみえて、錆《さ》びた鉄製の階段はところどころ腐食して穴があいている。上がってすぐの二〇一号室のドアに「ＳＨＩＭＩＺＵ」とパステルカラーで書かれた木製の表札がかかっている。ノックしてみたが、応答がない。もう一度、少し強めに叩いてみたが、やはり何の反応もなかった。あきらめて立ち去ろうとしたとき、部屋の中から何かが割れたような音が響いた。食器のような陶器が割れる音ではなく、金属を高いところから硬い地面に落下させた時のような耳触りな音だ。耳をすませてみたが、それ以上は何の物音もしなかった。本人に話が聞けないのなら、近隣の住民に聞いてまわるという手もあるが、息子を失ったばかりの母親を追い込むようなことをするのは気が進まなかった。美貴はドアの外にしばらく立っていたが、あきらめてそのままアパートを離れた。

＊

藍染めの暖簾《のれん》をくぐると、香ばしい匂いに包まれた。清潔な白木のカウンターに置かれているのは青磁《せいじ》の壺に入った山椒《さんしょう》と七味だけ。メニューは二つしかない。軽めの三千五百円か、それより五本多い五千円の串のコース。最後に焼きおにぎりと濃いほうじ茶が出る。十人も座ればいっぱいのカウンターと、四人用の小上がり。たったそれだけのシンプルな店だが、炭火でじっくりと焼き上げる比内地鶏《ひないじどり》が評判で、なかなか予約が取れない。焼酎と日本酒の種類が豊富なのも人気の理由だ。美貴が高めのベンチに腰かけると、親方が冷たいおしぼりを差し出した。

「いつものやつ、お願いします」

カウンターに小さなぐい飲みが置かれた。表面がざらざらした手ざわりの津軽《つがる》びいどろのグラス。表面に白く浮き出た模様が、八甲田山《はっこうださん》の雪を表しているのだという。親方みずから注いでくれるのは『時空の扉』。秋田の酒粕《さけかす》焼酎だが、日本酒の大吟醸《だいぎんじょう》を思わせる上品な香りで、口に含んで転がしたときの、やさしく奥深い味わいがたまらない。親方の友人が小さな蔵で手作りしているのだという。グラスを傾けながら突き出しの大根の浅漬けをつまんでいると、隣の椅子の背に茶色い革ジャンが無造作に置かれた。くたびれた革が吸い込んだ、外の湿った空気が立ちのぼる。

「元気そうだな。この時間にやれるってことは、また記者に戻ったのか」

「はい。南條さんは？」

「一応、週刊誌の編集部に所属はしてるけどな。フリーの身だ」

親方が前に立つと、南條は目で挨拶し、美貴のグラスを指した。うなずくと、無言のまま奥に消えていく。つかの間の沈黙が訪れた。何か言わなければ、と隣に顔を向けると、こちらをじっと見つめる南條の視線にぶつかり、言葉に詰まった。あの時から変わらない目だ。絶望、孤独、哀しみ、いかなる言葉をもってしても表現できない。井戸に溜まった暗い水の底のような……見つめていると、思わず引きずり込まれそうになる。

もっと昔、記憶の中の南條は、大きな声で笑う闊達《かったつ》な男だった。


先に沈黙を破ったのは南條だった。

「やせたな」

「仕事と育児に追われて、やつれたのかも」

笑ってみせたが、うまく表情を作れたか自信がない。

「変わらないな。その葬式みたいな格好」

黒のパンツスーツに白シャツという美貴のいでたちに目をやった。

「あれこれ考えなくていいから楽なんです」

南條が美貴に向かってぐい飲みを小さく持ち上げ、口をつける。

「何かあったのか。おまえから連絡してくるなんて珍しいな」

「南條さん、先週小五の男の子が転落死した件、ご存じですか?」

「ああ、町田南署管内のやつだろ。いじめ自殺かと思って手をつけようとしたんだが、事故だって聞いてやめたよ」

「それが、どうも単なる事故じゃなさそうなんですよ」

無言のままじっとこちらを見つめ、目顔で先を促す。南條の目には不思議な力がある。気が弱い取材相手なら、何も聞かれなくても言わなくていいことまでしゃべってしまうだろう。

「少年が搬送された病院の前で、母親らしき女性とすれ違ったんです。彼女、真っ青な顔で、ころされた、って何度もつぶやいてた」

「穏やかじゃないな」

「南條さんなら、何かご存じかと思って」

「いや何も入ってきてない」

南條は警視庁に太いパイプを持っている。美貴が毎朝放送で警視庁捜査一課担当の二番機だった当時、南條は大手通信社で捜査一課担当の仕切りをやっていた。通常、一課担は三人の記者で構成される。トップの仕切りは捜査一課長担当、二番機はナンバー2の理事官担当、三番機はそれ以下、と取材先が分かれている。あの頃、特ダネはおろかベタ記事レベルの小ネタすら拾えなかった美貴に、あれこれ親身になってアドバイスしてくれたのが南條の下にいた榊亮輔《りょうすけ》だった。同じ二番機同士、現場や夜回り先で顔を合わせることも多い。理事官の帰宅を待って、千代田区隼町《はやぶさちょう》の官舎の前で毎日のように顔を合わせているうちに、自然と距離が縮まった。三年ほどつきあって、亮輔が三十三歳、美貴が三十一歳の時に結婚。一年後に陸が生まれた。亮輔は根っから快活な男だった。常に明るい笑顔を絶やさず、曲がったことが大嫌いで、誰にでも分け隔てなく接した。酒に弱く、ビール一杯で真っ赤になったが、酒席には最後まで付き合う。「成長した陸と杯《さかずき》を酌《く》み交わすのが夢だ」と言っていたのが、つい昨日のことのようだ。

美貴の考えを読んだかのように、南條が聞いた。

「坊主は元気か」

「二歳になりました」

「かわいい盛りだろう」

「生意気になってきました。段々、亮輔に似てくるみたいです」

南條は残っていた焼酎を飲み干すと、手の中でぐい飲みをもてあそびながら沈黙した。

亮輔は去年、取材中に事故で死んだ。運転していた車ごと崖下に転落。頸椎《けいつい》を折り、即死だった。同乗者がいなかったのが、せめてもの救いだった。陸はその時、生後七か月。なぜ亮輔は事故など起こしたのか、考えても考えてもわからなかった。運転の腕は間違いのないタイプだった。アルコールが検出されたわけでもない。峠道とはいえ、しっかり舗装され、ガードレールも整備された安全な道だった。

事故当時、チームを仕切っていたのが亮輔の五年先輩にあたる南條だった。「連日の取材で疲れきっていた榊に運転を強いた責任は自分にある」。そう言って南條は事故の直後、周囲の反対を押し切って会社をやめた。以来フリーの立場で書いているが、最近の出版不況で依頼が減っているのではないか。会う度に背負う影が色濃くなっていくような気がする。まるで自分を痛めつけるかのような飲み方。見ていられなくて、つい目をそらした。

ほとんど話が弾まないまま、それぞれ六、七杯のグラスを空けて店を出た。

「仕事は順調なのか」

酔いつぶれたサラリーマンの間を縫うようにして駅に向かいながら、南條が聞いた。

「実はミスがあって、遊軍キャップ、降ろされちゃいました」

静かなカウンターより、歩きながらの方が素直に話せる。自分から言葉を重ねた。

「後輩が持ってきたネタで、商社マンが脱サラして始めた、障害者が焼くケーキを出すカフェっていうのがあったんですけど、客がほとんどオーナーの知人だったんです。テレビの宿命ですよね。後輩が『できるだけ賑わってる店内を撮りたい』って言ったみたいなんです。普段は閑古鳥《かんこどり》が鳴いてるそうで、オーナーが友人や知人に声をかけたんです。店に来てくれないかって。別にお金を払って頼んだわけじゃないんです。でも、そのうちの一人からタレコミがあって。『オーナーの知人』を名乗る男性が、『オレはあの日オーナーに頼まれて店に行っただけで、本物の客じゃない。ヤラセだ』と」

「そのタレコミさえなきゃ、セーフだな。つまり、オーナーに対して悪意のある人物ってことか」

「そうなのかもしれません。うちの幹部に対して『きちんと事実を公表して訂正放送しろ。さもなきゃ担当記者を飛ばせ』って息巻いたみたいで」

「で、記者の代わりにお前が処分受けたってわけか。お人好《よ》しにもほどがあるな」

「だってその記者、まだ二年目なんですよ。私の不注意のせいで最初からつまずかせちゃったわけで……」

「榊亮輔が言いそうなセリフだな」

笑いながら言う。言葉とは裏腹に、目は少しも笑っていなかった。

十分ほど歩いて新橋駅前のＳＬ広場まで来ると、どちらからともなく立ち止まった。

「後輩のことだけどな、心配するな。その程度のミスは一年もすればみんな忘れる。傷はいつか必ず癒えるさ」

「ありがとうございます。なんか、元気出てきました。南條さんもお体に気をつけて」

笑顔で手を振った。南條はこちらに肩幅の広い背中を向けたまま、片手を上げて去っていった。

「傷はいつか必ず癒える」。その言葉が真実でないことは、お互いわかっていた。世の中には、決して癒えない種類の傷もある。亮輔のことを思いだすと、今も生木を裂くような激しい痛みに襲われる。思い出そうとしなくても、ふとした瞬間に亮輔と過ごした日々の記憶がよみがえり、全身を引き絞られるような痛みに襲われる。そんなときは両手で身体を抱え、歯を食いしばって耐えるしかない。刻み込まれた傷は、そう簡単に消えてはくれない。そのことを、他ならぬ南條自身が知り抜いていることを、雑踏に紛《まぎ》れることさえできない背中が語っていた。

*

学校の屋上から転落死した清水大河の葬儀は、学校から歩いて十五分ほどの小さな寺で営まれた。美貴は山門に隠れるように立って、弔問《ちょうもん》に訪れる人々を見ていた。大河のクラスメートなのだろう。ハンカチで口元を押さえた親に手を引かれながら足元がふらついている子、霊前に供えるつもりなのか、菓子やジュースを手にしている子、それぞれ一様にショックを受けたような表情を浮かべている。五年生と言っても、まだ男の子たちの顔つきはあどけない。陸の八年後を想像して、胸が苦しくなった。大河の遺影に手を合わせたかったが、やはりマスコミの立場で葬儀の席に堂々と入って行く気にはなれなかった。しばらく様子を見て、その場を離れた。落ち着いた頃に大河の自宅にもう一度行ってみよう。駅に向かって坂を下り始めた。

中腹まで来たところで、坂の下から白い半袖シャツに、黒いサスペンダーのついた半ズボン姿の少年が上ってくるのが見えた。清水大河の葬儀に行くのだろうか。少年は一人で歩いていた。周囲には誰もいない。何も持たず、ただ黙々と、まっすぐに前を見つめて歩いている。狭い道だ。お互いに正面を向いたまますれ違うのは難しい。美貴が立ち止まって半身になると、少年はまるで美貴の存在など目に入らないかのように、前を向いたまま歩調を変えずに歩いていく。すれ違った直後、美貴は振り返って少年の後ろ姿を見つめた。少年は確かに笑っていた。笑っていたというより、顔の表面にうっすらと笑みを貼りつけていた、という表現のほうが正しいかもしれない。なぜか、昔見た「オーメン」という映画を思い出した。六月六日午前六時に誕生し、頭に「666」のアザを持つ悪魔の子、ダミアン。どこかの国の外交官がローマの産院で、死産したわが子の代わりに同じ時間に誕生した孤児を引き取ったのだ。結末は忘れたが、後味の悪い物語だった気がする。なぜそんな連想をしたのだろう。事件のあった六月三日に、一足早い陸の誕生祝いをしていたからか。陸が生まれた日、口の悪い亮輔が「六月六日か。悪魔の子来たる、だな」などと冗談を言って笑っていたっけ……瞬間、鋭い痛みが走る。思わず胸を押さえた。動悸が速くなり、冷や汗が吹き出す。亮輔のことを思い出すと息が苦しくなり、全身を細い針金できつく縛られたかのように、身動きできなくなる。

どうにかやり過ごして再び歩き出したとき、目の前にサスペンダーの少年のゆがんだ笑みが浮かび、全身が粟立《あわだ》った。早く帰って、陸を思い切り抱きしめたい。美貴は坂を下りる足を速めた。

＊

葬儀の後、毎日清水大河のアパートに通っている。「たいが、ころされた」。あの日病院で聞いたつぶやきの意味を知りたかった。しかし、一週間経っても誰も出てくる気配がない。薄い壁の向こうからかすかな物音がするので、誰かが中にいるらしいことはわかる。中村から取り寄せた警察の発表文に家族構成は載っていなかった。父親はいないのだろうか。陸を自宅そばの保育園に預けてから来るので、いつも朝八時過ぎになってしまうのだが、それから美貴が会社に向かう九時頃までに誰かが出入りすることはなかった。今日は物音すら聞こえてこない。もしかすると、もっと早い時間に家を出てしまったのだろうか。夜にでもまた来てみよう。そう思って駅に向かった。時計を見ると、八時十五分だ。出社時刻の十時には、まだ間がある。コーヒーでも買おうとコンビニに立ち寄った。

店内に一歩足を踏み入れると、かすかな異臭が鼻をついた。すえたような臭《にお》い、一体何だろう。一番奥の酒の棚まで来ると、強烈な臭いの正体が明らかになった。女性が一人、床にうつぶせに倒れている。顔を覆う長い髪が吐瀉物《としゃぶつ》にまみれていた。周囲には缶チューハイが五、六本、隣のパンの棚の下まで転がっている。

ランドセルを背負った少年二人がそばに寄ってきて、わざとらしく大声を上げる。

「うおお、汚ねぇ！　ゲロまみれだ！」

「くっせ～！　朝から酔っぱらい、マジ困るんですけどぉ～」

声変わりする前の甲高い声が店内に響き渡った。

「コラ、突っ立ってないで、手伝うか、早く学校に行くかしなさい」

二人を一喝し、美貴が女性のそばにかがみこむと、小学生たちは何事か叫びながら走り出て行った。女性の頭の下に腕を入れて助け起こす。相当酔っているようで、アルコールと吐瀉物の混じりあった、熟れすぎた柿のような息をまともに浴びた。

「大丈夫ですか？」

声をかけると、若い女性の店員が通りかかったが、美貴と目が合った途端、さっとそらした。

「あ、ちょっと、手伝ってもらえますか」

店員の表情が強張《こわば》る。

「ちょと、店長よんでくる」

たどたどしい日本語を残して、店の奥に消えた。

「立てますか？」

女性の顔にかかった髪をそっと手でのける。思わず息をのんだ。横顔しか見ていないから確信はもてないが、あの日、市民病院の入口で見た清水大河の母親に似ている。

「大丈夫ですか？　お送りします」

女性の閉じられたまぶたがかすかに動いた。

「お住まいはどちらですか」

「すぐ、そこ……本宮町」

清水大河の自宅も本宮町だ。

「歩けますか?」

かすかにうなずいた。上半身を両手で支えて立ち上がらせると、ぐらりと揺れた。

「あ、ごめんなさい。えーと……」

「ゆうこ……しみず、ゆうこ」

間違いない。清水大河の母親だ。

「ゆうこさん、ここにつかまってください」

美貴が腕を差し出すと、ゆうこは全身を預けてきた。重みで美貴の体が酒の棚にぶつかり、チューハイの缶がいくつか転がり落ちた。

音に気づいたのか、奥の扉から店長とおぼしき小太りの男が出てきた。

「ちょっと、何やってるの」

明らかに迷惑そうな顔で言う。

「すみません、ちょっと酔っぱらっちゃって……あの、これ全部買いますから」

床に転がったチューハイの缶を指さす。店長は汚いものをつまむようにレジ袋を裏返しにしてチューハイをすべて拾い上げると、顔をゆがめたままこちらに突き出した。

「この人さあ、いつも酒ばっかり買いに来るんだよ。あんた友達かなんか？」

「ええ、まあ」

「こんなになるまで、飲ませないでよね」

「すみません。自宅に送り届けたら、戻ってきて掃除……」

「そんなの待ってられるかよ」

ハエでも追い払うようなしぐさで遮られた。

「すみませんでした。お釣りは結構ですから」

財布にあった五千円札を置いて店を出た。

店から清水大河の自宅までは三分とかからないが、大人の女性を引きずっていくのは骨が折れる。仕方なく、美貴は買い取った酒の缶を入れたリュックを前にまわし、ゆうこを背負って歩き出した。引きずっていた時には重い気がしたが、背負ってみると、ゆうこの体は不自然なほど軽かった。スカートから突き出た足も、美貴の二の腕くらいの太さしかない。健康的な痩せ方ではなかった。まともに食べていないのだろう。取材で何度か目にした、薬物やアルコール依存症患者の体つきに似ていた。

「ごめん……ごめんね」

背中から聞こえるつぶやきに、胸が潰れた。この人は大切な息子を失ったばかりなのだ。酒に溺《おぼ》れることで、辛すぎる現実から逃げているのだろう。わからないわけではない。夫の死はもちろん辛かったし、自分の中に埋めようのない永遠の空洞を生み出した。けれど、子どもの死というのは、そんなものでは済まされないのではないか。生きたまま自分の一部をむしり取られるような、無理やり肢体をもぎ取られるような、そんな血の噴き出るような激しい痛みを伴うものなのではないだろうか。

「ゆるして、大河……ママをゆるして……」

背中のつぶやきは、いつしかすすり泣きに変わっていた。夢を見ているのだろうか。せめて夢の中だけでも大河君に会うことができているのなら……美貴はことさらにゆっくりと歩を進めた。

ゆうこに言われた通り、スカートのポケットを探ると小さながま口の財布が出てきた。中に入っていたカギで扉を開ける。カーテンを閉め切っていたらしく、部屋のなかは薄暗く、黴《かび》と生ゴミの混じり合ったような臭いがした。八畳ほどの部屋は予想に反してきちんと片付いている。畳の上に小さな座卓が置かれ、そばに布団が敷かれている。その上には枕とタオルケット。寝具を汚したくなかったので、畳の上にゆうこを横たえた。水を飲ませようと流しに立つと、臭いの原因に気がついた。発泡酒、焼酎、ワイン、ワンカップの日本酒……ありとあらゆる酒瓶が乱立している。中身が残っているものもあるとみえて、発酵したような臭いが立ち込めていた。

流し台の上にあった湯呑みに水を汲むと、ゆうこの上半身を起こして飲ませた。途中で咳き込んだものの、水を飲み終えるとゆうこは再び目を閉じた。とりあえず今は眠らせよう。流し台にかけてあった布巾《ふきん》を濡らし、固く絞ってゆうこの髪を拭《ぬぐ》った。乾いた吐瀉物が長い髪にこびりついて中々落ちない。流しとの間を何度も往復した。ようやくきれいに拭き終えると、自分のジャケットの汚れた部分を拭い、布巾を洗って干した。アパートの廊下に出て会社に電話をかける。息子に熱があるので休ませてほしい、と言うとあっけなく了承された。いてもいなくても同じ、そう言われているような気がして、そっとため息をついた。

部屋の中を見回してみる。一段ごとに引き出しの色が違うプラスチックのたんす。一番下の緑色の段のひび割れたところにガムテープが貼られ、側面に取り付けられたU字型のフックには黒いランドセルが掛かっている。たんすの上には骨壺《こつつぼ》とおぼしき包みと写真立て。大河なのだろう。少年が一人、咲き誇る菜の花畑の真ん中で恥ずかしそうに笑っている。母親が撮ったものだろうか。撮影者に向ける屈託のない笑顔は、無邪気で愛嬌があった。一重まぶたに小さな口、すっきりと鼻筋の通った面差《おもざ》しはゆうこによく似ている。そばにあった線香に火をつけて手を合わせた。じっと目を閉じる。様々な光景が閉じたまぶたの内側に像を結んだ。大河が飛び降りた小学校の屋上。病院の救急搬入口の脇に咲いていた色鮮やかな紫陽花。路上を叩いていた細い針のような雨。葬儀の日、坂をたった一人で登ってきた黒いサスペンダーの少年――

「ありがとう」

振り返ると、ゆうこが横たわったまま、美貴を見上げていた。まだ目のふちは赤いが、アルコールが抜けてきたようだ。

「すみません、勝手に」

名乗ろうとして、迷った。この段階で記者だと明かすべきだろうか。まだ早いのではないか。とはいえ、どうせ後からわかることだ。騙したような印象を与えるかもしれない。

逡巡《しゅんじゅん》していると、ゆうこが物憂《ものう》げな口調で言った。

「記者さんでしょ」

「どうして……」

わかっていたのなら、なぜ美貴を家に上げたのか。

「だって、毎朝アパートの前に立ってるのが見えたもん。じっとこっちを見てて、そのまま何もしないで帰っちゃう。他の記者さんたちは平気でドア叩くのにって、こっちが歯がゆかったくらいだよ」

うっすらと笑う。笑うと右頬に小さなえくぼができた。肌に透明な水の膜を張ったような潤いがある。まだ若いのだろう。

「毎朝放送社会部の榊美貴といいます」

「清水結子《ゆうこ》。結ぶ子、って書いて、ゆうこ」

たんすの前に正座する。

「この写真、大河君ですか」

「そう」

「清水大河、すてきなお名前ですね。清い水の流れる大きな河」

結子は首を振った。

「大河って名前つけたときは、清水じゃなかったんだ。後からたまたまそうなっただけ」

表情に影が差した。どこかの時点で離婚したということか。続きを待ったが、それ以上の説明はなかった。結子は上半身を起こすと、足を投げ出したまま、両手を後ろについて身体を支えた。

「大河、事故で死んだことになってるんでしょ」

「警察発表では、今のところ転落事故の可能性が大きいと……」

結子が眉根を寄せた。

「あたしもそう言われた。学校の屋上でハーモニカの練習してて、誤って落ちたんじゃないかって」

「ハーモニカ?」

「学校で合奏の発表する予定だったの。うちでもしょっちゅう練習してた。別に大きな音が出るもんじゃないし、やめなさいとか言ったこともないし。だから、わざわざ学校の屋上なんかに行くはずないんだよ。柵乗り越えてんのもおかしいでしょ?」

「それじゃ……」

「事故なわけない。絶対に、事故なんかじゃない。大河は誰かに殺されたの」

結子の充血した目がひときわ大きく見開かれ、ギラギラと異様なほど強い光を放った。

「いじめ、ですか?」

「そんな甘っちょろいもんじゃない。大河は誰かに殺されたんだ。警察に言っても全然聞いちゃくれないけど」

それから射貫《いぬ》くような目で、美貴をひたと見据《みす》えた。

「ねえ、記者なんでしょ。本当のこと、調べてよ」

色白な肌が紅潮している。

「取材してよ。それが仕事でしょ?」

「それには、色々と質問させていただかないと……思い出したくないことを聞いたり、プライベートなことに踏み込んだりするかもしれません。それでも、大丈夫ですか?」

「……まあ、質問によるけど」

結子が目をそらし、つぶやくような声で言った。先ほどの興奮がうそのように、一切の表情が失われている。彼女が抱えているものは、息子を失った悲しみだけではないのかもしれない。直感的にそう思った。

「学校に行って、話聞いて来てよ。全然相手にしてくれないの。あたしのこと、息子が死んでおかしくなったと思ってる」

美貴は、結子を正面からまっすぐに見つめた。

「まずは、あの日のことをお聞かせいただけませんか」

結子はしばらく自分の手に視線を落としていたが、やがてゆっくりと口を開いた。

結子が話した事件当日の経緯は、警察発表とさほど変わったところはなかった。当日は日曜日。喫茶店を営んでいる結子は、仕事に出ていた。これまで土日は店を開けていなかったが、大河が小学校高学年に上がった頃から、一人で留守番させて仕事に出るようになった。だから、大河が何時頃家を出たのかは知らない。午後七時すぎに帰宅し、大河が戻らないことに気をもみ始めた頃、警察から電話がかかってきた。連絡先を探すのに手間取ったらしい。病院に駆けつけたが、大河はすでに息を引き取った後だった。

ずっと気になっていたことを思い切って聞いてみた。

「大河君のお父さんには、知らせたんですか?」

いつかは聞かなければならないことだ。そう思いながらも、結子の苦い表情を見ると、やはり聞くべきではなかったか、という思いが頭をもたげる。長すぎる沈黙が、罪悪感を通り越して不安に変わり始めた頃、結子がようやく重い口を開いた。

「病気になって、施設に入ってる」

「施設?」

「ココロを病んじゃった人が行くところ」

「どちらの施設に……」

「知らない」

「町田の近くですか」

「ほんとに知らないんだってば！」

顔を紅潮させ、叫ぶように言った。何か話したくない事情があるのかもしれない。

「ご結婚はいつ頃ですか」

「大河を妊娠したとき」

「十一年前、ということでしょうか。大河君のこと、お父さんのご両親には？」

「二人とも死んでるもん」

「結子さんのご両親は？」

「知らない」

吐き捨てるように言う。

「……知らないって、どういうことですか」

「知らないものは知らないんだよ！」

結子が先ほどより激しい口調で目をむく。両親と仲たがいでもしているのだろうか。せっかく開きかけた結子の心が急速に硬化しているのを感じ、質問を変えた。大河の小学校のクラス、担任教師の名前……結子は身じろぎもせず、暗い目をしたまま、淡々と質問に答えた。美貴は一通り聞き終えると、これから大河の小学校に行ってみる、と言って立ち上がった。結子は目を伏せたまま、うなずいた。承諾のしるしと理解して部屋を出ようとしたところで、もう一度だけ聞いた。

「あの、大河君のお父さんのことですが……」

結子は気だるそうに長い髪をかき上げると、これ以上何も話したくないという風に首を振って遮った。

「もう疲れた」

そのまま横になって、美貴に背を向けた。

玄関の扉を半分開けて振り返ると、たんすの横に掛けられたランドセルが目に入った。持ち主を失ってこころもとなさそうな黒革のランドセル。咲き誇る一面の菜の花に囲まれた大河の笑顔が重なった。


結子のアパートを出て、小学校の場所をスマホで検索する。ここからだと、最寄りの駅から電車に乗って四駅だ。もっと近くにも小学校があるはずなのに、なぜ大河は電車で通学していたのか。学区の小学校を検索してみる。やはり、近隣に小学校が二つある。そのどちらも選ばずに、なぜわざわざ離れた小学校に通っていたのだろう。転々としているうちに、どんどん遠ざかって行ったのか。結子には何か言いたくないこと、あるいは言えないことがあるのかもしれない。学校に行けば、手がかりがつかめるだろうか。

大河が通っていた町田市立第七小学校に着くと、まずは転落現場を見に行った。大河が落下した校舎の真下はアスファルトで舗装されている。チョークのあとも消え、まるで何事もなかったかのようだ。見上げると、小学校の屋上にはブルーシートが張りめぐらされていて、何も見えない。あきらめて正門に戻った。何をどう取材したらいいのか。「大河を知っているか」「いじめはなかったか」「何かに悩んでいる様子はなかったか」……下校する生徒たちを校門でつかまえて手当たり次第に聞き込みをする、というのは現実的でない。すぐに不審者として通報されるだろう。この際、正面切って学校に取材を申し込むしかない。腹を決めて、校門をくぐった。

校舎の受付で名刺を出し、校長に面会を申し込むと、不在だと告げられた。三、四分して応接室に現れたのは教頭を名乗る女性だった。名刺を出したが、受け取っただけで自分の名刺は出そうとしない。べっ甲縁の眼鏡にショートカット。髪にはうるおいがなく、水玉模様のフリル付きシャツにチェック柄のスカートというちぐはぐな服装で、所々ひび割れた茶色い革のサンダルを履いていた。

「どういうご用件でしょうか」

膝の上できっちりと重ねられた両手、あごを上げて相手を見下ろすように話すまっすぐな姿勢。どこかで見たことがある気がした。

「清水大河君の件で伺《うかが》いました。単刀直入にお聞きします。学校としては、どうお考えなのでしょうか」

「どういうことでしょう」

「警察は事故と発表していますが、そのようにお考えですか？」

「捜査機関が事故としたものに、我々が何か言うことができますか？」

「いじめの有無などについて、生徒たちへの聞き取りは予定されていないのでしょうか」

案の定、「いじめ」という言葉に教頭は敏感に反応した。

「転落事故の再発防止策については現在検討しているところですけれども、『事故』の調査は警察の方で十分に尽くされておりますので、我々としてそれ以上何かするということは考えておりません」

「全校集会などは開かれたのでしょうか」

「清水君の『事故』については、校長が月曜日の朝礼で、すでに生徒たちに話をしております」

もう一度、「事故」を強調した。

「クラスメートから話を聞かれましたか？」

「日曜日でしたし、他に誰も学校には来ていなかったので、事故についてわかる者はおりません。特にそのような必要性を感じておりませんので」

取り付く島もない。これ以上何を聞いても無駄だと判断し、最後に清水大河の写真を見せて欲しいと頼んだ。五分ほど待たされた後、教頭が持ってきたのは去年の運動会の集合写真だった。いくらか緊張した面持ちの子もいるが、おおかたは白い体操着に身を包んで晴れやかな顔だ。それなのに、大河にはまるで表情がない。身長も低く、体つきも細く、骨張っていて頼りない。他の子たちに比べて、二歳ぐらい年下に見える。まわりの子に視線を移していくと、吸い寄せられるかのように、大河の右斜め下の少年に目が留まった。忘れもしない。大河の葬式の帰りにすれ違ったサスペンダーの少年だ。

「そろそろ、よろしいでしょうか」

教頭がひったくるようにして写真を取り上げた。

「あの、屋上に上がらせていただくことは?」

「できません。今、安全対策を進めているところですので」

教頭はせわしなく目をしばたたかせると、腰を上げた。せっかちな性格なのだとしても、明らかに落ち着きを欠いている。

「あの、最後に一つだけお聞きしたいのですが、大河君は何かクラブ活動などに参加していましたか?」

「少々、お待ちください」

迷惑そうな顔を隠そうともしないまま部屋から出て行ったが、数分とたたずに戻ってきた。

「理科実験クラブだそうです」

「そうですか。担任の先生か、クラブ活動の先生にお話を伺うことはできますか?」

「本校の取材については、すべて校長か私がお受けすることになっております」

にべもない答えに、そのまま立ち上がるしかなかった。

校門までの道をゆっくりと時間をかけて歩いた。大河が見た景色、走り回った校庭、給食室の匂い……大河が感じたものに少しでも触れたかった。わずか十年で閉じられてしまった短い人生。幸せな生を全うすることができなかった大河の記憶の断片を、せめて自分の中に刻みつけておきたかった。

校門を出ようとしたとき、門の手前にガラス張りの掲示板があるのに気づいた。何枚かの絵が貼り出されている。中央の絵に吸い寄せられるようにして見入った。青空のもと、大きく羽を広げた蝶を描いた絵だ。『飛翔』というタイトルの下に「清水大河」の名前があった。「全国絵画コンクール優秀賞」と書かれている。手前から奥に向かって段々と細くなっていく煉瓦《れんが》の道。遠近感はしっかりと描けているのに、蝶が奥の方からこちらに向かってくるのか、手前から奥に向かって飛んでいるのかわからない。不思議な感覚に引き込まれた。胸の奥がざわざわと波立って落ち着かなくなる。風を受けて悠々と飛ぶ蝶の姿は、のびやかなようでいて、どこか見る者に漠然とした不安を呼び起こす。ただ一人飛び続ける自由、晴れやかさと気高さ。一方で、孤独と危うい脆《もろ》さが潜んでいる……絵画に明るいわけではないが、小学校五年生の作品とは思えない巧緻《こうち》性と、成熟した精神性を感じさせる絵だった。

「気に入られましたか」

突然後ろから声がした。振り返ると、教師だろうか。青色のジャージ上下に、竹ぼうきを手にした若い男性が立っていた。

「これ、亡くなった清水大河君の……」

「ええ。大河は絵が得意だったんですよ」

大河、という呼び方に親しみが感じられた。

「先生、でいらっしゃいますか」

「はい、森沢《もりさわ》と言います。理科実験クラブの顧問をしています」

「大河君の入っていた……」

「はい」

森沢は一瞬目を伏せてから、美貴を問うような目で見た。

「あ、毎朝放送の記者をしております、榊と申します」

「あ……事故のご取材ですか」

「いえ、取材というか……実は大河君のお母さんと知り合いになって、個人的に調べているというか。あの、差し支えなかったら、少しお話を伺えないでしょうか」


森沢が案内してくれたのは、理科実験教室だった。この小学校は理科系に力を入れていて、三年前から専任の理科教師を置くようになったのだという。森沢は大学卒業と同時に、この小学校に配属されたのだと言った。

「すみません、こんなところで。職員室だと色々とうるさいので」

「わかります。先ほど女性のえらい先生とお話ししてきましたから」

お互い目で笑い合った。黒い天板が載せられた大きな机の上から、生徒用の木の椅子を下ろしてくれた。机と机の間には水道の蛇口が設置されていて、みかんを入れるような赤いネットに包まれた石鹸がぶら下がっている。

「清水大河君の件、先生は事故だったと思われますか。他の可能性はないのでしょうか。たとえば大河君がいじめられていたということは？」

「私の知る限り、大河がいじめられていたということはなかったと思います。すごく静かな子で、大抵一人でいました。絵を描くようになってからは、ますます寡黙《かもく》になって……あ、そうだ。少々お待ちください」

森沢が出て行ったので、教室の中を見て回った。小学校の教室に入るのは何年ぶりだろう。窓際に置かれた水槽の中を覗《のぞ》くと、五センチほどの水の中にまだら模様の蛙《かえる》がいた。「ベルツノガエル」とラベルが貼られている。「トウキョウサンショウウオ」と書かれた水槽の中では、黒いとかげのようなものがうごめいていた。海水魚の入った水槽には、びっしりと藻がはりついている。その隣に「ＡＴＴＡＣＵＳ　ＡＴＬＡＳ　ＭＯＴＨ」と書かれた大きな蛾《が》の標本。隣のイーゼルに同じ蛾の絵が描かれたキャンバスが架けられている。

「すみません、お待たせしました」

「絵もここで描かれるんですか？」

「ええ、この部屋広いんで、美術部と共同で使っているんです。美術室が狭いもので……。

大河は理科実験クラブだったんですが、ここにある標本を模写したりしているうちに、いつの間にか絵を描くようになったんです。これ、ご覧になってみてください。すべて大河が描いたものです」

森沢がB４サイズのスケッチブックを手渡した。ひもを解いて最初のページを開くと、鉛筆で描かれた鳥のデッサンがあった。細い几帳面な線で羽の輪郭をなぞっていて、ふわふわした羽毛の感触まで伝わってくるようだ。

「これは?」

「ああ、ピーちゃんですね」

森沢は笑顔になって奥に消えると、白い鳥かごを手に現れた。中に絵とそっくりな水色の鳥が入っている。

「このセキセイインコ、クラブのみんなで飼っていたんです。中でも大河はすごく可愛がっていました」

インコはせわしなく首を上下させている。

「気に入られたんですね。こうやって首を動かすの、こいつの愛情表現なんです」

「しゃべりますか?」

「ええ。あいさつ程度なら」

その時ノックの音がして、若い女性が顔をのぞかせた。

「ああ、ここにいた。森沢先生、そろそろ職員会議です」

「ああそうだった、すぐに行きます」

申し訳なさそうな顔で美貴に向き直る。

「すみません。行かなくちゃいけないんで、どうぞご自由に見ていらしてください。鳥かごは、その机の上に置いといてくだされば大丈夫です。校門までの行き方、分かりますか？」

「はい、たぶん大丈夫です」

森沢が出て行くと、教室の中は静寂に満たされた。スケッチブックをめくる音が、ことさらに大きく聞こえる。最初のページに描かれていたインコ以外は、すべて蝶の絵だった。掲示板にあったような彩色されたものではなく、すべて鉛筆で描かれている。羽の模様の一筋まで細部を丁寧に描きこまれた蝶は、今にも飛び立ちそうだ。大河の卓越したデッサン力に舌を巻いた。十歳とは思えない、力強さと繊細さを兼ね備えた線描《せんびょう》。蝶の絵は全部で十三枚あった。あとは真っ白なページが続く。めくっていったが、何もない。スケッチブックを閉じようとした時、最後の一枚で手が止まった。

「何これ……」

それはクレヨンで描かれた絵だった。留め金がついた白の鞄《かばん》に短い持ち手。女性物のハンドバッグのように見える。それまでの蝶のデッサンとまるで違う、荒っぽい線と稚拙《ちせつ》な造形。とても同一人物が描いたものとは思えない。大河が自分で描いたのだろうか。よく見ると、バッグの持ち手に茶色いシミがついている。血のようにも見える。これは一体……。

突然、ガサガサと羽音がしたので鳥かごをのぞくと、インコが羽を広げていた。窓の外から射し込む午後の明るい日差しに、水色の羽が七色に輝いて見える。

「ピーちゃん。こんにちは」

話しかけると、警戒するようにこちらをじっと見ている。

「大河君のこと、覚えてる?」

じっと見つめたまま、動かない。

「ねえピーちゃん、大河君はどうして死んじゃったのかな」

顔を近づけると、首をかしげるような仕草をした。

「たーいーがくん。覚えてる?」

幼児にするように節をつけて言うと、ピーちゃんが突然、頭をもたげて首を上下し始めた。

「ターイーガクン」

「すごい! そうよ、たーいーがくん」

「ターイーガクン、イトコロシ」

「え?」

「ターイーガクン」

「なに?」

「ヒ・ト・ゴ・ロ・シ」

第三章　因果

翌日、毎朝放送社会部の遊軍席では、昼ニュースを前に怒号が飛び交っていた。今日打ち上げられる予定だった純日本製ロケットに不具合が見つかり、急遽《きゅうきょ》延期になったのだ。

「鹿児島では三日後に打ち上げって言ってるぞ。至急確認しろ！」

デスクが遊軍席に向かって声を張り上げている。

「はい、今すぐ！　榊さん、スマホ鳴ってます」

「あ、ごめん」

リュックに突っ込んだままのスマホから、着信音が鳴り響いていた。考え事をしていたせいで気づかなかった。あわてて通話ボタンを押す。

「もしもし、榊です」

「渡辺だ」

「あ、部長」

社会部長が部の固定電話ではなく、個人携帯にかけてくることは滅多《めった》にない。おそらく例の件だろう。

「今、ちょっといいかな」

大らかな渡辺のいつになく硬い口調に、ただならぬものを感じた。

「はい、大丈夫です」

「今、危機管理委員会の最終決定が出て、例の件だが、不問に付すということになった」

覚悟していただけに、『不問に付す』という言葉の意味がすんなり飲みこめなかった。

「……ありがとうございます」

「ただし、来週異動の内示が出る。対象者はお前だけだ。正規の異動時期じゃないが、七月から特別取材部に行ってもらうことになる」

「特取……何をやるんですか？」

「『アングル』だ」

『アングル』というのは、月に一回、日曜日の深夜一時半から放送しているドキュメンタリー番組で、調査報道を売りにしている。正直、誰がスタッフなのか、どこにスタッフルームがあるのかも知らない。社会部から『アングル』へ。夕方や夜のニュースといった基幹番組ではなく、深夜枠の番組への転出は決して良い異動とは言えない。予算規模など詳しいことはわからないが、使える取材費は格段に落ちるだろう。社内視聴率も低く、少なくとも周囲で『アングル』が話題になったことはないし、記者が企画を制作したという話も聞いたことがない。一応、報道局の制作なのだから社員も配属されてはいるのだろうが、はっきり言って多くの報道局員にとって視野に入っていない番組だ。事実上の「左遷」に等しい。

「どうした?」

「あ、いえ……ちょっと驚いただけです」

「そうか。じゃあよろしくな。『アングル』悪くないぞ。好きな取材にとことん時間がかけられる。俺も一度は行ってみたいと思ってた番組だ」

「あの、米山《よねやま》君は……」

問題の企画を手がけた二年生の名前を出すと、渡辺がいたわるような口調になった。

「大丈夫、お咎《とが》めなしだ」

「良かった……」

米山はまだ二年生だ。一度ミソがついてしまうと、信頼回復には時間がかかる。今回の件は不問、ということならば部長の渡辺にも傷はつかないだろう。安堵《あんど》する一方で、自分だけが詰め腹を切らされるのか、という苦い思いもわずかに滲んだ。

「じゃあ、落ち着いたら、飲みにでも行こう」

「はい、その時は、ぜひ部長のおごりでお願いします」

「バカ野郎」

渡辺部長の優しい「バカ野郎」を久しぶりに聞いた。入社当時から可愛がってくれた渡辺だけに、精一杯守ってくれた結果なのだろうと思う。

トイレに向かう。あの一件以来、目が合うと、気まずそうにする人間が多い。悪気はないのだ。何と声をかけたらいいか、わからないのだろう。複雑な表情に出会うたび、自分から目をそらした。社会部を離れるのは、正直悔しい。これでニュースの主戦場からは完全にドロップアウトだ。当分の間、周囲の同情の目に耐えなければならないだろう。それならいっそ辞めてしまおうか、と捨て鉢な気持ちも湧いてくる。けれど亮輔亡き今、陸が成人するまでは働き続けなければならない。選択肢はないのだ。どのような職場でも全力を尽くすしかない。

今日は特に予定もない。とりあえず『アングル』のスタッフルームをのぞいてみよう。そう思い立ち、社内電話帳をめくってみて驚いた。スタッフルームは地下二階。資料室の隣だ。他にスタッフルームらしきものは見当たらない。なぜ、こんな場所に押し込められているのか。

エレベーターで一階に降り、地下専用に乗り換えた。誰がこんな面倒なシステムを考えたのか知らないが、この会社では最上階の二十九階から地下三階まで行くのに、二台のエレベーターを乗り継がなくてはならない。地下二階でフロアの見取り図を確かめると、目指す部屋は資料室を過ぎた廊下の突き当たりだった。

歩きながら考える。深夜のドキュメンタリー番組も、意外と悪くないかもしれない。報道フロアの喧噪《けんそう》から離れて好きな取材にじっくり取り組むことができるのなら、清水大河の件を追ってみたい。大河の小学校を訪れた後で結子のアパートのドアを叩いてみたが、応答はなかった。単に不在だったのか、居留守を使っていたのかはわからないが、今さらながら結子の連絡先を聞いておかなかったことが悔やまれる。職員会議から戻った森沢に、インコが発した言葉やクレヨンで描かれたハンドバッグについて聞いてみたが、まったく心当たりがないということだった。結子に聞きたいことがたくさんある。けれど、息子を亡くしたばかりの母親だ。焦《あせ》らず、じっくりと時間をかけて向き合いたい。それにはまず、新たな職場に一日も早く溶け込んで、やりたいことをやらせてもらえる環境を作ることだ。

スタッフルームの前まで来ると、足が凍りついた。目に入ったのは、床にめちゃくちゃに積み重ねられた本や雑誌や古新聞、ＶＴＲの山。デスクの上には食べかけのカップラーメンに菓子袋、ビールの空き缶。各フロアの真ん中に一か所だけある喫煙所を除いて局内は完全禁煙のはずなのに、灰皿には山盛りの吸殻……完全に無法地帯と化している。おまけに午後一時半すぎだというのに誰もいない。唯一、何も置かれていない丸椅子にしばらく座って待つことにした。

二時になっても誰も来ない。あまりに手持ちぶさたなので、取りあえず目についたゴミを拾ってくずかごに入れた。ひとたび何かを始めると、徹底的にやらないと気が済まなくなる。すぐにくずかごがいっぱいになったので、フロアのゴミ捨て場に持って行こうと立ち上がった瞬間、強烈な柑橘《かんきつ》系の香水の匂いに包まれた。顔を上げると、大きなサングラスに、ショッキングピンクのミニスカートをはいた大柄な女が見下ろしていた。

「ちょっと!」

しゃべりすぎたカラスのような、ハスキーな声。

「……はい」

妙におびえた声が出てしまった。

「ちょっと、さっきから聞いてんのに、無視しないでよ。ここに置いといたあたしのつけまがないじゃないって言ってんの!」

デスクを指さした指には虹色のネイルが塗られ、その上にラインストーンがいくつも輝いている。

「ツケマ?」

美貴が問うと、女がサングラスをずり下げてじろりと見た。エメラルドグリーンのアイシャドウに金色のラメがちりばめられていて、目のまわりが趣味の悪いネオンサインのようにギラギラ光っている。

「っていうか、あんた誰よ」

「あ、すみません。来月から『アングル』に配属になる榊美貴です。よろしくお願いします」

女は美貴を上から下まで品定めするように見ると、すぐ興味なさそうにデスクに目を戻した。

「あ、そ。それより、つけま探してよ」

「ツケマって……」

「つけまつ毛でしょ！」

「……あ」

「あ、って何よ？」

「もしかして、ピンクのぼろぼろの紙箱に入ってたやつですか？」

「ぼろぼろって失礼ね！　でも多分それよ」

「床に落ちて埃《ほこり》まみれだったんで、捨てちゃいました」

「ええっ、ちょっと、なんで勝手なことするの！　どこに捨てたのよ！」

「たぶん、この中だと思います」

美貴が手にしていたくずかごを指さすと、女が猛然と中をあさり始めた。次々にゴミを引っ張り出しては、そこら中に投げ散らかしている。

「ないじゃない～！　あたし、あれがないと外歩けないのよぉ」

情けない声で、残ったくずかごの中身を床にぶちまけた。

「あたしのつけま、どうしてくれんのよぉ！」

「あ、じゃあ、近くのドラッグストアで買って来ましょうか？」

「しんっじらんない！　ドラッグストアのなんか使えるわけないでしょ！」

「……すみません」

「見つかんないわよぉ！　もう、やだぁ～」

半べそをかきながら出て行く大女を横目で見ながら、美貴はため息をついた。

入れ違いに白髪を短く刈り込んだ男が入ってきた。戦場カメラマンのような、ポケットのたくさんついたカーキ色のベストを着ている。

「あ、お疲れ様です」

道を空けた美貴を一瞥《いちべつ》すると、そのまま素通りした。

「あの、榊です。来月からこちらにお世話になります」

老人はにこりともせずに、一番奥の席に座った。

「好きなとこ、使え」

「え？」

部屋の入口に近い方をあごでしゃくる。

「あ、席ですか？　ありがとうございます。えーと」

「キラだ」

「え？」

「カメラマンの吉良《きら》だ」

「きら……吉良上野介《こうずけのすけ》の吉良さんですか？」

「古いこと知ってるな」

苦虫を嚙みつぶしたような顔で言う。

「あ、はい。赤穂浪士《あこうろうし》、母が好きで」

美貴の言葉には反応せず、新聞を広げた。

「あの、吉良さんの下のお名前は……」

沈黙が続き、あきらめかけた頃に新聞の陰から渋い声がした。

「欣二郎《きんじろう》だ」

思わず吹き出した。

「あ、いえ、すみません。すごく重厚感のあるお名前だったもので」

欣二郎は苦い顔で黙り込んでしまった。仕方なく、空いている席に座る。とりあえずプロデューサーに挨拶しておきたい。デスクにあった新聞を広げると、二日前の夕刊だった。隅から隅まで読み尽くし、テレビ欄を眺めるくらいしかやることがなくなってしまったので、相変わらず奥の席で新聞を読んでいる欣二郎に話しかけた。

「あのう、さきほどの大柄な女性は……」

「女性じゃない。オトコだ。編集マンの武田晶《たけだあきら》」

「たけだあきら……男性、ですか。あの、ちなみにプロデューサーは、今日いらっしゃらないんでしょうか？」

「さあな」

欣二郎が新聞をめくると、再び狭いスタッフルームは静寂に包まれた。


美貴がしびれを切らして昼食でも買いに行こうと立ち上がった時、スタッフルームの引き戸が大きな音をたてて開いた。百八十センチはあるだろうか、アメフト選手のようながっしりした体格の男が入ってきた。ハイビスカスが一面に散った水色のアロハシャツに短パン、シャツの胸元にはティアドロップ型のサングラス。どう見ても堅気《かたぎ》の人間ではない。報道では滅多にお目にかかることのない人種だ。美貴は思わず後ずさった。

「おい、どこ行くんだ」

低音のよく通る声に気圧《けお》された。

「ちょっと、お昼を買いに……」

「おう、じゃあちょうどいいや。オレの分も買ってきてくれ。『どんまる亭』で北海丼、大盛りな」

「ドンマルテイ?」

「知らないのか?　ってか、おまえ誰だっけ」

「榊美貴です。七月からこちらに……」

「ああ、そういや新入りが来るとかって言ってたな。まあ、いいや。まずはメシだ、メシ」

椅子にどっかりと腰を下ろし、ビーチサンダルの両足をデスクの上に載せて週刊誌を広げた。

スマホで『どんまる亭』を検索しながらエレベーターに乗る。今のは一体、何者なのだろう。どう見てもバラエティ畑の人間にしか見えない。あんなのが硬派な調査報道番組にいるなんて信じがたい。


店に着くと、二時半過ぎだというのに、注文窓口には行列ができていた。仕方なく最後尾につく。

「榊じゃないか」

肩を叩かれ、振り返ると、編成部の三上《みかみ》が後ろに並んでいた。

「あ、三上さん」

「ここで会うなんて、なかなかいい趣味してるな」

「いえ、頼まれたんです」

「それにしても、久しぶりだな。俺が報道出てからだから、もう四年か。どうだ、相変わらず社会部で飛ばしまくってるか?」

「実は異動になって……七月から『アングル』に行くんです」

「ああ、庄司《しょうじ》さんの番組か」

「庄司さん……ああ、プロデューサーのお名前ですか。実はまだちゃんとご挨拶できてないんです」

「庄司稔《みのる》を知らない？　さてはおまえ、モグリだな。社内の超有名人だぜ。体も声もデカいし、ド派手なナリしてるから目立つだろ。まあお前はずっと報道にいるから、制作の方はわからないのかもな」

風体を聞いて嫌な予感がした。さっきの男に酷似している。

「制作の人なんですか？」

「そう。うちの会社きっての名物プロデューサーだよ。何たって、ゴールデン二本持ってたのに、あの次期社長候補ナンバーワンの堂島《どうじま》常務に盾突いて飛ばされたんだから」

「ゴールデン二本……何したんですか？」

「堂島常務、別名『コストカッター』が制作費削ろうとしたわけよ。で、ゴールデンに関しては制作体制がゆるすぎるって言って、制作費だけじゃなく人員も減らそうとしたわけ。ターゲットはもちろん、制作会社のＡＤたちさ。で、それを聞いた庄司さんが『あいつら切ろうってんなら、まずはオレの首を切れ！』ってすごい剣幕で怒鳴り込んでさ、常務の逆鱗《げきりん》に触れたってわけ」

「すごいアナクロなセリフですね」

「だろ？　『殿中《でんちゅう》 松の廊下』だよな。でも正直、ホレたな。生まれ変わったら俺、庄司さんの家臣になりたいわ」

三上はあながち冗談ともつかない顔で言ってから、美貴に肩を寄せて、声のトーンを落とした。

「ちなみに『アングル』だけどさ、ここだけの話、今年いっぱいで打ち切りって話出てんだよ」

「えっ、どうしてですか？」

「数字、悪いだろ。最近一パーセント台前半が続いてるから、さすがにな」

「プロデューサーは、その話……」

「知ってるよ。先週かな、編成部の先輩が庄司さん呼んで、話してた」

「で？」

「で、って？」

「その庄司さんは、何て言ったんですか？」

「ハイそうですか、っておとなしく引き下がるわけないだろ。今年中に結果出すから見てろ、って大見得切ってたよ」

「……そうですか」

編成局編成部はテレビ局の心臓部だ。ライバル局の動向をつぶさに観察し、全体のラインナップや番組の生殺与奪《せいさつよだつ》を決める権限を一手に掌握《しょうあく》している。視聴率が良く、スポンサーが高く買ってくれる番組を深夜帯からゴールデンタイムに進出させたりもするが、逆に視聴率が悪ければ、容赦なく息の根を止める。

「お、あれ、榊のじゃないか？」

「北海丼二つ、並盛と大盛、お待たせしました！」

店員がビニール袋を片手に叫んでいる。

「あ、すみません、私のです。三上さん、また今度ゆっくり」

「おう、庄司さんによろしくな。がんばれよ」

三上は仕立てのよさそうなピンストライプのスーツに包まれた右手を上げた。


「戻りました」

美貴がスタッフルームに入ると、庄司は煙草《たばこ》を片手に昼のワイドショーを見ているところだった。

「あの、ここ禁煙です」

「北海丼」を手渡しながら美貴が言うと、庄司はテレビに目を向けたまま、犬でも追い払うかのように手を振った。

「細かいことは気にするな。それ、遅かったから、おまえのおごりな」

「……」

「タイムアップ!」

庄司はウルトラマンのスペシウム光線のようなポーズをとってカラカラと笑ってから、デスクの引き出しを開け、個人のものとおぼしき醤油の小瓶をとりだした。丼《どんぶり》の発泡スチロールのふたになみなみと醤油を注ぐと、おもむろに一枚一枚ネタをはがして両面をどっぷり漬け込んでいる。見ていたら胸が悪くなってきた。適当な机を探して自分の丼を開ける。力任せに箸を割ると、大きく取ってほおばった。はまちは肉厚で、ほどよく脂がのっているし、いくらも粒がたっていて、鮮度がいい。確かに並ぶだけのことはある。それにしても、このゆるい空気……今年で打ち切りが宣告されている番組とは思えない。万が一、十二月で打ち切りということになったら、異動してたった半年で居場所を失うことになる。主戦場に戻れる可能性はほとんどないだろう。そうなると最悪の場合、次の異動で報道局を出されることもあり得る。「報道記者になりたい」その一念でテレビ局に入った。それだけは何としても避けたかった。けれど、一度傾いた番組を、半年足らずで立て直すことができるだろうか。

社を早めに出て、清水結子のアパートに向かった。大河たちが可愛がっていたというインコの言葉が気になっていた。とにかく、聞いてみるしかない。アパートに着いたのは夕方六時すぎ。このところ、母の春子に陸の世話を頼りっぱなしだ。美貴が五歳の時に夫を亡くしてから、独り身を通している。美貴のアパートから電車で三駅の実家に一人で暮らしているが、あまり遅くなるわけにはいかない。

呼び鈴を鳴らすと、「誰?」というけだるい声が聞こえた。

「昨日お邪魔した榊です」

周囲をはばかって、小さな声で返す。

「入って。開いてるから」

西向きの部屋は、暮れかけた陽が射し込んで暑かった。結子は座卓にのばした左腕に頭を預けていた。前にふたの開いた焼酎の瓶がある。グラスがないところを見ると、瓶からそのまま飲んでいたらしい。顔を上げようとしない結子にひとこと断ってから、大河に線香をあげる。目を開けると、あたりを見回した。たった一間きりの部屋なのに、遺影とランドセル以外、子どもの物がほとんどない。十歳の子どもがいたのだから、本やドリルやおもちゃの類《たぐい》があってしかるべきだ。現に美貴の2DKの部屋は、陸の積み木やミニカー、絵本などで足の踏み場もなくなっている。まさか……。

そこまで考えたところで、背後から声がした。

「虐待、疑ってんでしょ」

言い当てられ、背中が固まった。

「子どもの物が全然ない。これはきっとネグレクトだ。違う？」

「……」

「隠さなくてもいいよ。警察で子育ての苦労やら家庭の問題やらあれこれ聞かれたし、みんな虐待疑ってるんだって、わかってるから」

美貴が何と答えようか迷っているうちに「いいよ、別に」と投げやりに言って、結子は片手で焼酎をあおった。

「学校、どうだった？」

「教頭先生と、大河君が入っていた理科実験クラブの顧問の先生にお話を伺いましたが、大河君がいじめられていたようなことはなかったみたいです」

「でしょ？　みんなそう言うんだよ。いじめなんかない。大河君が自殺するような原因は見あたりません。だから事故です、って。でも、ほんとはみんな虐待疑ってんのよ。あたしが大河を追いつめたって。シングルマザーでしょ。おまけに……」

珍しくためらいが見えた。美貴が目顔で先を促すと、結子は大きく一つ息を吐いてから、言った。

「あたし自身が、虐待されてたからさ」

片方の唇を引き上げ、人を小ばかにしたような表情を浮かべた。自分自身をあざけるような皮肉な笑い。結子の育った環境が透けて見える気がした。

「虐待って……」

かろうじて言葉をつなぐ。

「ネグレクト、育児放棄。聞いたことあるでしょ。ごはんとかお風呂とかトイレとか、子どものこと親が全然やらなくなっちゃって、家の中で捨て子みたいになっちゃうやつ……あ、そうか。いいこと言うわ。捨てられたんだ、あたし」

自嘲気味に笑うと、結子は再び焼酎を乱暴にあおった。

「虐待は繰り返す、って言うでしょ。だからみんな疑ってんの。自分がされたことを大河にもしてたんじゃないかって」

「……してたんですか？」

結子は持っていたボトルをテーブルの上に音を立てて置くと、鍋が割れたような声で笑い出した。それから突然真顔になって、美貴を挑戦的な目で見据えた。

「あんたバカ？　ホントにやってたら、言うわけないでしょうが」

それから大きなゲップを一つして、振り返らずに自分の後ろを指した。

「大河のもん、全部そこの押し入れの中。見るのイヤだから突っ込んだの。開けてもいいよ」

少し湿り気を帯びた声で続けた。

「あたしの育ったうちはさ、冷蔵庫あけると、酒瓶しか入ってないわけ。食べるもんなんか何にもなくて、たまにコンビニ弁当に付いてたマヨネーズの小袋とか残ってると嬉しくてさ、袋にちいちゃな穴開けて、大事に大事にずっと吸ってた。だから大河にだけは、思う存分好きなもん食べさせてあげたいって思ってたんだよね。夜の仕事の方が実入りはいいんだけどさ、夕ご飯いっしょに食べらんなくなるでしょ。だから、ダンナがほっぽり出した喫茶店やってんの」

「ご主人は、今どこに？」

「だから、施設に入ってるんだってば。身体じゃなくて、ここのビョーキ。わかる？」

こめかみのあたりを人さし指で何度も突いた。かなり酔っているようだ。指先があちこちにぶれて、目の縁にあたり、顔をしかめる。

「どこの施設にいらっしゃるんですか」

「知らないよ。もう離婚したんだから。大河の葬式にも来なかったし。大河が死んだことも知らないんじゃない？　あ、あたしが知らせてないのかぁ」

金属質な高い声で笑う。威勢のいい声とは対照的に、目は暗く沈んでいた。深い穴倉のようだと思った。そこには一体何がしまわれているのだろう。どこまで行っても救いようのない悲しみ。息子を突然もぎ取られた母親の嘆き……ふと結子を抱きしめてやりたい衝動に駆られた。

「学校で妙なことを聞いたんです。大河君が所属していた理科実験クラブの部室に、インコが飼われていて……」

「ああ、ピーちゃんでしょ。大河がよく学校にこっそりピーナッツ持ってってた。食べ物持ち込み禁止だったんだけどね。ピーちゃんの好物なんだって、あたしの柿ピーの残り、嬉しそうにティッシュに包んでさ……」

結子の声がもろく崩れた。仲の良い親子だったのだろう。美貴は遺影を見つめながら、大河がインコにえさをやっている姿を思い浮かべた。

「そのピーちゃんが、おかしなことを言ったんです」

「おかしなこと?」

「たーいーがくん、と少し節をつけて言ってみたら、それを真似して、ターイーガクンって」

「インコだもん、それくらいマネするでしょ」

「それだけじゃないんです。『ターイーガクン、ヒトゴロシ』って。確かにそう聞こえました」

結子に驚きはなかった。目を閉じ、深い息を吐いた。それきり目を開ける気配がない。遠慮がちに聞いてみる。

「何か心あたりでも……」

結子はテーブルに突っ伏した。おでこがぶつかって鈍い音を立てる。長い髪が顔にかかって表情は見えない。

「……やっぱりね」

「え？」

「逃げても、逃げても、追ってくる」

「どういうことですか？」

「今度こそ大丈夫、って思ったのに……」

そのまま沈黙した。それ以上聞いていいものか計《はか》りかねて、じっと見守った。気詰まりな時間が流れる。画用紙に描かれたバッグのことも聞いてみたかった。理科教師の森沢からは、大河の作品を親御さんに手渡したいので、学校に来るよう頼んでほしいと言われている。

どれくらい時間が経ったかわからなくなった頃、結子が突然身を起こして、正面から美貴を見据えた。

「ねえ、あんた子どももいる？」

「あ、はい。二歳の息子が一人」

「だったら少しは分かるよね。子どもを殺された親の気持ち。大河は殺されたの。事故なんかじゃない、大河は殺されたんだよ！」


結子の家を出ると、午後十時を回っていた。陸はとっくに眠っているだろう。駅に向かう途中、公園のベンチで結子の話をメモに書きつけた。


結子が育ったのは、八王子市の南東部にある野猿峠《やえんとうげ》の辺りだという。三十歳。美貴の五つ下だ。詳しい場所は覚えていないが、アパートが街道に面していたのか、夜は暴走族のふかすエンジン音や大音量の音楽で眠れなかったという。父親が何の仕事をしていたのかはわからないが、気づいたときにはいなくなっていた。幼い頃の結子は、いつも部屋の隅で膝を抱えていたという。父親が母親の髪の毛をつかんで引きずり回しているところや、背中を丸めた母親が、蹴られる度に獣のような叫び声を上げているところ……大人になった今も、突然目の前に現れるのだという。

三歳か四歳の頃、引きずり回される母親の背中にしがみついていた結子が勢い余ってはね飛ばされ、冷蔵庫の角に頭をぶつけた。おでこを切り、かなりの血が流れた。それを見て逆上した母親が包丁を振り回したので、父親は逃げるように家を飛び出した。そして、そのまま二度と戻らなかった。その時のことだけは、鮮明に覚えているという。

子どもと二人になり、経済的に困窮した母親は、結子を置いて夜出掛けるようになった。化粧が濃くなり、派手な服を着るようにもなった。そのうち、母親はほとんど家に帰らなくなった。たまに帰ってきても、結子に声をかけることすらなく、菓子パンなどを投げるように与えては、すぐに出て行く。家の中はゴミだらけ。腐臭を発するゴミから小バエが発生し、部屋の中を飛び回っていた。敷きっぱなしの布団は、結子が垂れ流したオシッコや便で汚れたまま。空腹に耐えかねて、ようやく背が届くようになった冷蔵庫を開けても、食べられる物は何もなかった。仕方なく、ケチャップや辛子のチューブを舐めて、母親が戻るまでの空腹をしのいだ。なんとかして表に出たい。いつか届くはず……玄関ドアの上部にある鍵に向かって、毎日背伸びを繰り返した。


ある日、ついに玄関の鍵に手が届いた。結子は救いを求めて家の外に出た。数か月間風呂に入っていない汚れきった体でフラフラと歩く、痩せさらばえた幼児……道行く人は見て見ぬふりをした。夕暮れ間近になって、住宅街をやみくもに歩き回っていた結子に声をかけたのは、ごま塩頭の男だった。

「おなか、すいてるかい?」

男は結子を喫茶店に連れて行った。清潔な服に着替えさせ、客用の椅子に座らせた。ナポリタンにピザトースト、オレンジジュースにチーズケーキ。見たこともない食べ物が次々に出てくる。結子が生まれて初めて見る食べ物を無我夢中で詰め込んでいると、いつの間にか正面に男の子が座っていた。結子がものすごい勢いで食べ物を飲み込んでいくさまを、目を丸くして見ていた。

「おなか、ペコペコなんだね」

急いでケーキを飲み込みながらうなずくと、男の子は「ちょっと待ってて」と言って、台所から重そうな瓶を運んできた。

「はい、これ」

結子の顔ほどもある大判のクッキーがたくさん入っていた。男の子はフタを開けると、結子に瓶を差し出した。

「これ、パパの手作り。ピーナッツバターが入ってるんだ。いっぱい食べていいよ。ここはパパのお店だから」

さきほどのごま塩頭がオープンキッチンの向こうから、にこにこ笑いながら結子を見ている。渡されたクッキーを一口かじると、口いっぱいにピーナッツのこうばしい香りが広がった。男の子はにっこり笑って手を差し出した。

「僕、たつや。今井《いまい》竜哉《たつや》、六歳。キミは?」

「ゆうこ」

「何歳?」

「さん……よんさい？」

困ってうつむいた結子の顔を、竜哉がのぞきこんだ。

「わからないの？」

「……うん」

「上の名前は？」

「わかんない」

「ふうん。じゃあ、今井ゆうこにすれば？」

どう答えればいいか迷っていると、男の子は台所の父親に大声で呼びかけた。

「ゆうこちゃん、うちの子になるって！」

「そうか。可愛い妹ができて良かったな」

父親が笑顔で答えると、男の子は嬉しそうに笑った。その日から、結子は竜哉の妹として今井家で暮らし始めた。

今井武虎《たけとら》と妻の直美《なおみ》は、別の町で男と同棲していた結子の母親を捜し出し、しばらく結子を預からせてほしいと提案した。いつでも電話していいし、時々は会いに来てやってほしいと伝えると、実母もできるだけ会いに行くと答えたが、一度も連絡をよこさないまま、行方がわからなくなった。連絡先を告げることもなく姿を消したという。

実の母親とのいきさつを知ったのは、高校生になってからだ。今井夫妻は結子を本当の娘のように育てた。頬ずりし、抱きしめ、間違ったことをした時には、きつく叱りもした。

竜哉は結子がいじめられると体を張ってかばったし、いつもそばにいて、何くれとなく世話を焼いた。結子は生まれて初めて家庭の温かさを味わった。

ところが、そんな平穏な暮らしは長く続かなかった。一九九九年、竜哉が十二歳、結子が十一歳のとき、ある事件が起きた。発生直後から今井家の周辺を警察がうろつき始め、二年三か月後、父親の今井武虎が逮捕された。その日から、結子と竜哉、そして残された武虎の妻、直美にとって受難の日々が始まる。小学一年生の女の子とその母親を誘拐し、殺害したという容疑だった。不審な男が女の子に声をかけ、慌てて駆けつけた母親ごと車でどこかに連れ去ったのを目撃した人物がいた。武虎は容疑を否認し続けた。家族も無実を信じた。だが、訴えは届かなかった。二〇〇六年、東京地裁で死刑判決が下され、二〇〇七年、高裁が二審判決で死刑判決を支持。その年に、竜哉と結子の間に大河が生まれ、二人は正式に夫婦となった。その二年後に最高裁が上告を棄却し、死刑判決が確定。二〇一二年のクリスマス当日に武虎の死刑が執行された。その日は、大河の五歳の誕生日だった。執行を知らされた直後、直美は交通事故に遭い、武虎の後を追うようにして亡くなった。最後まで、「あの人は絶対にやってない」と言い続けていたという。

その後に起きたことを、結子は話したがらなかった。竜哉に何があったのか。なぜ離婚することになったのか。大河について新たに分かったのは、今回の小学校が三度目の転校先だということだ。事件現場に近いせいか、どの学校に行っても、必ず誰かが祖父の武虎が死刑になったことを知っていて、執拗《しつよう》ないじめにあったという。小学校をかわっても、離婚して名字を「今井」から「清水」に変えても、常に「ヒトゴロシ」というあだ名がついて回るのだ、と結子は絞り出すようにして言った。親が言ったことを、子どもが真似するのだろうと美貴は思った。

「結局、なんにも変えられなかった。なんにもしてやれなかった。あたしがだめな母親だから。あたしが大河を守ってやれなかったから……」

結子は畳に突っ伏して泣きじゃくりながら、あたしが、あたしが……と繰り返した。

「あなたは悪くない。結子さん、あなたのせいじゃない」

言いながら、結子の薄い背中をさすることしかできなかった。どうしようもないことだ。誰にもどうすることもできなかったのだ……そう言おうとして、口ごもった。本当にそうだろうか。本当に、誰にも、どうすることも、できなかったのか。

いつも感じていた。犯罪被害者本人はもとより、犯罪に巻き込まれて家族や大切な誰かを亡くした人、そして加害者の家族も、事件が起きた瞬間から人生が一変する。これまで属してきた職場や友人関係など、築いてきたものすべてが根底から崩れ去る。他人の視線だけでなく、自分自身の物の見方も含めて、昨日と同じ平穏は二度と訪れない。そのことに対して、本当に誰も、何もできはしないのだろうか。事件にハイエナのように群がって熱狂し、しゃぶり尽くし、狂乱の果てに、やがて一切がなかったかのように忘れ去るマスメディア。一部の大ニュース以外、過去の事件が顧みられることは殆《ほとん》どない。「ニュースは常に動いているのだから仕方ない」。本当に、それでいいのだろうか。

今井武虎が、彼の家族が信じた「無実」はどこへ行ったのか。「殺人犯」として武虎は刑に処され、「殺人犯の妻」として直美は死に、残された竜哉と結子は「殺人犯の子ども」として、大河は「殺人犯の孫」として、過酷な運命を生きねばならなかった。そして結子は今、養父の武虎だけでなく、養母の直美も夫の竜哉も、そして一人息子である大河さえも失い、たった一人でここにいる。美貴は真正面から結子の泣き腫らした目を見つめた。

「結子さん。あなたは今でも武虎さんの無実を信じている？」

即答だった。

「当たり前でしょ」

その目に宿った光の強さに、美貴は心をつかまれた。結子を家庭に迎え入れ、あたたかく育《はぐく》んだ武虎の真心を信じられると思った。

メモを書き終えて自宅のそばまでたどり着いた頃には、日付が変わろうとしていた。横断歩道を渡ろうとしたところで、古い電球が切れる直前のような音が聞こえた。足元を見ると、蟬《せみ》のようなものが羽根をばたつかせている。まだ七月にもなっていないというのに、もう出てきてしまったのだろうか。羽根の中央が薄緑色に透けて見えるところを見ると、蜩《ひぐらし》かもしれない。もはや啼《な》く元気もないようだが、このまま路上にいては、車か人に潰されるのがオチだ。持ち帰って明日、陸に見せてやろう。そっと手のひらに包んで歩く。梅雨もそろそろ終盤だろうか。湿り気を含んだ風が頬に心地いい。明日の午後は取材が入っていない。武虎の事件現場に行ってみようと思った。

蜩は時折羽根を震わせていたが、家に近づく頃には静かになった。手を開くと、蜩はすでに動きを止めていた。そっと両方の羽根をもってマンション脇に生えているポプラの枝にのせてやった。そうしていると、まるで今にも啼き出しそうに見えた。

*

まずは現場に足を運ぶこと。警視庁クラブに配属されたばかりの頃、当時キャップだった渡辺部長に教えられたことだった。現場の地理、気候、明るさ、匂い、人通り……様々なものから見えてくる何かがある。そして何よりも現場の空気を肌で感じること。それが事件取材の基本だと叩き込まれた。今も忠実に守っている。

町田市にある相原《あいはら》駅の階段を降りたところに、小さなトラックの屋台が出ていた。山梨県直送の巨峰、ひと山千円。縁台に並んだ巨峰は粒が大きく、鮮やかな紫色がみずみずしい。手拭いで頬かむりし、所在なげに座っている老婆に声をかける。老婆は嬉しそうにレジ袋に巨峰をいくつか入れ、小さな房を一つ、おまけにつけてくれた。

「七国峠《ななくにとうげ》って、ご存じですか?」

「う〜ん、土地のもんじゃないからわからないねえ。ああ、ちょっと待ってて」

老婆は「よっこらしょ」と言いながら立ち上がると、タクシー乗り場のそばで煙草をふかしている運転手らしき男性に声をかけた。髪に白いものが混じっている。老婆は何か話していたが、そのまま男性を引っ張ってきた。

「この人が知ってるって。乗せてってもらうといいよ」

「ありがとうございます」

礼を言ってタクシーに乗り込む。寡黙な運転手で、七国峠に何をしに行くのか、などと質問をしてこないのがありがたかった。三分ほど走ると、諏訪《すわ》神社と書かれた石の柱が見えてきた。神社の前を左に曲がると、しばらく住宅街が続く。左手の小学校からランドセルを背負った子供たちが走り出てきた。午後四時。ちょうど下校の時刻なのだろうか。やがて人通りが絶え、テニスコートや野球場が見えてきた。

「この相原中央公園の先が、七国峠ですわ」

相原中央公園の両側は鬱蒼《うっそう》とした林になっていた。過去の新聞記事によれば、遺体発見現場の登り口には、「朱雀路《すざくじ》」と書かれた道標が立っているはずだ。鎌倉古道《こどう》として、歴史愛好家の間では知られた存在らしい。午前中に降った雨のせいか、低く垂れこめた灰色の雲のせいか、辺りはひんやりとしている。峠道を横断する形で切り開かれた道路は道幅が狭く、一台でも車が停めてあると対向車は通行できない。支払いが済むと、タクシーはすぐに走り去った。

辺りに人影はない。林の中に、けもの道のような細い踏み固めた道がある。近づくと、やぶの中に木の立て札のようなものが見えた。朽ちかけた木に石の板がくくりつけられ、何か文字のようなものが彫られている。目を凝《こ》らすと、「朱雀路」と読めた。間違いない。ここから北に二十メートルほど登ったところが遺体発見現場だ。林の中に踏み込むと、湿った土で靴が滑る。スニーカーを履いてきたが、滑り止めのついた登山靴が必要だったかもしれない。ぐにゃりとした感触にびくっとして足元を見ると、茶色い傘のきのこが潰れていた。まだ午後四時だというのに、分厚く茂った枝葉が太陽をさえぎり、辺りは薄暗い。時折聞こえてくる鳥のしわがれた啼き声が薄気味悪さに拍車をかけた。風もないのに、周囲のくぬぎの木が時折ざざっと音を立てる。何か動物がいるのかもしれない。長い間誰も通っていないと見えて、背丈ほども伸びた草や木の枝が行く手を阻《はば》んだ。果たして現場を見つけることができるだろうか。不安になった時、地面に何か赤いものが見えた。自然のものではない、人工的な赤色だ。近づいてみると、それはリボンだった。小さな二体のお地蔵さんがお行儀よく並んで手を合わせている。少しほほえむように口角の上がった口元。穏やかな表情で目を閉じている。首にはそれぞれ、色褪《あ》せた赤いリボンとピンク色のリボンが巻かれていた。それはまさしく、ここに七歳の少女とその母親の遺体がうち捨てられていたことを物語っていた。二十年近い月日を、ただじっと立ち続けていた二人。足元には苔《こけ》が生え、顔には泥がこびりついている。どこからやってきたのか、一羽の紋白蝶《もんしろちょう》がお地蔵さんの周りを飛んでいた。美貴は駅で買った巨峰をお地蔵さんの足元に置くと、しゃがんで手を合わせた。想像を絶する恐怖の中で、短すぎる生涯を閉じねばならなかった少女とその母親。そしてただ一人残された父親であり、夫でもある人の、底知れぬ悲しみと怒りに思いを馳せた。

突然、激しい胸の痛みに襲われた。痛みに耐えかねて思わず身体を折ると、強烈な白い光に全身を包まれた。次の瞬間、おびただしい数の白いものが浮かび上がった。飛び交う紋白蝶のようにも見える。徐々に焦点が合ってくると、それは無数の白菊だった。棺の中に横たわる亮輔。真っ白な花に囲まれている。まるで眠っているかのような穏やかな表情。

「……いそうに。まだ七か月のお子さんがいるんですってよ」

「働き盛りだったのになあ」

「取材が続いて、疲れてたんじゃないかって話だけど」

「さしずめ居眠り運転だろう」

「お酒が入ってたのかしらねえ」

「飲酒運転じゃあ、しょうがないな」

最初はさざ波のように周囲を取り巻いていた人々の言葉が、徐々に鮮明になる。彼らが発する言葉の一つ一つが喪服に包まれた自分の体にねっとりとまとわりつき、皮膚の穴から蛆虫《うじむし》のように入り込んでくる。体中を這い回り、やがて内臓を食い破って心臓にまで達しようとする。全身を鋭い痛みが刺し貫く。身をよじって痛みに耐える。胸に抱いた、あたたかい陸の体だけが美貴を現実につなぎ留めていた。ベビー服から香る洗剤の清潔な匂い。美貴の腕をつかむ小さな手。陸を抱く腕に力を込める。首元に顔をうずめると、ほのかなミルクのにおいがした。「居眠り運転じゃない。亮輔はお酒なんか飲んでない！」、そう叫びたかったが、はっきりした事故の原因は美貴自身にもわからないのだった。警察からは、解剖でアルコールや薬物は検出されなかった、と言われた。なぜガードレールを突き破って崖下にまで落下したのか。真相は解明されないままだ。いつか陸は聞くだろう。「僕のお父さんはなぜ死んだの？」と。その時、自分は何と答えればいいのか。

亮輔の葬儀が営まれたのは、一月の最後の日曜日。小雨が降る寒い日だった。亮輔の会社の人間が大勢手伝いに来ていた。美貴は機械的にお辞儀を繰り返していただけで、誰の顔も覚えていない。ただ一つ目に焼きついているのは、葬儀の後、誰もいなくなった斎場で遺影の前に正座し、いつまでも頭《こうべ》を垂れていた南條の後ろ姿だった。

ゆっくりと視界が戻ってくる。お地蔵さんは先ほどと変わらぬ穏やかな笑みを浮かべたまま、仲良く二人で立っていた。もし、今井武虎が真犯人でないとしたら……。少女とその母親を殺した男は、どこかでのうのうと生きているはずだ。美貴は熱い塊が腹の底から湧き上がってくるのを感じた。

帰りの電車の中で春子に帰宅時間を知らせるメールを送ると、ふと思い立って、スマホで現場の登り口に書かれていた「朱雀」を引いてみた。天の四方を司る神の中で、南を守っているのが神の鳥、朱雀だ。中心にあるのがうみへび座α星。別名「孤独な者」と言われるこの星はオレンジ色をした目立つ星で、「朱雀」という伝説上の鳥のイメージにつながっているのだという。

そういえば日本でも、中国の都・長安《ちょうあん》を真似て、平城京や平安京の目抜き通りは「朱雀大路《おおじ》」と呼ばれていた。平城京では、幅七十五メートルもあったという朱雀大路は、羅《ら》城門《じょうもん》に始まり、朱雀門《すざくもん》に終わる。この羅城門を舞台にして書かれたのが「羅生門《らしょうもん》」だ。東京帝国大学の学生だった、当時無名の芥川龍之介《あくたがわりゅうのすけ》が書いた。

天災や飢饉で疲弊した都。雨の降りしきる中、羅生門の下で、主人に解雇されたばかりの若い下人《げにん》が途方に暮れている。人の気配を感じて羅生門の楼の上にのぼると、中に若い女の死体から髪を一本一本引き抜いている老婆がいる。かつらにして食いつなごうと言うのだ。「飢え死にをするか、盗人になるか」。最後には、下人自身が老婆の着物をはぎ取って去って行く――

駆けだしの頃に聞いた老刑事の言葉を思い出した。「昔は犯罪にもそれなりの『理由』があった。今は何もない。ただ、面白半分に人を殺《あや》めるようになった」。下人の身の上に、その後何が起こったのだろう。芥川はラストを何度も書き直した末、最終的に短編集に収録する際、「下人の行方は、誰も知らない」と結んだ。老婆からはぎとった檜皮《ひわだ》色の着物を抱えて闇の中に消えていった下人の姿が思い浮かんだ。罪は、連鎖するのだろうか。

薄暗くなった車窓に結子の青白い顔が浮かんだ。「何もしてやれなかった」と大河への謝罪をひたすら繰り返していた結子。大河の死は、武虎の事件によって引き起こされたものなのか。だとしたら、世代を超えてつながる因果の起点をひもとかないことには、救われない。すすり泣いていた結子の細い肩。あの日の自分が重なった。窓の外に目を移すと、夕焼けを背に、二羽のカラスが連れ立って羽を広げているのが見えた。

第四章　生贄

　雨風がよほど強いとき以外は、職場まで歩くようにしている。道すがら、わずかでも地域の様子が見られるし、何より歩いている時は無心になれる。前方の信号が点滅を始めたので立ち止まった。この横断歩道を渡れば、目の前が署の駐車場だ。梅雨明けの陽射しは強烈で、辺りが白く霞《かす》んで見えるほどだ。何の因果で初任地に舞い戻ったかと思っていたが、むしろ天の配剤《はいざい》かもしれない。このタイミングでここにいられる偶然を、今は感謝すべきだ。

　車道の向こう側で小さな人影が動いた。目を凝らすと、駐車場で小さな男の子が一人、遊んでいる。手にしたおもちゃのパトカーを縁石に沿って走らせながら、サイレンのつもりなのか、「ウ〜ウ〜」と甲高い声を発している。縁石の端までいくと、パトカーは宙を飛んで、またスタート地点に戻った。男の子の年齢はよくわからない。二、三歳くらいか。男の子の声に誘われたかのように、どこからか紋白蝶が飛んできた。左右にゆらゆらと頼りない羽ばたきを繰り返して、高く伸びた雑草の上にとまった。男の子はすぐそばまで近づいて、羽を休める蝶をじっと見ている。

「陸、帽子かぶらなきゃダメでしょ」

男の子が、声のした方を振り返った。髪の長い女性が立っている。やわらかくほほえみながら、男の子の頭に麦わら帽子をのせた。帽子のつばをつかんだ白く細い指先。どこかあどけない、黒目がちな瞳。走ってきたのだろうか、色白の頬がバラ色に染まっている。

胸が締めつけられた。忘れていた記憶……。長い間、蓋をしていた胸の奥の扉がこじ開けられ、閉じ込めていた記憶がほとばしり出る。ただその渦の中に茫然《ぼうぜん》と立ちつくした。

男の子は母親の方を振り向き、雑草の上で羽根を震わせている紋白蝶を指さしながら、大声で言った。

「ママ、うぃんかーえるよ！」

「うぃんかーえる?」

母親は蝶に気づくと、ふっと頬をゆるめた。

「ああ、ティンカーベルね。そうね、ひらひらって飛ぶの、妖精さんみたいね」

強いめまいを感じて、ガードレールにつかまった。あの日の自分が、そこにいる。忘れられない一日。今日と同じ、ものすごく暑い日だった。

母親が男の子を抱き上げ、耳元で何ごとかささやくと嬉しそうにうなずいた。女性がそのまま署の中に入ろうとすると、男の子が大声を上げた。

「ブーブ！」

男の子が指さした先に、先ほどのパトカーが落ちていた。近づいてパトカーを拾い上げ、差し出す。

「ありがとうございます。陸、ありがとうは？」

女性が促すと、男の子は黒々とした丸い瞳でこちらを見つめ、ぺこっと頭を下げた。

「あいがと」

小さな声でささやいて、パトカーを受け取った。

「どういたしまして」

かろうじて男の子にほほえみ返すと、女性とは目を合わさぬまま、一礼して署に入った。頭の芯がズキズキ痛む。ろくに朝食もとらずに歩いてきたのがいけなかったかもしれない。

倒れこむようにしてデスクの前に座り、頭を抱えて目を閉じる。あの日の記憶……思い出さないようにしているのに、ふとした瞬間、強烈によみがえってくる。蓋をしようとすればするほど、隙間から漏れ出してくる。

デスクの一番上の引き出しを開けた。四隅が茶色く変色した写真。父の書斎にあった本の間から出てきたものだ。結婚前のものだろうか。白い開襟《かいきん》シャツを着て、ゆるくウェーブした髪を胸の辺りまでたらした母が、はにかむようにこちらを見て笑っている。一枚きりの写真。物静かで内気な母だったのだと思う。声を出して笑っている記憶がない。憎んだことも、恨んだこともあった。けれど、そういった生々しい感情は年月と共に薄れ、いつしか体の奥深くに刻みこまれた母の匂いだけが残った。父親が理不尽な厳しさで自分に手を上げるとき、覆いかぶさるようにして全身で守ってくれた、その時の母の匂い。甘く、どこかせつない、花のような香り――

息苦しくなって目をそらす。頭痛が激しさを増した。常備しているアスピリンを二錠机の上にのせると、一錠を鉄製の定規で半分に割る。残りの半分を捨て、ペットボトルの水で流し込んだ。処方は一回一錠だが、最近それでは効かなくなってきた。早く制服に着替えなければ。写真を元の場所に戻すと、何かを封じ込めるように音を立てて引き出しを閉めた。

＊

異動して一か月が過ぎた。美貴は番組の制作過程を学びながら、与えられた仕事を着実にこなし、企画を提案する時期をはかっていた。

八月に入って、月に一度の企画会議がおこなわれた。スタッフ全員が集まってネタの選別をおこなう。会議といっても、プロデューサーの庄司とディレクターの美貴、カメラマンの欣二郎に編集マンの晶、ＡＤの田中、あわせて五人が集まるだけの小さな会議だ。晶によれば、これまでは他の番組を掛け持ちしているチーフプロデューサーが会議に顔を出すこともあったが、庄司があからさまに迷惑そうな態度をとるので、姿を見せなくなったらしい。

美貴の前任の男性ディレクターは会社を辞めて司法試験に挑戦中、と聞いた。予算があまりつかなくなってから、自前の企画を制作する機会はほとんどなくなった。金と手間がかかる割に視聴率がついてこない、というのが理由らしい。年間十二本のうち一、二本を除いて、すべてが系列局や制作会社から納品されてくる再放送企画だ。すでにどこかで放送された一時間の番組を『アングル』用に三十分に作り変える程度の作業では、やりがいを見いだせないという気持ちもわかる。

「しかし、これっちゅうネタがねぇなあ」

企画書を見ながら庄司がぼやく。

「そろそろピリッとした独自企画出したいところだがなぁ。おい田中、安上がりで年内にサクッとできるのないのかよ。ディレクター昇格のチャンスだぜ」

「勘弁してくださいよ。年内って、あと四か月もないじゃないすか。取材費二百万くらいつけてくれたらやりますけど」

「あほか。取材費は一本五十万円って決まってんだよ」

耳を疑った。カメラクルーを外注で一回頼めば十万円が飛ぶ。単純計算で、五回取材したら終わりだ。そのために欣二郎のような番組専属のカメラマンがいるのだろうが、あらためて社会部との環境の違いを思い知らされた。

けれど、今のところ決まった企画がないのであれば、チャンスだ。美貴はファイルから一枚の古い新聞記事のコピーを取り出すと、庄司の前に置いた。

「庄司さん」

「あ?」

「この事件、取材してみたいんです」

「何だこりゃ」

鼻をほじりながら言う。その手が記事に触れないよう注意深くずらしながら説明する。

「相原事件。一九九九年、町田市の相原町《あいはらまち》っていうところで七歳の女の子とその母親の遺体が見つかった事件です。およそ二年三か月後に犯人が逮捕され、その後死刑になりました」

庄司が新聞記事を手に取った。

「ほぼ二十年も前の事件じゃないかよ」

庄司が鼻くそを指ではじき飛ばしながらあきれたように言うと、カメラマンの欣二郎が新聞記事をのぞきこんだ。

「ああ、これか」

「取材したんですか?」

「ああ、制作会社のカメラマンだった時にな。峠道の奥で親子の遺体が見つかったんだ」

「ああ~、あたしも覚えてる。母親が娘を抱きかかえるようにしてたって。かわいそうで涙出ちゃったもん」

晶がまるで見てきたかのように悲痛な表情を浮かべた。

「欣さん、現場行かれました？」

「ああ。町田と八王子の間にある峠だったな。遺体が出たのは、正月早々の寒い日だった。ふたりとも首を絞められてた」

「容疑者も取材されたんですか？」

「隠しで撮った。やっこさん、『絶対やってない』って言い続けてたな」

「どう思われました？」

「どうって」

「本当のことを言っている感じでした？」

「逮捕された当時も、週刊誌なんかが『相原事件は冤罪《えんざい》じゃないか』って書いてたな」

「欣さんの感触は？」

「ドタ勘、シロだと思ったよ」

「どうしてですか？」

「まあ、何となく、だ。それにしても、なんでこんな古い事件に興味があるんだ」

「社会部にいた時、十歳の男の子が学校の屋上から落ちて亡くなったんです。母親を訪ねたら、『息子は殺された』って繰り返してました」

大河の学校でインコが口にした不可解な言葉について説明する。

「その言葉を伝えたら、母親が話してくれたんです。相原事件の犯人として死刑になった今井武虎は自分の養父だ。育児放棄されていた自分を拾って育ててくれた。父は絶対にやっていない、明らかな冤罪だ。それなのに、息子は行く先々で『お前のじいちゃんは人殺しだ』っていじめられた、と。今回の小学校も、三度目の転校先だったそうです」

「で、その相原事件とやらは、どんな話なんだ」

庄司の眼に好奇の光が宿ったのを見てとると、美貴は急いで取材ノートを取り出した。

「相原事件は一九九九年十二月二十七日に発生しました。相原町に住む小学一年生の少女とその母親が学校帰り、買い物に行く途中で何者かに連れ去られたんです。年が明けてから、七国峠というところで遺体で発見され、そこから二キロほど離れたS字カーブ沿いのくぼ地から少女の所持品が見つかりました。黄色い傘、ピンク色の運動靴、赤いランドセル。母親の所持品は見つかっていません。少女にだけ性的暴行の痕跡がありました。母親はそれを阻止しようとしたのでしょうか、腕や肩、両手、顔面まで、傷だらけだったそうです。そして事件から二年三か月後、当時五十九歳だった今井武虎容疑者が逮捕されました」

「逮捕までずいぶんかかったな」

「実は、今井氏は早い段階から捜査線上に浮上していたんです。疑いをかけられたきっかけは、車の目撃証言です。根気よく目撃者を探し続けていた警視庁は、ランドセルなど、遺留品の発見現場付近に停まっていた乗用車を見た、という男性を探し出しました。男性は車の色はスカイブルーでフェンダーミラーのついた乗用車だったと証言しています。特徴から、車種が特定されました。さらに後部の窓に黒いフィルムが貼られていたなどの細かい特徴から、県警は目撃された車が今井武虎のものと断定し、任意で事情聴取をおこなったんです。今井氏は一貫して完全否定していましたが、警視庁は、『現場周辺に土地勘がある。当日のアリバイがあやふやだ』などとして髪の毛を任意提出させ、DNA鑑定をおこないました。科捜研はすでに被害者の身体や衣服、現場の木の枝なんかに付着していた体液を採取していたんです。犯人の体液と被害者の血液の混じり合ったもので、そこから犯人のDNA型を特定した、と言っています。最終的には、これが今井氏と同じ型だと結論づけられました」

「DNAか。それなら一発で決まりだろ」

「でも、この時は逮捕は見送られたんです。車の目撃証言とDNA鑑定だけでは足りない。自供も取れていないので、公判が維持できないと判断したみたいです」

「じゃあ、どうやって逮捕にこぎつけたんだ」

「そこから捜査本部の執念の捜査が始まったんです。今井の行動確認を続け、徹底的に尾行しました。今井の顔写真を持った刑事が、近隣住民や親戚の聞き込みをしてまわったそうです。今井が犯人であることを前提とした聞き方だったようで、所轄の町田南署に今井が抗議しています。自宅近くに車を停めて張りこんでいた私服の刑事を今井が問いただしたこともあったようです」

「今だったら人権侵害で大問題だな」

「ええ。事件から二年後、今井は喫茶店の経営が苦しくなったためか、車を下取りに出します。警察が車を押収し、車内から被害者の母親と一致するO型の血痕が発見されたと発表しました。これで条件がそろったとして、二〇〇二年に警視庁と検察は今井の逮捕に踏み切ったんです。今井は逮捕後も一貫して犯行を否認していましたが、認められないまま死刑が確定し、二〇一二年に刑が執行されました」

「本人はずっと否認してたんだよな。それで死刑になるっておかしいだろ」

「そうですよね。しかも、地裁の判決は首をかしげたくなるようなものでした。東京地裁は検察が提出した証拠をすべて『情況証拠』であるとしてるんです。……ほら、ここです」

資料の判決要旨が書かれた部分を指さす。

「〈被告人と犯行との結び付きを証明する直接証拠は存在せず、情況証拠によって証明することのできる個々の情況事実は、そのどれを検討してみても、単独では被告人を犯人と断定することができない〉……なんじゃこりゃ。無罪になっても、おかしくねぇな」

「でも結局、死体遺棄現場や被害者の女の子から今井武虎と一致するDNA型が発見されてるってことを理由に、今井が犯人だって断定しちゃうんです。ここ、見てください」

「〈諸情況を総合すれば、本件において被告人が犯人であることについては、合理的な疑いを超えて認定することができる〉。合理的な疑いを超えて認定って……専門用語でけむに巻いてるとしか思えねぇな」

庄司がごりごりと音を立てて首を回す。

「今井は当然、控訴しました。でも二〇〇七年、東京高裁は一審を認めて死刑判決を支持。判決文にはこう書かれています、〈NHT119型のDNA鑑定結果が一定の条件の下で証拠能力を有することについては最高裁判所の判例の通り〉。調べてみたら、この判例、樺崎《かばさき》事件のことだったんです。ご存じの通り、樺崎事件は冤罪だったことが判明しています。あの有名な冤罪事件と同じ鑑定方法が用いられている、これだけでも再検証する意義はあると思います」

「で、今井はどうなったんだ」

「最終的には、二〇〇九年に最高裁で上告が棄却され、今井武虎の死刑が確定。そしてその三年後に刑が執行されました」

「そもそも、なんで警察はそこまで今井にこだわったんだ。前科《マエ》でもあるのか?」

「ありません。当時の週刊誌を読むと、今井がその頃、近所の子どもに声をかけまくっていたらしいんです。うわさが広まって、『今井はロリコン』という憶測が生まれた。でもそれは、自らが経営していた喫茶店で、子ども向けに紙芝居の会をやるって宣伝していただけみたいなんです」

「ただの子ども好きじゃねぇか。ひどい誤解だな」

「でも、なんだかんだ言って、やっぱり決め手となったのはDNA鑑定だと思います。相原事件で使われたDNA鑑定『NHT119法』は、当時遺伝子レベルで犯人を割り出せるとして、『二十一世紀の捜査革命』ともてはやされていました。翌年度から、機器の整備や技術者の養成に予算がつくことになっていたんです。科学捜査を標榜《ひょうぼう》する警察としては、何が何でもDNA鑑定の正しさを立証する必要があったんじゃないでしょうか」

「もっと時間かけりゃ良かったじゃねぇか」

「もう一つ、事情があるんです。直前に目黒の碑文谷《ひもんや》で起きた小学生の誘拐事件が未解決のままで、警視庁は批判の矢面《やおもて》に立たされていました。似たような事件で再びヘタを打つわけにはいかない……相原事件の遺体発見現場には、警察庁の刑事局長も視察に訪れています。警視庁にしてみれば、警察庁肝いり《サッチョウきも》の重大事件となったわけで、現場には『何が何でも解決しなければならない』という切迫感があったと思います。さらに『DNA鑑定は絶対だ』とアピールしたい一派との共謀関係が成立して、どうしても今井氏が犯人でなければならなくなった。もはや後戻りできなかったんだと思います」

「で、お前はDNAの鑑定方法うんぬんは別として、何でこれが冤罪だと思うんだ。一応、天下無敵のDNA様が犯人だって言ってるのに、それを覆《くつがえ》す証拠でもあるのか」

庄司からこんなまともな質問が出てくるとは予想していなかったので、面食らった。が、すぐにその目を正面から見返して、言った。

「証拠なんてありません。ただの勘です」

庄司は天井を見上げ、大げさにため息をついて見せた。

「『アングル』も、榊の暴走で早々に打ち切りだな」

「待ってください！」

必死に食い下がる。

「結子さんがずっとそばで見てきた今井武虎を信じたいんです。虐待されていた結子さんをみずからの家庭に招き入れ、娘同然に育てた今井武虎が、小学生の少女とその母親を殺害する……そんなことがあるでしょうか？」

「清水結子が今井武虎から性的虐待を受けていたってことはないのか？　案外ホントにそっちの趣味かも知らんぞ」

「今井の家に来た時、清水結子は五歳。ちゃんと物心がついている年齢です。そのようなことがあったら覚えているはずです」

「覚えてないってこともあるだろ。虐待を受けた子どもが、自分を守るために記憶を封じ込めるってのは割とよくあることだって聞いたぞ」

「清水結子は、今井の家に来る前に実の母親から受けていたネグレクトについてはよく覚えています。息子の死によって今は酒に溺れていますが、元来精神力の強い人間だと思うんです。それと、今井武虎には、当初アリバイがあったんです。関連記事を追っていておかしな点に気づきました。事件が起きた当時は、確かにアリバイがある。それが逮捕までの二年三か月の間に、消えてなくなっているんです。まるで誰かが故意に消し去ったみたいに。でも、本人は一貫して無実を訴えている……検証してみる価値はあると思います」

庄司が煙草をくわえたまま、美貴を見つめた。その視線の鋭さに、思わず目を伏せてしまいそうになる。必死でこらえた。ここで自信がなさそうな素振りを見せたら、負ける。

「で?」

「は?」

「取材、どうすんだよ」

思わず目を見開いた。

「いいんですか?」

「どうせ年内で打ち切りになるかどうかだ。のるかそるか、やってみるさ」

スタッフが驚きの表情で互いに目を見合わせる。庄司は老眼鏡をはずして、アロハシャツの裾《すそ》でレンズを磨き始めた。

「ありがとうございます!」

美貴が勢いよく頭を下げると、庄司が欣二郎の方を見て言った。

「欣さん、お願いします。爆弾抱えるにしても、信管《しんかん》抜ける人が必要なんで」

「了解」

相変わらずの渋いバリトンで欣二郎がうなずく。

「晶、お前最近仕事ないだろ。編集まかせたぞ」

「ちょっと、庄司ちゃん。何よ、その言い方」

ふくれっ面《つら》を作りながらも、派手なショッキングピンクのマニキュアが塗られた指で、すでに美貴のまとめた資料をめくり始めている。

「ありがとうございます」

美貴がもう一度頭を下げる。庄司は企画書の束をデスクの端に寄せると、大きな伸びをした。

「あ〜腹減った。メシだ、メシ。北海丼、大盛り頼むわ」

ＡＤの田中がはじかれたように立ち上がる。田中を目で制すと、椅子を引いた。

「みなさんの分も買ってきますね。大盛りの人！」

庄司一人が手を上げた。

「ちなみに大盛り、無料ですよ」

全員が手を上げた。美貴は吹き出しながら、勢いよくスタッフルームのドアを開けた。

＊

まずは、当時今井を担当した弁護士に接触したい。そう思って電話をかけたが、事務員が一向に取り次いでくれない。毎日電話をかけ続けているうちに、「先生は長期の海外出張中です」と、冷たく告げられた。

このままでは、らちが明かない。美貴は古巣の社会部に足を向けた。久しぶりに来てみると、相変わらず電話が鳴り響き、記者が走り回っている。自分がいなくなっても、何一つ変わることのない光景……かすかな胸の痛みを覚えたが、同期の高桐啓子《たかぎりけいこ》の姿を見つけると、後輩たちの視線を浴びながらデスクに近づいて行った。

「啓子、いまちょっと大丈夫?」

「何、もうこっちが恋しくなったの?」

華やかな笑顔。大輪の花が咲きこぼれたようだ。女の自分でさえ、胸が高鳴る。

「まあね」

軽くいなしながらも、啓子の手にしたニュースの項目表を目にすると、胸の奥に刺さったままの小さな棘《とげ》がうずいた。自分が項目表を手にする日は二度とないかもしれない。


啓子とは同期入社だ。新入社員を集めた飲み会で、「お前はチャレンジ採用だからな。面接官の間でも、毎回意見が割れてたんだ、感謝しろよ」と酔った人事部員に言われた。本当は新聞社に行きたかった。けれど、新聞記者は地方勤務が多い。父亡きあと、五歳から女手一つで育ててくれた春子を、一人置き去りにすることはできなかった。テレビ局には報道以外にも、ドラマ、バラエティ、情報、スポーツ、営業局や事業局など様々な部署があって、どこに配属されるかは入社してみなければわからない。同じ報道志望だった啓子とは、内定の頃から励まし合ってきた仲だ。

運よく二人とも報道局に配属され、同じ時期に警視庁クラブに所属して抜き合いを演じてきた。社会部のデスクと遊軍キャップ。三十五歳でついた職位は外形的には同じランクだが、内実は違う。取材の命令はデスクが下す。事実上、遊軍は社会デスクの支配下にあった。美貴は遊軍キャップとして、デスクの命令を記者に割り振りながら、いつも啓子の指示の的確さに驚かされた。東大卒で切れ者の美人記者高桐啓子と、体力自慢で泥臭い仕事を粘り強くこなす榊美貴、「お色気系の高桐と体育会系の榊、どちらが初の女性社会部長になるか」などと酒の肴《さかな》にされたこともあったが、それもすでに過去の話だ。今回の異動で勝負がついたことは、口に出さずともお互いにわかっている。

体のラインが透けるシルク素材のブラウスに、ぴったり体の線に沿ったタイトスカート。耳から長い鎖で揺れる大ぶりの金のピアスに、ゆるくウエーブした髪が絡みつく。パールピンクに塗られた唇はぽってりと分厚く、長い睫毛《まつげ》にふちどられた大きな瞳はいつも潤んだような光を湛《たた》えている。当局のオジサマたち、特にノンキャリアの警察官などは、啓子のあでやかさを前に、あっさり落ちる。ライバル社の記者連中も、次々とスクープをものにする啓子に、憧れと嫉妬がないまぜになった視線を向けていた。

だが、啓子がその恵まれた容姿だけでネタを取っているわけではないことは、誰よりも美貴が一番よく知っている。警視庁クラブで美貴が花形の捜査一課に、一課を希望していた啓子が生活安全部担当になった時、啓子は悔しさなど微塵も見せず、むしろ地道な朝回り夜回りに誰よりも力を入れた。昼間、他の記者が仮眠を取っている時でさえ、遠くの所轄にまで足を延ばした。啓子が靴底をすり減らしてとったネタは情報に厚みがあり、複数の筋からきちんとウラが取れていて、手堅かった。

啓子は、美貴が飛ばされることになった例の一件については触れてこない。美貴の気持ちをおもんばかってのことだろう。共に戦い、飲みに行ってはくだを巻いた同期の温情をありがたく思うと同時に、本音で語り合えなくなったことに一抹の寂しさも感じていた。

「今日はちょっとお願いがあって」

「お願い？　難しいのはやめてよ」

笑って髪をかき上げながら言う。

「啓子、相原事件って知ってる？」

「相原？　覚えてないなぁ。いつ頃の事件？」

事件の概要を手短かに説明し、冤罪の可能性が高いと考えているので、司法クラブを通じて担当弁護士の紹介をお願いしたいと頼んだ。ＤＮＡ鑑定のことは敢《あ》えて説明から省いた。科学捜査に対する信頼はゆるぎない。それが十九年前のものであっても、反証を挙げられる自信はまだなかった。ピンクベージュのマニキュアがきれいに塗られた指を尖ったあごにあてると、啓子は少し考え込むような表情を見せた。

「美貴には釈迦《しゃか》に説法かもしれないけど、冤罪事件って難しいわよ。やるなら『無実』、つまり『絶対にやってない、完全なシロだ』ってことを示してやらないと。裁判で『無罪』になったってだけじゃなくて、この人は絶対的な『無実』だってことを見せないと、視聴者は納得しない。でも、『やってないこと』を証明するのは悪魔の証明……難しいわよ」

さすがだと思う。たったこれだけの説明で、勘どころをつかんだアドバイスができる。啓子の指摘はいつも正しい。けれど、真実を覆い隠す厚い岩盤を突破するには、無鉄砲にも見える情熱が必要なこともある。結子の青白い顔が浮かんだ。女手一つで育ててくれた母の顔が浮かんだ。弱き者を助け、強大な権力に立ち向かう……新人の頃、目を輝かせて語った青臭い思いがよみがえった。ニュースの三分程度の企画とは違う。今回は三十分のドキュメンタリー番組という、願ってもない大舞台を一人でまわすのだ。徹底的に取材するしかない。これ以上は無理だと思うところまでやってみたい。

「わかってる。やれるところまでやってみる」

啓子の目をまっすぐに見た。

「ま、頑固者の美貴さんには何を言っても同じね。これからデスク会議だから、その直通電話、使っていいわよ。検察担当が出るはずだから」

苦笑いしながら細く尖った人差し指で司法クラブとのホットラインを指すと、立ち上がった。啓子を囲む空気が揺れて、ムスクの濃い香りが立ちのぼった。

「ありがとう」

ヒールの音を響かせて啓子が去ると、美貴は受話器を取り上げた。

＊

二日後に司法クラブの記者から連絡があった。担当弁護士の乾健次郎《いぬいけんじろう》が会ってくれるという。

教えられた赤坂の事務所を訪ねた。銀座の高級洋菓子店のマカロンを手土産にしたが、事務所のビルを見上げて拍子抜けした。築四十年以上は経っているとおぼしきペンシルビル。エレベーターはついておらず、五階まで階段を上ると、首筋にじっとりと汗をかいた。

中に入ると、目に飛び込んできたのは受付カウンターから窓際まで、至る所に積み上げられた書類や新聞の山だった。事務員らしき人間は見当たらない。書類のすき間から、かろうじてデスクがいくつか見える。黄ばんだ新聞紙が雑然と積まれた窓際の机に、頭頂部と側頭部だけを残してはげあがった男性が一人座っていた。美貴に気づくと、百キロ近くはあるだろうか、腹のせり出した、いかにも重そうな体でのろのろと近づいてきた。

「どうも、どうも。乾です」

人の好《よ》さそうな笑みを浮かべながら、部屋の隅の衝立で仕切られた一角に美貴を案内し、ソファをすすめた。ところどころ破れた座面に、ガムテープが貼りつけてある。電話で面会を申し入れた時は取りつくしまもなかったのに、ずいぶん印象が違う。差し出された名刺は手汗が染みてよれていた。美貴はそっと紙の端をつかんで受け取ると、代わりに自分の名刺とマカロンの箱を差し出した。

「毎朝放送の榊です。これ、皆さんで召し上がってください」

「いやあ、嬉しいなあ。私、甘いものに目がなくてねぇ」

冷蔵庫にマカロンの箱をしまってから、乾は二つの湯呑みに冷たい麦茶を淹《い》れてきた。

「ここ、蒸すでしょ。今年はとりわけ暑いですな。節約しようと思って、冷房もなるべく控えてるんです。うちは恥ずかしながら、事務員を雇う余裕もなくてね」

話しながら、ハンカチで顔中から吹き出る汗をせわしなく拭いている。

「先日電話に出て下さった女性の方は」

「ああ、あれはイソ弁……ってわかります？　居候《いそうろう》の新人弁護士です。ここで仕事を覚えたら独立するんです。うちは事務員がいないんで、電話なんかにも出てもらってるんですよ」

話しながら、乾は落ち着かない様子で何度か冷蔵庫の方を振り返った。やがて、よっこらせと掛け声をかけて立ち上がった。

「うーん、我慢できない。やっぱり食べちゃおう」

乾は冷蔵庫から今しまったばかりの箱を出してきた。

「このままでいいですか？　どうぞ」

美貴が持ってきたマカロンをすすめる。

「うまいなあ。やっぱりいちご味に限りますね」

フランボワーズのマカロンを手に、目を細めている。

「今日は、相原事件のことで伺ったんです」

事件の話を持ち出すと、途端に乾の表情が曇《くも》った。番組で取り上げたい旨を説明すると、乾は適当にうなずきながら、次々にマカロンを口に放り込む。十五個入りのマカロンがすでに半分以上なくなっている。

「乾先生の方で、再審請求を検討されたことはなかったんでしょうか？」

「いやあ、新しい証拠が出てくるわけじゃなし、無理ですよ。ご本人の今井武虎さんは刑が執行されちゃったし、奥さんの直美さんも亡くなってる。息子さんご夫婦からも、特に申し出はなかったしねぇ。こっちとしては、要請がなきゃ動きようがない」

「再審請求したい、と言われたことは？」

「今井さん本人はずっと言ってましたよ。でも……」

そこで乾は口ごもった。言葉を探すように、マカロンの箱を覗きこむ。

「間に合わなかった？」

「いやぁ、そうじゃないんですよ。なぜか今井さん自身が、やめるって言い出したんです。人が変わったみたいに、やっぱり再審請求やめる、って。わけが分かりませんよ。まあ、こっちとしてもね、新しい証拠が出てくる望みも薄かったんで、今井さんがそう言うなら、と敢えてそれ以上引き留めはしなかったんだけどね」

「でも、相原事件は冤罪です。本当は先生もそう思っていらっしゃるんじゃないですか」

美貴が思わず勢い込むと、乾は美貴のほうを見ないまま、黄緑色のマカロンを口に放り込んだ。

「さあ、どうか分かりませんね。再審請求しないと言い出したからには、何かあるのかもしれない」

乾は今井武虎への疑念を払拭《ふっしょく》できていないのだろうか。「結論を急ぐのは美貴の悪い癖だ」と、よく亮輔にたしなめられた。事件の真相に迫るには、一つ一つ情報を確認して積み上げていく地道な取材が欠かせない。

「事件当夜、母娘の遺体が発見された七国峠で今井さんの車を目撃した人がいますよね」

「ああ、伊東茂《いとうしげる》さんね。あの人の証言は全然信用できませんよ。伊東さん警察に聞かれた時、最初はそんな話、一言もしてないんです。それなのに、数か月経ってから『見たような気がする』って言い始めて、調書では『絶対に今井武虎の車だった』に変わってる。よくあることですよ。今井さんが犯人じゃないかって報道が出始めて世間が怪しむようになったから、自分でもそう思いこんじゃった」

「じゃあ、そもそも伊東さんの証言自体、信憑性が低いってことですよね。どうして警察はちゃんと調べないんでしょうか」

「そりゃあ、警察にとって都合がいい証言だからね。ちゃんと調べたら、ぼろが出るでしょ」

伊東の連絡先を聞きたかったが、ここで個人情報を盾に渋られては元も子もない。

「もし差しつかえなかったら、裁判資料を見せて頂けないでしょうか」

乾が渋い顔になった。

「膨大な量ですよ」

「持ち帰って会社でコピーさせて頂いてもよろしいですか?」

ませんは決して第三者に見せるようなことはし

「守秘義務違反になるなぁ」

「番組スタッフの間で閲覧《えつらん》するだけにとどめます。決して第三者に見せるようなことはしません」

「う〜ん、まあ、もう別に要るものじゃないし、いいか」

濃い紫色のマカロンをつまみ上げると、あくびをしながら、いかにも面倒くさそうに事務所の隅を指さした。

「あそこに積んである段ボールね。あれ、全部そうですから」

古びた段ボールが三箱、積み重ねて置いてあった。長いこと触れられていなかったとみえて、一番下の段ボールは片側がつぶれて傾いている。

「大切な資料なんで、明日には返してくださいよ」

「ありがとうございます」

勢いよく頭を下げる。とても一人で運び出せる量ではない。今朝出社していたスタッフの顔を思い浮かべながら、スマホを取り出した。

＊

「ちょっと、なんであたしがこんな力仕事しなきゃなんないのよ！」

身長百七十六センチの晶が路上にピンヒールの音を盛大に響かせながら、大股で歩く。

向こうから歩いてくる人が晶のド派手ないでたちを横目で見ながら、関わり合いになりたくないとばかりに、コソコソとよけていく。ショッキングピンクのカーディガンに同じ色のメッシュが入った髪。蛍光グリーンのミニスカート、ラメが付いた網タイツに包まれた足元には、ビジューがふんだんにあしらわれたゴールドのミュール。見たところ『オネエ系のお笑い芸人と、その付き人』だろうか。自分の想像に思わず笑いがこみ上げる。

「何がおかしいのよ！」

「……すみません」

あわてて笑いを引っ込め、殊勝な顔を作る。

「欣さんが今日お休みなもんですから、晶さんしか頼れる人いなくて」

「それで、何であんたはガキしょってんのよ」

「午後六時十五分以降は中々預かってくれるとこがないんです。母も今日は出かけてて……」

陸は先ほどから、美貴の背中で平和な寝息をたてている。

「ベビーシッターとかいないわけ?」

「夕方のこの時間は引きが多くて、来てくれる人見つからないんですよ。ほんとにすみません」

「もぉ〜、昨日塗ったばっかりのネイルがはげちゃうじゃないの」

「大丈夫です。段ボールは私が運びますから。晶さんは陸、抱っこしててください」

「ええっ!?　冗談じゃないわよ！　あたしがニガテなもの、知ってる？　一に子ども、二にダイエットなんだから、それだけは勘弁してよね！」

大声で笑った。晶と一緒にいると、日頃の不安も悩みもすべて吹き飛んでしまうような気がする。晶はなんだかんだ言いながら、乾の事務所に飛んで来てくれた。ぶつくさ言いながらも、これから気が遠くなるようなコピー作業にも付き合ってくれるのだろう。育児休業から復帰して以来、職場にも保育園にも周囲の人々にも、ひたすら「すみません」と「ごめんなさい」を繰り返す日々だった。なぜ子どもを産み育てることが、この国では罪悪感につながるのか。特にシングルマザーというハンデを抱えた美貴にとって、晶のさりげない優しさは胸に沁《し》みた。


弁護士事務所に着くと、晶はさっそく腕まくりして、段ボール箱を軽々と持ち上げて見せた。

「うわ晶さん、力持ち！」

「こんくらい朝メシ前よ」

「……晶さん、オトコ出てます」

美貴が指摘すると、晶は「きゃあ〜、今度、おごりなさいよぉ！」と叫びながら、ミュールの音を高々と響かせて階段を下りて行った。乾はすでにいなかったが、「イソ弁」とおぼしき若者がバケモノでも見たような顔をしているのがおかしかった。

局に戻って膨大な資料をコピーし終わった頃には、午後十時を回っていた。陸はまだ二歳になったばかりだ。保育園の先生には、午後八時から九時頃までには寝かせてください、と言われている。とりあえず判決文など、大事そうなものだけを抜き出してクリアファイルにしまう。コンビニで買った鮭のおにぎりを半分と、小松菜の白和えを食べ終えると、ほどなくして陸はスタッフルームのソファで寝入ってしまった。資料で膨れあがったリュックを背負い、陸を抱き上げると思わずよろめいた。眠っている子どもは、まるで砂袋のようだ。普段の何倍もの重さになる。

「ちょっと、あんたそんな細い体で大丈夫なの？　ガキも細っちょろいし、もっと食べさせなさいよ」

「陸、最近あんまり食べないんです。お菓子は好きなんですけど……」

「あんた、ちゃんとご飯作ってる？」

「実は料理苦手で」

「オトコ落とすには、まず胃袋からよ。二度目のチャンスもないわけじゃないんだから」

「がんばります」

笑いながら晶に手を振って社を出た。

陸を寝かしつけてから、自分なりに事実関係をまとめる作業に取りかかった。ようやく形になったのは、朝の五時半だった。あと一時間で陸を起こして、朝食を食べさせなければいけない。ここで眠ってしまったら最後、起きられなくなる。美貴はまとめたばかりの資料をもう一度読み直した。

一九九九年十二月二十七日、事件発生。

小学一年生の女の子とその母親がスーパーに夕食の買い物に行ったまま、行方不明になる。事件とも事故ともわからないまま年を越したが、翌年一月に八王子市と町田市の境にある七国峠で二人の遺体が発見され、警察が殺人事件として捜査を始める。二人とも首を絞められていた。娘に性的暴行の痕、母親に無数の防御創《ぼうぎょそう》あり。添付されていた写真には、事件当時についたものかどうかは定かでないが、女の子のひざに擦りむいたような傷跡がある。事件発生から二年三か月後の二〇〇二年三月、二人がいなくなったスーパーの近くで喫茶店を経営していた五十九歳の今井武虎が殺人・死体遺棄の容疑で逮捕される。

同月、今井武虎は起訴され、東京地裁で審理が始まる。

起訴状などでは、今井武虎は一九九九年十二月二十七日の午後七時頃、買い物帰りの女の子と母親に刃物を突き付けて脅し、自家用車に乗せて七国峠に行き、そこで女の子に性的暴行を加えた上で二人の首を絞めて殺害し、遺棄したことになっている。

弁護側の主な反論は次の二点。

一．被害にあった母親が持っていたバッグと財布がなくなっている。しかし、武虎の自宅や関連先からは被害品が見つかっていないばかりか、自白にもバッグや財布に関する供述は一言も出てきていない。

二．被害者の女の子は、武虎の当時小学六年生の息子・竜哉と小学五年生の里子《さとご》・結子が通っている八王子第十二小学校の児童である。事件を起こせば、二人が学校に通いづらくなることは自明の理。

美貴はコーヒーを淹れるため、台所に立った。いつもはインスタントで済ませてしまうのだが、時間があるときはドリップバッグを使う。本当は豆から挽《ひ》きたいのだが、まだ亮輔の使っていたミルを使う気持ちになれない。

湯を沸かしている間、大河の画帳にあった一枚の絵を思い出していた。クレヨンで描かれた稚拙な絵。持ち手のところに血のようなものが付いたバッグ……被害者のバッグということはないだろうか。持ち手の血は、女の子や母親の傷からついたものか。被害品がどんなものだったかわからない限り、あの絵に描かれているのが相原事件に関係のあるものなのかどうかはわからない。それでも、武虎の孫である大河本人があの絵を描いたのだとしたら、偶然の一致とは言えない気がした。武虎の死刑執行当日にちょうど五歳の誕生日を迎えた大河が、事件についてそこまでの情報を得ていただろうか。

熱いコーヒーを胃に流し込んだが、頭の中はもやがかかったようで一向に晴れない。事実関係を丹念に見ていくと、おかしなことばかりだ。被害者の所持品が見つかっていないにもかかわらず、警察と検察は、なくなったバッグや財布のありかについて、一切武虎を追及していない。もし武虎が犯人ならば、これらを捨てた場所、あるいは隠した場所が逮捕の決め手となる「秘密の暴露」になるはずなのに、それをしていないのはなぜか。なぜ一番肝心なことを聞かなかったのか。追及すると、たとえ自白が取れたとしても、武虎が何も知らないことがはっきりして、「犯人ではない」ことを証明してしまうからではないか。裁判のなかで、遺族は「もしかしたら、買い物に行く時にバッグや財布を家に置いていったのかもしれない」と話している。夕食の買い物に行くのに、バッグはともかくも、財布を置いていくはずがない。誰かに言わされているとしか思えないような不自然な証言……。

美貴の中に、ある疑念が湧いた。警察も検察も、ある時点から武虎が犯人でないことを知っていたのではないか。それでも後戻りすることなく、裁判で追及されると都合の悪いことや、つじつまが合わないことはすべて消してしまおうと躍起になっているようにも見える。なぜ、そうまでして武虎を犯人にしなければならなかったのか。

最終的に決め手となったのは、現場や被害者の女の子から出た、武虎と同じ型のＤＮＡだ。

二〇〇六年、東京地裁で死刑判決。二〇〇七年、東京高裁は一審を認めて死刑判決を支持。ＤＮＡ鑑定の信憑性については信頼できるとした。二〇〇九年、最高裁が上告を棄却し、死刑が確定。二〇一二年、クリスマス当日に死刑執行。逮捕時、五十九歳だった今井武虎は、六十九歳になっていた。

陸を保育園に送ってから、会社に寄った。コピーし終わった資料を元の箱に戻してタクシーに積み込み、乾弁護士の事務所に向かう。

「資料、ありがとうございました。本当に助かりました。自分なりに事件の経緯をまとめてみたのですが、ちょっとご覧いただけますか」

今朝作ったばかりの資料を取り出して、乾に見せる。読み終わると、乾は昨日とは打って変わった真面目な表情で言った。

「榊さん、本気で検証するつもりなんですね」

「はい。いくつか見過ごせない疑問点も出て来ていますので」

「実は私にとってもあれは色々と悔いが残る事件でね」

乾は考え込むような表情で言った。

「おかしな点がたくさんあるんですよ。最初は事件当夜、武虎さんが一緒に飲んでいた夫婦がアリバイを証明していたのに、いつのまにか『武虎さんは、あの日うちには来ていない』と言い出した。昨日お話しした通り、七国峠で車を目撃したという伊東茂さんの証言も怪しい。ＤＮＡを再鑑定させてほしいと言っても、検察はまったく応じない」

「ＤＮＡ鑑定の方法は樺崎事件と同じですよね」

「そうです。相原事件で使われたＮＨＴ１１９法というのは、世に名だたる冤罪事件と同じ方式なんですよ」

ニュースの一場面を思い出した。両手を高々と上げて再審決定を喜ぶ元受刑者。ＤＮＡの再鑑定がおこなわれ、十九年目にしてようやく真実が明らかになった。相原事件がもし本当に冤罪だったとしたら……武虎の刑はもはや執行されてしまったのだ。彼が自由を手にする機会は永遠に失われている。今さらながら、事の重大さに息を呑んだ。

「武虎さんの……」

思わず声がかすれた。咳払いをして続ける。

「武虎さんのＤＮＡ型をもう一度調べれば、裁判資料と突き合わせることができることができますよね?」

「いや、それじゃダメだ」

「どうしてですか?」

「まず、鑑定方法が違ったらＤＮＡ型を比較できない。当時は技術者がＤＮＡ型を目視していたけれど、今はコンピューター解析だ。格段に精度が上がっている……」

乾はそこで一旦言葉を切ると、冷蔵庫の方を見て、低くつぶやいた。

「でも、一つだけ、方法がないわけじゃない」

美貴が目線で促すと、乾は低い声で続けた。

「実は、犯人の体液が被害者の女の子のスカートに付着していたんです。衣服は証拠として警察から科捜研にまわり、その後、起訴を経て検察が裁判所に提出しました。最高裁で死刑が確定した後、遺品を返却するよう遺族が求めると、検察も『もはや不要』ということで遺族に返したんです。遺族の男性のもとに、何度も何度も通いました。いつか再審請求をする時のために、どうしても現場資料を手に入れておきたかったんです。何度目かの訪問で、ついにお父さんが僕にビニール袋を手渡してくれました。中には亡くなった娘さんの赤いスカートが手つかずのまま入っていました。鑑定のために、ハサミでずたずたに切り刻まれていた……見るのも辛い、と僕に譲ってくれたんです」

司直の手によって切り刻まれたスカート……遺族の気持ちを思うとやりきれなかった。

「まだ保管してありますか？」

「ええ、もらってきた時の映像も撮影してあります。現場資料は貴重ですから、きちんと入手した経緯も記録しておかないといけないんです。すべては、いつか再審請求する時のためにと……」

それから、乾弁護士は深いため息をついた。

「ただこれは全部、武虎さんが生きていれば、の話です」

「つまり、武虎さんが亡き今、新たに武虎さんのＤＮＡを採取できるものがないということですね」

「その通りです」

二人の間に淀んだ沈黙が流れた。やがて、美貴は何かを思いついたように顔を上げた。

「あの……武虎さんの遺品は今どこにあるんでしょうか？」

「すべて息子の竜哉さんの所に送られているはずです」

「確認されましたか？」

「してませんよ。再審請求も出ていないのに」

「裁判中にそれは考えなかったんですか」

「もちろん三者協議の中でＤＮＡの再鑑定を求めましたよ。だけど、検察は一向に応じようとしない。しかたなく、鑑定書に添付されていたゲル写真を取り寄せましたけど、ちゃんとＤＮＡ型のバンドが写ってる。これはもう動かしようがない」

「バンド？」

「まあ言ってみれば、個人を識別する指紋みたいなもんですわ」

「その写真、見せてもらえますか」

「持ち出せなかったから、ゲル写真をデジカメで撮ったものならありますけど」

「お願いします」

乾が持ってきたのはＢ４サイズに引き延ばした写真だった。縦に王冠のような形をした白いものが並んでいる写真。濃淡も大きさも様々なそれが、一体何を意味しているのか、さっぱりわからなかった。まずはＤＮＡ鑑定の勉強が必要だ。

「これ、お借りしてもいいですか」

「いいですよ。もう要るものじゃないですし」

言葉は同じだったが、昨日とは違う真剣な表情だった。

「乾先生が最初に武虎さんに会われたのはいつですか」

「逮捕された翌週でした。今井さんはすっかり弱気になっていて、『この際早く刑務所に行ってしまった方がいいような気がする。真面目につとめれば、五年から十年で出て来られると聞いた』なんて言いだした。そこから人生をやり直せばいい。それが妻や子どもたちにとっても一番良いことなんだ、と。自白を促す捜査員からそんな風に言われて鵜呑《うの》みにしたんでしょう。だけど被害者二人の殺人で、一人は小さな子どもだ。おまけに性的暴行を受けている。有罪なら、無期か死刑の可能性が高いってことを知らなかった」

「では、乾先生に対して『自分はやってない』と主張しなかったんですか」

「いや、それは最初から言い続けてましたよ。それともう一つ、『あの二人は許せない』って繰り返してたな」

「あの二人?」

「今井さんのアリバイを後になって否定した夫婦のことです。今井さんは自分のアリバイについて、事件があった日は夕方から友人夫婦の家で飲んでいた、と警察に話してたんです。そのアリバイが、逮捕までの間に否定されていた。夫婦が『今井さんは事件のあった夜は来ていない』と後になって供述を変えたんです」

「どうしてでしょうか」

「わかりません。でも、DNAがある上に、唯一の頼みだったアリバイがなくなっちまったんじゃ、こっちは打つ手なしですよ」

「そのご夫婦、最初はなんて言ってたんですか?」

「正確なところは、今となってはわかりません。ただ、逮捕直前に捜査員がその夫婦から話を聞いた時には『事件当夜は、うちに来ていない。武虎さんが飲みにきたのは、事件の前日の間違いだった』と供述を変えている」

「確かに、その時の調書が証拠として採用されていましたね。でも、ご夫婦はなぜそんなうそをついたんでしょう」

「うそかどうかわかりませんよ。今井さんとご夫婦のどちらがうそをついているのか。ご夫婦の方に、うそをつく動機があるとは考えられないでしょ。とすれば、罪を逃れたい今井さんの方がうそをついている、と考えるのが自然です。ただね、『あの二人は許せない』、接見室でそう言った時の今井さんの目。私には、演技をしているようには見えなかった。凍りついたような冷たい目でした」

　乾は目を閉じてそのまま黙りこんでいたが、やがて小さく首を振った。

「正直、今でもわからないんです。今井さんが犯人なのかどうか。でも、私たちの仕事は今井さんが『無実』かどうかを見極めることじゃない。彼を『無罪』にすることなんです。私にはそれができなかった。無念です」

そして、正面から美貴の目を見据えて言った。

「あなたが真相を知りたいというのなら、できる限りご協力しますよ」

乾の目が真摯な色を帯びているのを見て、美貴は頭を下げた。


社に戻ると、美貴は熱心に爪を磨いている晶に声をかけた。

「晶さん、昨日は助かりました」

「もぉ〜、久々に重いモノ持ったから、すっかり筋肉痛よぉ。今晩、ゴッドハンドのゆりちゃんにマッサージしてもらいに行かなきゃ」

晶はこれみよがしに肩を揉みしだきながら、突然、真顔になって美貴のほうに椅子をまわした。

「ねえ、あんた、なんでこの事件にそんな入れ込んでんの?」

「え?」

「だってさ、相原事件が冤罪だ、なんて大した根拠もないのに、何であんたはそんなに自信たっぷりなわけ?」

「えーと、記者としての勘っていうか……」

「カン、ねぇ」

晶があきれ顔で老眼鏡をはずしてデスクの上に置いた。ショッキングピンクのフレームに派手なビジューのついたそれを、晶だけは頑《かたく》なに「リーディンググラス」と呼んでいる。

「ま、いいわ。で、弁護士どうなのよ」

「信頼できそうです」

晶はおおげさに肩を落として見せた。

「つつ〜、あんたバカ？　イケメンかどうかに決まってんでしょ」

「あ、そっちですか。イケメンかどうかはともかく、百キロはありそうな感じですかね」

「ええ〜、がっかりぃ。あたしデブ嫌いなのよ。なんか自制心ない感じで全然ダメ。食指動かない。男はやっぱストイックじゃないとねぇ」

「晶さん、そんなに注文ばっかりつけてると、もらい手なくなりますよ」

「あんたに言われたくないわよ、この行かず後家《ごけ》！」

「晶さん、その言葉聞くの昭和以来です。それに私、ちゃんと一回は結婚できてますから」

「うるさいわね、昭和バンザイよ。日本人の魂は昭和に置き去りにされてるんだから。大体ね、最近の子は言葉を知らなさすぎるのよ」

晶がブツブツ言うのを笑いながらいなし、美貴はＤＮＡ型のゲル写真を晶に見せた。

「へ〜、こんなの初めて見た。ね、これコピーしていい？」

「いいですけど……」

「何よ、なんか文句ある？」

肩をいからせてコピー機の方へと去って行く背中を見送りながら、自らに問うた。なぜ相原事件にそんなにもこだわるのか……晶は見ていないようでいて、実は色々なものをよく見ている。そして時に、ずばりと本質を突いてくる。長年編集に携わって培《つちか》った眼力なのだろうか。なぜ相原事件や結子のことが気になるのか……わからないのだ。自分でもよくわからないまま、何かに突き動かされているような気がする。

とにかく今は、一歩でも真実に近づくことだ。パソコンを立ち上げると、先ほど乾から聞いた話を書き足すべく、今朝まとめたばかりの文書ファイルを開いた。

*

署長室の薄いドアをノックする音がした。

「どうぞ」

決裁書類から顔を上げると、副署長の多田《ただ》が顔をのぞかせた。

「署長、ちょっとよろしいですか」

額にもこめかみにも大粒の汗を浮かべている。節電が叫ばれるようになって、署内の冷房も設定温度が二度上がった。でっぷりと肥えた体を包む水色の制服が今にもはちきれそうだ。応接セットのソファをすすめる。多田が座ると、ソファから大量の空気が抜ける音がした。

「どうしましたか」

四十二歳の署長と十四歳年上の副署長。幹部候補生として入庁しているキャリアと、現場たたき上げのノンキャリア。警察では階級がすべてと言ってしまえばそれまでだが、はるかに年下の若造に上から物を言われるのは決して気持ちの良いことではないだろう。職位に関係なく、日頃から丁寧な言葉遣いを心がけている。

「実は、先ほど毎朝放送の記者が来まして、相原事件について聞きたいと……」

「それで?」

「十九年も前の事件だし、もう犯人も死刑になってますから、今さら警察で話すことはないですよ、って言っときました。当時の捜査員も、誰もいませんしね。いやあ、それにしても、びっくりしましたよ。相原事件とはねえ」

「社会部の記者ですか?」

「いや、なんとかっていう番組の担当でしたよ。若い女性の記者さんなんですけど、今井武虎、なんて名前、すらすら言うんですよ。ちょっと待ってくださいね。えーと……」

胸ポケットから名刺を取り出した。老眼なのだろう。名刺を持った手を顔から離して目を細めている。

「あ、これだ。えーと『アングル』って番組、署長ご存じですか?」

「いえ」

多田が差し出した名刺に『アングル』ディレクター　榊美貴、と書かれていた。所属部署の直通電話と携帯電話の番号、それにメールアドレスが記載されている。

「それでね、追い払ったんですけど、また来ます、なんて言って帰って行きましたよ。どうしたらいいですかね」

「実際に事件を担当した人間はここにはもういないわけですし、適当にあしらっておけばいいでしょう」

「そうですよね。すみません、大したことじゃないのに……失礼しました」

副署長は頭をぺこぺこ下げながら、署長室を出て行った。


多田の姿がドアの向こうに消えると、冴木《さえき》壮一郎《そういちろう》はソファに深く身を沈めた。

今井武虎。まさかこの名前を今になって聞くことになろうとは。

空気がゆがみ、北京の猛烈な暑さがよみがえってくる。大使館の一等書記官として赴任し、三年間を暮らしたが、真夏になると連日四十度を超えた。王府井《ワンフーチン》を埋め尽くす、中国全土から集まった観光客の熱気。溶けてゆがんだアスファルト。屋台で焦げつく串刺しの羊やとかげ、蛇の濃厚な臭い……凍てつく冬と炎暑の夏を三回ずつやり過ごし、四十歳で帰国した。同時に警視正《せい》に昇任し、町田南署の署長となった。大使館勤務を終えた人間は本庁に戻って理事官になるのが常道だが、今度の長官が徹底した現場主義だったため、異例の人事となった。父が警視庁の刑事部長だった頃、長官は総務課長だったと聞いている。

「人の上に立つ者は、まず己を知らなければならない」

父の口癖だった。それでいて、決して自分の息子のことを知ろうとはしなかった。

冴木は立ち上がって警電を取り上げると、押し慣れた番号を叩いた。

やらなければならないことが山積みだった。年内の放送を目指すとなると、編集などの時間を差し引いて、取材にあてられる期間はわずか四か月足らず。冤罪を立証するのに十分な時間とは、とても言えない。とにかく、まずは武虎のDNAを再鑑定することだ。被害者のスカートから出ているDNA型と一致しなければ、それが何より冤罪の証明になる。

＊

手始めに結子のもとを訪れ、相原事件の取材を始めたことを報告した。年内に放送したいと思っていること、相原事件を通じて大河の死の真相を突き止めたいと考えていること。結子は黙って聞いていたが、最後に武虎の遺品のありかについて尋ねると、意外な答えが返ってきた。武虎の遺言で、すでに荼毘《だび》に付された遺骨以外、家族のところには何も戻って来ていないという。他に何かが残されているかどうかもわからない。亡くなった妻、直美のアパートは解約し、荷物も整理してしまったので、武虎のものはもはや何も残っていないという。

局に戻ってから、弁護士の乾に電話した。

「今井さんの遺品、結子さんのところにもありませんでした。どうなったんでしょうか？」

「さあねえ。遺族が受け取りを拒否したりすると、通常は処分されてしまうけど」

「まずは武虎さんのＤＮＡを再鑑定することだと思うんです。今の最新技術なら、ＮＨＴ119法とは違った結果になるかもしれない。現場に残っていた犯人のＤＮＡ型と武虎さんのＤＮＡ型が違うと証明できれば、冤罪の立証として、それ以上のものはないですよね」

「って言っても、爪とか、皮膚とか、毛髪とか、何かしら残ってないとねぇ」

「遺骨はどうですか？」

「すでに火葬された骨で鑑定するってこと？」

「できませんか？」

「わからないなあ。ちょっと知り合いに聞いてみるから、かけ直しますわ」

十分とたたずに乾から電話があった。

「火葬ってものすごく高温でしょ。千数百度くらいの熱が加わると、ＤＮＡは破壊されちゃうらしくて、鑑定は、無理だそうですわ。結子さんのところに、何か残ってないですかねぇ」

「聞いてみたんですけど、何もないって……たとえば判決確定後に面会に来た方に、何か渡したりしていないでしょうか」

「死刑囚の面会には制限があるからねぇ。許されるのはご家族だけだったと思いますよ。あとは教誨師ぐらいかな」

「教誨師って、お坊さんとか牧師さんのことですか？」

「ええ。武虎さんが教誨を頼んでいれば、の話ですけどね」

「東京拘置所に出入りしている教誨師の方って限られるんですか？」

「う〜ん、そっちの方はあんまり詳しくないもんで……あ、そうだ。ちょっと待っててください」


電話を置いて、何かをごそごそと引っ張り出す音がした。


「えーと、まずね、現在、死刑確定者が大体百人ちょっとでしょ。その半数近くが東京拘置所に収容されている、と。教誨師の内訳は、仏教が七人、キリスト教が五人、神道が一人、天理教が一人、全部で十四人だね。イスラム教はいないらしい」

「すごい。それ、何の資料ですか？」

「日弁連《にちべんれん》でね、衆議院の法務委員会のメンバーと死刑制度についての話し合いをしたときのメモですよ。終身刑を導入するかどうかとか、いつもひとしきり話した後で『今後も国民的議論を深めて行こう』みたいなありきたりな結論に落ち着くんですよ。まあ、一種の儀式みたいなもんですわ」


東京拘置所の教誨師をしらみつぶしに当たる……そんなことができるだろうか。教誨師のリストをどうやって探し出せばいいのかもわからない。仮に武虎が教誨を頼んでいたとしても、教誨師がＤＮＡを抽出できるような遺品を持っているかどうか。まったく雲をつかむような話だ。むしろ他の検証に力を入れるべきではないか。そう思いながらも、武虎の遺品をどうやって手に入れるか、それればかり考えてしまう。ＤＮＡ鑑定という鉄壁を崩せなければ、冤罪を立証することは不可能に近い。


パソコンの前で頭を抱えていると、庄司の声がした。

「おい榊、この取材予定、何だ？」

煙草を片手に、美貴が庄司のデスクに置いておいた取材伝票をひらひらさせている。

「夜の現場を撮りたいんです。裁判資料を読んだんですけど、事件当夜、遺体発見現場で今井武虎の車を見た、という目撃者がいるんです。どれぐらいの距離から目撃されたのか、目撃者の立ち位置から、暗い夜道でも車が判別できるのか確かめておきたいんです」

「で、暗視機能付きのデカいカメラを外部発注、か？」

「はい。暗視カメラじゃないと何も撮れないかもしれないですし、現場は結構な山道だし、欣さんにはキツいんじゃないかと……」

「アホか。そんなハイテクなやつ頼んだら、いくら予算があっても足りねぇだろ」

庄司が苦い顔で一蹴した。わかっている。カメラを一回外注すれば、軽く十万円が飛ぶ。ましてや、暗視機能をつけたら一体いくらになるか。取材費を五十万円以内に抑えたい深夜の低予算番組にとっては、相当きつい出費だ。

「タダで借りて来てやるよ」

後ろから渋いバリトンが響いた。

「欣さん、そんなツテあるんですか？」

「ああ、長くこの稼業やってりゃ、困ったときに泣きつける先はいくらでもある」

「ありがとうございます！」

「亀の甲より……だな」

庄司が満足そうな顔で煙草をくわえた。


「七国峠」は町田市の相原町から八王子市へ抜ける丘陵越えの古道だ。裁判資料を見ながら、目撃者が通った道筋を正確にたどるため、先日とは違うルートで町田街道の相原十字路交差点から北へ進んでみた。ところが、峠道への入口がさっぱり見当たらない。犬を連れている五十代くらいの男性に声をかけた。

「七国峠？　あそこはもう道がなくなってるんじゃないかな。小さい頃はよく遊んだけどね。もうずいぶん行ってないからわからないなあ」

「そうですか、すみません」

「いや昔ね、あすこで嫌な事件があったもんだから。気味が悪いって、誰も近づかなくなったんだよ」

苦い顔になりながらも、「ついてきなさい」と先に立って案内してくれた。

小さな中華料理屋のある角まで来ると、男性は「ここを曲がって二、三十メートルほど行くと墓地があるんだけど、その左手に七国峠の入口があるから」と教えてくれた。その通り行ってみると、前回と同じ峠道の登り口に出た。「朱雀路」と書かれた看板が立っている。

時計を見る。夕方六時半。まもなく今井が目撃されたのと同じ時間帯になる。日当たりが悪いせいか、足元の土は水気が多く、靴底がぬるぬる滑る。人通りがないためか、あちこちに木の枝が散乱して、熊笹《くまざさ》が道を覆い隠している。登り口から十分ほどしか歩いていないのに、樹木が鬱蒼《うっそう》として薄暗く、聞こえてくるのは、風が木々を揺らす音ばかりだ。

「薄気味悪いですね」

美貴の声が妙な響きをもって、辺りに広がった。

「古道だけあって、鎧武者《よろいむしゃ》の地縛霊でも出てきそうだ」

「やめてください。そういうの、めっぽう苦手なんですから」

「意外だな。槍でも鉄砲でも持ってこい、ってタイプかと思ったが」

咳ばらいして欣二郎のコメントを受け流すと、美貴はファイルから裁判資料のコピーを取り出した。

「車が目撃されたのは十二月二十七日の午後七時から八時半頃とされています。今より陽が短いので、この辺りはもう完全に暗くなっていると思われます」

「冬のその時間なら、真っ暗だな」

「あ、ここです」

資料を見ながら立ち止まった。持って来たロープをほどく。目撃者が立っていた地点から、車があったとされる場所まで約十五メートル。両端を美貴と欣二郎とで持ち、ロープをぴんと張って、道に杭を打った。持って来た脚立の上からロープを俯瞰《ふかん》で見てみる。裁判資料にある現場の見取り図と同じ角度にしなければならない。

「欣さん、もう少し右かも」

「こうか?」

「もう少し……」

「おい、何やってるんだ!」

突然、鋭い声が響いた。見ると、脚立の真下に制服の警官が立っていた。

「道路使用許可は取ったのか?」

「あ、いえ」

「公道で勝手にこんなことされちゃ困るんだよ。すぐ片づけて!」

美貴が欣二郎を見ると、小さく首を振って『抵抗するな』というサインを出している。

「わかりました。すぐに片づけます」

「あとちょっとだったのに……何で見つかっちゃったんだろう」

美貴が自販機で買った缶コーヒーをあおると、欣二郎はしきりとあごひげをさすっている。考えごとをしているときの癖だ。

「匂うな」

「え？　何がですか」

「俺たちが現場に来た時に、ちょうどサツが邪魔しに来るなんておかしいだろ。しかもほとんど人通りがない山の中だぞ。俺たちに行動確認でもつけてない限り、このタイミングで来るのは無理だ」

真顔で美貴の方を向く。

「おまえ、ここに来る前、当局に当たったりしたか？」

「はい、一度だけ所轄に行きました。もう当時の担当者もいないし、って追い払われましたけど。もしかして、つけられてたとか？」

半分冗談のつもりで口にしたのに、欣二郎は大まじめな表情で答えた。

「いや、その気配は感じなかった。むしろ、現場に制服を張りつけてるんだろ」

「えっ、そんな……十九年前の事件でそこまで面倒なことします？」

「だろ？　だからクサいんだよ」

それきり、欣二郎は黙ってしまった。相変わらず、ほとんど白くなったあごひげをさすっている。

「でも、来てみてわかりました。『事件当夜、不審な車を見た』という証言をしたのは、近所に住んでいた伊東茂という男性です。仕事納めの日、一度帰宅してから飲みに行く途中、近道をするためにここを通っていて今井の車を目撃した、ということになってるんですけど、そもそもこんな真っ暗闇の中、車を判別することができたのかどうか、疑わしいですよね。明日会いに行ってみようと思います」

「俺も行くよ」

「いいんですか?」

「ヒマつぶしだ」

欣二郎はいつもの不機嫌そうな表情のまま、ざらりとあごひげをなでた。タイミングが良すぎる制止……欣二郎が言うように、本当に制服の警官を現場に張りつけているのだろうか。十九年も前の、それもすでに死刑が執行されている事件だというのに、あまりにも不自然だ。誰が、一体何のために……この事件の裏には、何かもっと大きなものが隠されているのかもしれない……冷め切った缶コーヒーを喉に流し込むと、不快な甘ったるさだけが口に残った。

*

伊東茂の家は、町田市相原町の静かな住宅街のはずれにある。ところどころ簡易舗装の部分が残っていて、昼間の熱気と埃っぽさが絡みつく。駅で少し時間をつぶし、午後七時過ぎの夕食時をねらって伊東家のドアホンを鳴らした。

「はい」

男性が出た。声の感じでは六十代前半といったところか。

「伊東茂さんでいらっしゃいますか？」

「そうだけど」

「毎朝放送の榊美貴と申します。相原事件のことで、ちょっとお話を伺いたいのですが」

「は？」

「車を目撃されてますよね」

「そんな昔のことで今更話すことなんかないよ」

「ほんの少しだけでも」

「話すことなんてないって言ってるだろ」

「お時間は取らせませ……」

「うるさい！　迷惑だ。二度と来ないでくれ」

そのままドアホンは切れた。あまりの剣幕に、玄関の前を急いで離れる。伊東家の周りを歩いてみると、裏庭にまだ新しそうな犬小屋がある。八月の夕暮れはまだまだ明るい。しゃがんで中をのぞき込むと、気配を感じ取ったのか、ゴールデンレトリバーがのっそりと立ち上がった。どんぐりのような丸い目がこちらをじっと見つめている。美貴を警戒しているようだ。

「また来るね」

美貴が小さく手を振ると「ワン」と一回だけ吠えて、また元の位置に座り込んだ。

駅への道すがら、弁護士の乾に電話する。

「今、伊東茂さんの家に行ってみたんですけど、全然ダメでした。でも犬を飼ってるみたいなので、散歩の時間を狙って、また行ってみようと思います」

「無駄無駄、あの人は全然ダメだよ。当時何遍も通ったけど、まったく相手にしてくれなかったから」

それでも、通い続けるしかない。次はいつ……電車に乗ると、スケジュール帳を開いた。朝は陸の世話があるので難しい。夕方、犬の散歩を狙えそうな日を探す。何となくめくっていって、ふと十二月のページで手が止まった。

今年のクリスマスは二十五日火曜日。陸とお祝いするなら、少し早いが二十三日の日曜日だろうか。そういえば、事件のあった十二月二十七日は……そこまで考えて、はっとした。急いでジャケットからスマホを引っ張り出す。事件当日の一九九九年十二月二十七日。そうだ、今までなぜ調べなかったんだろう。検索欄に日付を入れ、「曜日」と打ち込んでボタンを押す。じりじりしながら待った。カレンダーが出てきた。震える手で画面をスクロールしていく。一番下に十二月があった。

突然寄りかかっていたドアが開き、よろめいた。

「うそ」

思わず声が出た。発車ベルが鳴る。あわてて電車を飛び降り、乾弁護士の番号を押す。

つながらない。電波が悪いようだ。ホームの階段を駆け上がり、リダイヤルボタンを押す。一気に汗が噴き出した。

「乾さん、度々すみません。あの……」

「なんか息上がってるけど、大丈夫？」

「あ、はい。すみません。あの、伊東さんは『仕事納めの日に峠道を通った』って証言してるんですよね」

「うん。一度帰宅してから飲みに行くためにあの峠道を通ったって、言ってたけど」

「伊東さんの仕事って、電機メーカーの営業職でしたよね」

「そうだけど」

「二十七日、月曜日なんですよ。二十七が仕事納めって、おかしくないですか。あの当時だったら普通、民間企業は二十八日の火曜日、へたすると二十九日くらいまでは仕事だと思うんです。二十七日が仕事納めって早いなって思ってたんですけど、なんとなく金曜日だったのかなって、思ってたんです」

「うーん、でもそれは会社によるでしょう」

「証人尋問ではどうでしたか？」

「仕事納めは二十七日で間違いない、ってみんな言ってたけど……」

「伊東さんが飲みに行った店は？」

「もう店主が死んじゃっててお店もないけど、二十七日って証言してたよ」

「乾さん、伊東さんが当時勤めてた会社の名前や住所、わかりますか?」

乾から会社の電話番号と住所を聞き取ってメモすると、美貴はそのままホームに戻り、JRに飛び乗った。


目撃者、伊東茂が勤めていた会社は社名を変え、存続していた。社員は当時から相当入れ替わっているはずだ。美貴は旧知の仲である社会部のリサーチャーに頼んで当時の社員名簿を手に入れてもらい、かれこれ二時間半、電話をかけ続けていた。

「もしもし……はい、そうなんです。九九年の仕事納めが何日だったか覚えていらっしゃいませんか? はい、あ、そうですか。お忙しいところすみません。ありがとうございました」

電話を切ると、デスクに湯気の上がるコーヒーカップが置かれた。

「しっかし、あんたも相当しつこいわよね」

「あ、晶さん。ありがとうございます」

立ちのぼる芳醇な香りに深く息を吸い込む。

「そういう粘着質なオンナ、嫌われるわよ」

「いいです、別に嫌われても」

「仕事で粘着質なオンナは、男関係もねちっこいって決まってんのよ。そんなんじゃ、再婚できないわよ」

「私、バツついてませんから」

「あ、そうだったわね〜。じゃあ余計キビシイわ。おほほ……まぁ、せいぜい頑張ることね」

ひらひらと手を振る晶の背中に美貴が声をかける。

「ちょっと、晶さん！　手伝ってくれるんじゃないんですか？」

「あたし、恋にも仕事にも淡白なの。逃げたオトコは追わないって決めてるから」

ミュールの靴音高く去っていく晶を見送ると、美貴はコーヒーカップに口をつけた。晶の淹れるコーヒーはいつも美味しい。亮輔のに負けないくらい……そう思った途端、胸にかすかな痛みを感じた。亮輔が豆を挽くのを見るのが好きだった。分厚い手でゆっくりとコーヒーミルを回すのを見ていると、安心した。陸にも美味しいコーヒーを淹れられる男になってほしいと思う。お父さんのコーヒーも、あなたのと同じくらい美味しかった、と、いつか笑って話せる日が来るだろうか。

美貴は赤鉛筆を握り直し、たった今電話をかけ終わった名前に力強く横線を引いた。


百三十四人目の電話。出たのは女性だった。

「山元《やまもと》さんのお宅でしょうか」

「はい、そうですが」

「毎朝放送の榊と申します。実は今、十九年前の事件を取材しておりまして、失礼ですが一九九九年当時は会社にいらっしゃいましたか」

「ええ」

「今もお勤めに?」

「去年、定年退職しましたけど……一体何なの?」

「かなり前のことで恐縮ですが、一九九九年の仕事納めが何日だったか覚えていらっしゃいますか」

相手は少しの間沈黙していたが、やがて小さなため息が聞こえた。

「……そのことなのね。相原事件のことでしょう?」

「はい」

「みんな、何も言わなかったんじゃない?」

「はい。みなさん、『覚えていない』とか『手帳はもう捨てた』とか、曖昧なお答えばかりで……」

「そうでしょうね。だって、うちの社員が証言したんですもの」

「その目撃証言が、逮捕の決め手になっているんです」

少しの間、沈黙があった。

「私もこれ以上はお話しできないわ」

「あの、一度お会いして……どんなことでも結構ですから、お話を伺うことはできないでしょうか」

「もう、お夕飯の支度しないといけないから」

「お手間はとらせません、ぜひ、ほんの少しだけでもお願いします」

とにかく、一つでも突破口を見つけなければならない。必死で食い下がった。

「ダメなものは、ダメなのよ。ごめんなさいね……」

声にためらいが滲んでいた。この人の本心は話したがっている。そう直感が告げた。このまま電話で説得していても、らちが明かない。名簿に先方の住所が載っているのを確認して、電話を切った。今すぐ行っても追い返されるだけだ。郵便受けに取材依頼の手紙を入れて、会わずに帰る。部長の渡辺が警視庁時代に教えてくれた方法だ。まずは相手にこちらの誠意と熱意を伝える。そうすればきっといつか、重い口を開いてくれるはずだ。そう、信じるしかない。当時から住まいが変わっていないことを願った。

＊

この人は相原事件のことを何も知らない……副署長の多田に見切りをつけ、署長に狙いを定めた。午前中に訪ねても、やれ訓示だ、会議だと一向に姿を見せないので、帰りを狙うことにした。保育園の迎えに遅れると困るので、陸を先に引き取って、その足で町田南署に向かう。腰の悪い春子にそうそう負担はかけられない。子連れで取材するなんて独身の時には想像もしなかった。

ちょうどトイレから出てきた多田に、冴木署長の居場所を聞いた。

「ああ、庭じゃないかな。姿が見えないときは、大体いつもあそこだから」

言いながら、美貴に抱かれた陸にちらちらと目をやる。

「息子の陸です。夕方は預ける先がないので、思い切って連れて来ちゃいました。あの、庭って……」

「署の裏だよ。鯉も一杯いるぞ」

そう言って陸におどけた顔を作った。陸はまったく反応しないばかりか、くるりと背中を向けてしまった。多田が渋い顔になったので、そそくさと庭につながる扉を開けた。

夏の陽は長い。降りしきる蟬の大合唱の中、水色の夏服の肩をオレンジ色の夕陽に染めた人がこちらを向いてしゃがんでいた。

この人が署長だろうか。日章《にっしょう》に月桂樹を配した金色のバッジが右胸についているところを見ると間違いなさそうだが、それにしては若い。片方の膝を立て、地面に置かれた鉄製のおりのようなものを真剣な顔でのぞきこんでいる。事前に調べた情報では、四十二歳の警察庁キャリア。背後から光が差し込んで顔が浮かび上がった。制帽をかぶっていない髪は黒々としている。切れ長の理知的な目と、まっすぐに通った鼻梁《びりょう》はなかなかの男前だが、警察官にしては線が細い。多田と違って長袖の制服を着ているせいか、少々ひよわな印象だ。一心にかごの中をのぞきこむ様子は無邪気な感じすらして、自分より七つ年上の官僚には見えなかった。

「署長」

呼びかけると、冴木が立ち上がった。思ったより背が高い。高い位置にある腰から伸びた上半身は鍛え上げられた人のそれで、肩幅が広く、痩せているのに胸板が厚い。まっすぐに伸びた背筋からは、人を寄せつけない空気が漂っている。

「毎朝放送の榊美貴といいます。何回か来てみたんですが、署長、全然会ってくださらないので……」

アングルの名刺を差し出した。

「ああ、どうも」

ひとしきり名刺を見てから、丁寧な仕草で胸ポケットにしまった。

「今、名刺を持っていないので。すみません」

「いいんです。次回、また頂きに来ますから」

これで再訪の口実ができた。そんなことを考えながら、無意識のうちに肩に力が入っていた。なぜだろう。人を包み込むようなトーンの穏やかな口調……なのに、どこか人を拒絶するような冷たさを感じる。これ以上一歩も踏み込ませない、という見えない境界線がある。

「まま、これなぁに?」

陸が冴木の足もとに置かれたおりを指さした。

「陸、ごあいさつは?」

「こんちは」

ぺこりと頭を下げる。

「……こんにちは」

子どもに慣れていないのだろうか。冴木がぎこちない口調で応じる。その時、足元のおりが音を立てた。陸がしゃがんで、のぞきこむ。

「おーかみしゃん？」

「まさか、オオカミじゃないでしょ。署長、それ何ですか？」

「え？」

「その中です」

「ああ、犬です。たぶん、柴犬かな」

よく見ると、薄茶色をした小さな犬がうなだれていた。鼻先が黒いところを見ると、まだ子犬のようだ。

「わ、可愛い！　まだ小さいですね」

「道をウロウロしていて危ないって、今朝、付近の住民の方がここに連れて来られたんです」

「警察に？」

「ええ。先日はワニが来ました」

「ワニ？　まるで保健所ですね」

美貴が笑うと、陸も真似して「ふっふん」と小さく笑った。

「ほら、陸、ワンワンだよ」

抱き上げてかごの方に近づけた。

「わんわん！」

陸を地面に降ろすと、おりにおでこをくっつけた。一生懸命に中をのぞきこんでいる。

「息子さんですか？」

「ええ、陸っていいます」

「りく君。どんな字を書くんですか？」

「大陸の『陸』です」

「ルー……」

冴木が小さくつぶやく。

「え、何ですか？」

「あ、すみません。陸、という字は中国語でルー、と読むんです」

「知らなかった。中国語、話されるんですか」

「北京に少しいたものですから」

「どのくらい？」

「三年ほどです」

「それにしてもルーって、そんな名前のコメディアンいましたよね」

冴木が小さく笑った。目じりに幾本もの優しげなしわが寄る。まっすぐにそろった白い歯が育ちの良さを思わせた。薄い唇は幼な子のような桜色だ。けれどよく見ると、こめかみに数本の白いものが混じっている。若さと老いが同居しているアンバランスさは、そのまま冴木本人のたたずまいにも通じるものがあった。

目の前の冴木からは、深謀遠慮《しんぼうえんりよ》をめぐらすキャリア官僚といった感じは、まったくしない。相原事件の現場に制服警官を張りつかせたのは、本当にこの人なのだろうか。冴木は、もっと……言ってみれば、大学で実験に没頭している研究者のような、不器用で実直な印象だ。

「わんわん、かあいいね！」

陸が声を上げる。冴木がおりの上部にある小さな扉を開けると、すかさず陸が手を突っ込んだ。

「あ、ちょっと気をつけて！」

美貴があわてて声を上げると、陸は最初はこわごわと、次第に大胆な手つきで犬の背をなで始めた。犬は気持ちよさそうに目を閉じている。

「この子、いくつですか？」

「二歳と二か月です」

「まま、わんわんとおうち帰る！」

「このわんわんはね、迷子なの。だから、おうちには連れて帰れないのよ。誰かが探してると困るでしょ?」

「実は捨てられていたみたいなんです。公園の段ボールから逃げ出してウロウロしているところを、連れて来られたらしい」

「え、じゃあ、もしかして保健所送りですか?」

「引き取り手がいないと、そうなりますね」

「引き取り手って、警察が探してくれるんですか?」

「いや、積極的には……」

「積極的には、って、つまり探さない、ってことですか」

「いや、その……」

美貴が畳みかけると、冴木の目が泳いだ。なぜだろう。少しからかってみたいような気持ちになって、さらに言い募った。

「どうなんですか」

「恐らくは、このまま保健所に……」

「ほら、やっぱり!」

「つぱり!」

陸が美貴にシンクロする。

「も〜、警察って、肝心なことは何にもしてくれないんだから」

「から!」

冴木が苦笑いした。

「こら、陸、真似しない！」

「ないない！」

陸が腰に両手をあてて仁王立ちになったのを見て、冴木が吹き出した。

「この犬、いつまでここにいますか？」

「そうですね……長くて三日間くらいかな」

美貴が後ろから陸の両肩に手を置いた。

「陸、わんわん、三日間はここにいるって。どうするか、おうちに帰って作戦を考えよう」

「ん、わかった。ばいばい！」

陸が犬に向かって力強く手を振る。

「署長、そろそろ」

いつの間にか制服の警官が背後に立っていた。

「はい、すぐに行きます」

振り返った冴木は、署長の顔に戻っていた。

「あ、じゃあ、これで……」

美貴は陸の手を握って、冴木に頭を下げた。

敷地を出たところで振り返ると、茜色《あかね》の残照を背に冴木がこちらを見ていた。視線が交わる。次の瞬間、冴木は困ったような顔でしゃがみこむと、おりから子犬を出して抱き上げた。暮れかけた夏の光が子犬の毛を金色に輝かせている。日なたの香ばしい匂いが立ちのぼったような気がして、思わず息を深く吸い込んだ。

＊

翌日、陸は熱を出した。三十七度五分を超えると、保育園から迎えに来るよう電話がかかってくる。その日は朝十時に出勤してから、きっかり一時間後に電話が鳴った。三十七度八分だという。美貴は晶に事情を説明し、慌てて局を出た。近所のかかりつけ医に連れて行くと、目の結膜が赤く喉が腫れ上がっているので、流行中のアデノウィルスだろうということだった。感染症にかかると、医師の許可が下りるまでは保育園を休まなければならない。当分仕事には出られないだろう。陸を抱き、暗澹《あんたん》たる気持ちでクリニックを出た。

夕食に卵入りのおかゆを作ったが、ほとんど食べない。白湯《さゆ》を飲ませて布団に寝かせた。お気に入りのくまさん模様のタオルケットをかけて、陸の大好きな子守唄を歌う。背中をトントン叩いてやりながら、繰り返し歌った。

ゆりかごの歌を　カナリヤが歌うよ

ねんねこ　ねんねこ　ねんねこよ……。

いつのまにか一緒に眠っていたらしい。

「まま、まま……」

うわごとのように陸がつぶやいている。熱を測ると、まだ三十八度ある。時計に目をやると、午前二時を回ったところだ。両方の脇の下にあてている冷却剤を取り替えると、美貴は再び陸の隣で目を閉じた。

ここは、どこだろう？

光に満ちたテラス。芝を踏む小さな足。つま先に眩《まぶ》しい光が躍《おど》っている。なんだかくすぐったい。そばで焼きたてのクッキーのような色をした子犬がはねている。リリー……赤い革の首輪をつけている。どこからか甘い香りが漂ってくる。ママが焼いてくれる、バナナがたっぷり入ったホットケーキ。新緑が鼻先まで近づいては、遠ざかる。頰をなでる風が心地いい。木洩れ日が木々の間でキラキラと輝いている。まるでママの指輪についている透明な宝石みたい。ブランコに揺れる背中を押す誰かの手。大きくて、ごつごつして、あたたかい。もっと高く、もっと遠くへ——

突然、あたりが真っ暗になる。たくさんのろうそくの光。純白の花に囲まれた、花びらよりも青白い顔。低くうなるような祈りの声。真っ黒な洋服に身を包んだ、たくさんの顔なし人間たち……。

誰かが耳元でささやく。

『わかってくれていると思っていたのに……』

誰かが横にぴたりとついて、吐息のような声でささやいている。

『あなただけは、わかってくれていると思ってたのに……』

誰？

振り返ろうとしても、体が動かない。

『わかっていたでしょう……』

誰なの？

必死で振り返ろうとするが、首を動かすことができない。

『わかっていたくせに……』

森の中にいる。したたるような緑に囲まれている。霧のような雨が降りしきるなか、赤いランドセルを背負った少女が跳ねるようにして歩いていく。追いかけたいのに、足が凍りついたように動かない。

待って！

叫ぶと、振り返った少女の顔には目も眉も鼻もついていなかった。ただ、真っ白な顔の中で、血のように赤い唇だけが、にやりと笑った。

悲鳴のような声で目が覚めた。それが自分の声だと気がつくまで、しばらく時間がかかった。無理矢理針を引きはがしたレコードのように、突然夢が破られ、胸にその黒々とした残像がべったりと貼りついている。窓の外は暗い。枕元の目覚まし時計を手探りでつかむと、午前四時を少し過ぎたところだった。動悸がおさまるのを待って、台所に立って水を飲む。全身からねっとりとした嫌な汗が噴き出している。流しにかけてあるタオルを取って、額からこめかみに伝う汗をぬぐう。

あれは、誰の声だったのか。若い女の声だった。初めて聞く声ではない。どこかで聞いていた声。それも毎日のように……はっとした。声の正体に気づくと、それが誰だったかということよりも、すぐに思い出せなかったことに愕然《がくぜん》とした。シンクのふちに両手をかけ、そのままずるずると台所の床に座り込む。

二十年前のあの日。中学校が冬休みに入る直前の日曜日、恵理《えり》が死んだ。翌日の朝礼、校長は悲痛な顔で、ただ事実だけを淡々と伝えた。けれど戻った教室で、誰もが小声でささやき合った。恵理は自殺したのだ、と。

知っていたのは美貴だけだったのだろうか。本当は、ほとんどのクラスメートが知っていたのではないか。あるグループから、恵理は執拗ないじめにあっていた。

美貴が通っていたのは、都のはずれにある私立中学校だった。高校には全員上がれるが、一学年二百人中、国立に一人入れるかどうか。ほとんどが私大で、二割程度が付属の短大に行くといった中堅レベルの女子校だ。そこで恵理をいじめていたグループは、今でいう「スクールカースト」のトップ層に位置していた。「勉強もできて、オシャレで、流行に敏感なグループ」は憧れの存在であると同時に、決して逆らうことができない畏怖《いふ》の対象でもあった。逆らったら、クラスの「アンタッチャブル」にされる。それは、永遠の孤独を意味していた。だから「いじめがある」なんて言えなかったのだ。知らなかったのでも、知ろうとしなかったのでもない、ただ、怖くて口に出せなかった。でも、自分には言えたはずだ。かつては恵理と同じ境遇にいたのだから。

本当は知っていた。恵理の顔からいつしか表情が消えていたこと。クラスの結束が、誰かをスケープゴートにすることによって成り立っているということ。人間が複数集《つど》ったとき、そこには必ず生贄《いけにえ》が生まれる。その一人に、恵理が選ばれてしまったのだということを。

すべてを知っていた。でも言えなかった。言おうとしなかった。自分もかつて同じ目に遭っていたから。再び標的にされ、ただ一人孤独の淵《ふち》に突き落とされるのが怖かった。

「美貴、今度の日曜日、あたしの誕生日パーティーだからね。絶対忘れないでよ」

「あ、うん。必ず行くよ。楽しみにしてるね」

引きつった顔に無理やり笑みを貼りつける。涼子《りょうこ》はクラスのリーダーだ。名前の通り、切れ長の涼しげな目に、さらさらの長いつややかな髪が揺れるスリムな長身。中高生向けファッション誌の読者モデルにも選ばれている。勉強もできて、友達受けも教師受けも抜群。けれど、涼子の本当の姿を知っている人間は一体どれだけいるだろうか。涼子に標的にされたが最後、自分の力だけでは這い上がれない蟻《あり》地獄に落とされる。毎日のように執拗ないじめを受けながらも、時折優しくされると、今度こそ、と期待してしまう。そう、今日だって、せっかく誕生日パーティーに呼んでくれたのだ。去年のような失態だけは何としても避けなければ……。
　そう思った途端、下腹部に鈍い痛みが起こった。思わずトイレに駆け込む。一人になると、痛みはおさまった。便器のふたを閉め、力なく腰を落とす。すべての発端は去年の誕生日パーティーだった。

　去年、涼子から招待状を受け取ってからというもの、悩み続けていた。そもそも美貴は涼子が仕切っている華やかなグループに属してもいない。まさか涼子から誕生日の招待状を受け取るなどとは夢にも思わなかった。自宅で催すパーティーへの招待状は、グループへの参加資格を得たということなのか。どちらかというと地味で、クラスの隅で本ばかり読んでいるような美貴に、なぜ涼子が白羽の矢を立てたのか。その答えを美貴はあとで嫌というほど知ることになるのだが、その時は目先のことで頭がいっぱいだった。どんな服装が涼子のパーティーにふさわしいのか、何をプレゼントすればいいのか……。服については、大して選択肢があるわけではなかった。濃紺一色のワンピースに、白い花飾りのついたカチューシャ。去年、親戚の結婚式用に母が買ってくれた一張羅《いっちょうら》だ。自分が持っている中で、唯一「およばれ」にふさわしい服だった。問題はプレゼントだった。みずからの身体を削るように働いて、娘を必死で私立中学に通わせている春子に、プレゼント代をねだることなどできようはずもなかった。軍資金は一年がかりで貯めた二千円ちょっとの小遣いのみ。何を買おうか、さんざん迷った。毎週末、二千円を握りしめて商店街のファンシーショップや駅ビルを見て回ったが、それっぽっちの額ではおしゃれな涼子に似合うものは手に入りそうになかった。結局、自分が愛読していた「風と共に去りぬ」の文庫本、五冊全巻を古書店で買い求めた。一冊一冊別々の包装紙を切り取って手作りのカバーをつけ、リボンをかけた。残りの三百円で誕生日カードを買った。

誕生日当日。カードに書くメッセージに悩んでいたら、家を出るのが遅くなってしまった。外気は十二度だというのに、全身汗まみれになって涼子の家に着くと、もうみんな来てるわよ、と涼子の母親が玄関を開けてくれた。案内された居間のドアを開けると、涼子がソファに座ったまま、大仰な声をあげた。

「おっそ〜い！　超重役出勤……ってか、美貴ちゃん超オシャレじゃ〜ん」

一斉に失笑が漏れる。十二の瞳が意地悪そうに光る中、美貴は立ち尽くしていた。暖房が暑いくらいによく効いた部屋。涼子は穴の開いたジーンズに、銀色の文字で「Ｒｏｃｋ Ｙｏｕ」と書かれた黒いタンクトップとダークグレーのタンクトップを重ね着している。他の子たちも、似たり寄ったりのカジュアルな服装だ。頰が紅潮し、顔が熱くなった。脇の下から嫌な汗がすべり落ちてわき腹を濡らす。

「……遅くなってごめんなさい。これ、プレゼント」

消え入るような声で言うと、かばんから包みを取り出した。自分でも嫌になるくらい手が震えていた。

「いただきましたぁ、美貴さんからプレゼントです！」

全員に見えるように包みを高々と持ち上げると、芝居がかった様子でリボンをほどき、包み紙を開けていく。動作の一つ一つに、美貴はまるで自分が丸裸にされていくような感覚を覚え、うつむいた。

やがて出てきたものを見ると、涼子は吹き出した。

「うわ、何コレ?」

今度こそ、部屋がはっきりと失笑に包まれた。

「マッジメ～」

「わたし、文学少女です、ってか」

「ありえな～い!」

内緒話のようにささやいているようでいて、しっかりと美貴に届く声。そうか、と思った。美貴を標的にすることは、ずっと前から決まっていたのだ。今日という日は、それを美貴自身が自覚した日にすぎない。前もってドレスコードも決まっていて、美貴にだけ伝えなかったのだ。他の子たちのプレゼントは、リップとマニキュアのセットや、涼子がはまっていたアイドルグループのCD二枚組セットとポスター、最も高価そうなものでは、美貴でも知っている高級ブランドのポーチまであった。いたたまれない気持ちで過ごした三時間の記憶は、体中の細胞一つ一つに刻み込まれている。あの時間を今年も耐えなければいけないのだと思うと、それだけで吐きそうだった。

翌日から、美貴は徹底的に仲間外れにされた。グループ内だけでなく、それはクラス全体に及んだ。授業中に回される友達同士の「お手紙」や交換日記は美貴を飛ばして回り、これみよがしに美貴の机に置かれたしわくちゃの「お手紙」には、美貴の悪口が書かれていた。昼食時は誰も美貴と一緒に弁当を広げようとはせず、校外学習ではどこのグループにも入れてもらえないまま、美貴はただ一人黙々と決められた行程を回った。その程度でおさまっていれば、美貴も耐えられたかもしれない。そのうち体育の授業を終えて教室に帰ると、制服のスカートの裾がハサミで切られていたり、登校すると上履きに画びょうが仕込まれていたりするようになった。家にも無言電話がかかってきて春子を心配させた。

「学校、楽しい?」そう聞かれるたびに、必死で授業料を捻出してくれている春子への申し訳なさに胸が締めつけられた。半年ほど経つと、次第に食べ物を受けつけなくなり、多い時には一か月で体重が五キロ近く落ちた。いつのまにか、夜も満足に眠れなくなっていた。

翌年、転校してきたばかりでまだどこのグループにも属していない恵理を誕生日パーティーに誘うように仕向けたのは、美貴だった。

「恵理ちゃん転校してきたばかりだから、誕生日パーティーに誘ってあげようよ」

給食当番の日、涼子と並んでカレーをよそいながら言った。その言葉に偽りはなかった。実際、一か月前に転校してきた恵理はクラスになじむことができず、いつも一人でいた。

涼子は二つ返事で了承した。けれど、担任教師の前で声をかけたのは偶然だったろうか。教師の前で、涼子は常に優等生の役を演じる。成績と教師の評判さえ良ければ、親は何をやっても文句を言わないから、が常套句《じようとうく》だった。

誕生日パーティーには美貴も呼ばれた。パーティーの詳細を恵理に伝えたのは美貴ではない。恵理にはきっと、服装のことやプレゼントのことがきちんと伝わっているはずだ……自分に言いわけしながらその日を迎えた。

その日、恵理はピンクのオーガンジー素材の裾がふわりと広がったワンピースを着てやって来た。ポニーテールに同じ色のリボンが結ばれているのを、美貴は哀しい気持ちで見つめた。綺麗にラッピングされた箱からは、真っ赤な手編みのマフラーが出てきた。室内が失笑で満たされた瞬間、美貴は部屋を飛び出した。真っ青な顔でトイレに駆け込んだ美貴を心配して、涼子の母親が胃腸薬をくれた。口に放り込んで嚙みしめると、ボール紙のような味がして涙がにじんだ。美貴はその日を境に、自ら一人でいるようになった。休み時間は図書室にこもり、誰とも交わらない。やがて、本をきっかけに違うクラスの友達ができた。涼子や恵理たちと廊下ですれ違っても、目線を合わせることはなかった。

恵理が自殺したのは、誕生日パーティーからちょうど一年後。冬休みに入る直前の日曜日のことだった。

恵理が自死という最悪の選択をするきっかけを作ったのは自分だ。その思いが消えたことはない。自分は恵理を、身代わりとして涼子に差し出した。自覚的であったかどうかは問題ではない。今なら、はっきりわかる。自分は恵理を「生贄」にしたのだ。それなのに、たった今、夢の中で耳にした恵理の声を、咄嗟《とっさ》に思い出すことができなかった。それは、とてつもない裏切りのように思えた。恵理のことを絶対に忘れてはいけない。ずっと自分に言い聞かせてきた。報道を志したのは、恵理のことが自分のなかで影を落とし続けていたからだ。初めてコンビニで倒れている結子に出会ったとき、細い体を背負い、涙に濡れた声を背中で聞きながら、無意識のうちに恵理の面影を感じていたのだと思う。それなのに――

「まま、まま……」

陸の声がする。また熱が上がってきたのだろうか。陸のおでこに手を当てる。熱っぽさが消えていた。

「良かった。陸、お熱下がったよ。おりんごさん食べる?」

こくんとうなずいた陸を抱き上げて、ベビー用の背の高い椅子に座らせる。昨晩すって少し茶色くなったりんごを、陸はおいしそうに食べた。与えるそばから次々に飲みこんでいく。あっという間に皿は空になった。

もっともっと、とねだる陸の頭をなでると、美貴は新しいりんごをむくために台所に立った。ふいにめまいがして、食卓の椅子につかまる。全身がだるく、ふしぶしが痛い。

『陸から、もらっちゃったかな』

薬箱から大人用の体温計を取り出す。三十七度七分だった。

『大丈夫、このぐらいならいける』

いつもは生理時の痛み止めとして使っている薬を水で流し込む。朝のうちに会社の診療所に駆け込めば、何とかなるだろう。

陸を寝かしつけてから、自分も横になった。取材はまだ緒に就いたばかりだ。今、自分が倒れるわけにはいかない。とにかく少しでも眠らなければ。

一定のリズムで陸のおなかをトントンと叩きながら、ひたすら念じた。

眠れ、眠れ、眠れ……。

だが、目は冴える一方だった。午前五時近いはずだが、朝陽の入らない西向きの部屋はまだ薄暗い。天井を見つめていると、結子や大河、亮輔の顔が次々に現れては消えていく。夢の最後に見た、赤いランドセルの少女は、相原事件の被害者なのか。真っ白な顔に浮かび上がった血のように赤い唇……何を伝えようとしていたのか。何か重大なことを見落としている気がする。事件の根幹に関わる大切な何か……思い出せそうで思い出せない何か、形のない灰色のかたまりが頭の中に広がっていく。もどかしさに何度も寝返りを打ちながら、長い夜が明けるのを待った。

＊

陸を連れて町田南署を訪れることができたのは、それから一週間後の月曜日だった。あれ以来、美貴自身なかなか微熱が引かず、全身の倦怠《けんたい》感と食欲不振に悩まされていた。署の中に入ろうとしたら、陸が美貴の手を振り切って裏庭の方へ走りだした。あわてて後を追う。

「わんわん！」

陸は裏庭に置かれているおりに向かって一直線に駆けていく。高熱が出た後だというのに、子犬のことを覚えていたらしい。子どもの記憶というのは不思議なものだと思う。自分のアンテナに引っかかったことは、決して忘れない。陸はおりの周りをぐるぐる回ってのぞき込み、一心不乱に犬を探している。美貴が後ろからのぞいて見ると、かごの中は空だった。

「わんわん、いない……」

陸が唇をへの字に曲げて、泣きだしそうな顔になる。

「どうかしましたかね？」

うしろから声がしたので振り向くと、グレーの作業着に麦わら帽子をかぶった六十代くらいの男性が立っていた。

「あの、この中に保護されていた子犬、知りませんか」

「ああ、その犬ならもういませんわ」

気の毒そうな顔になった。

「えっ……」

「ちょうど三日くらい前かな、保健所の人が来て、引き取って行きよりました」

陸を意識したのか、ささやき声で言う。

「そうですか……」

美貴はしゃがみこんで陸に目線を合わせた。

「陸、ワンワンお引越ししちゃったみたい」

「わんわん、おしっこし……」

事態がのみ込めたのか、ついに背中を丸めて泣き出した。

「おーお、かわいそうになあ。署長さんがね、もうちょっと待ってくれないかって、それは熱心に交渉されていたんだけどね、やっぱり決まりは決まりだからって」

「署長さんが?」

美貴は陸を抱きあげて背中をさすってやりながら、男性に聞いた。

「ええ、珍しいこともあるもんだな、って思いましてね。なんだかほら、署長さん、冷たい感じがしなさるでしょ」

「同感です……でも、署員の方にしてはずいぶん率直な表現ですね」

美貴が笑うと、男性は顔をくしゃっとさせた。

「わたしはここの専属庭師なんですよ。珍しくこんな広い庭があるからね、庭仕事とか清掃とか、雑用をやらせてもらってるんです。あの署長さんとはね、二度目なんですよ」

「二度目？」

「ええ、お若い頃はやさしい、繊細な感じの青年でね。でも次に会った時には、なんだか厳しくて冷たい感じの人になられてたからね、あんまり印象が違うもんで、驚きましたわ。にこりともせんようになったしね」

さびしそうな表情で庭師が言った。

「以前はそうじゃなかったんですか？」

「草花が好きで、若い頃はよくこの庭に来てわたしと雑談しとったですよ。水なんかやってくれたりしてね」

「意外です……骨の髄《ずい》まで警察官、って感じかと思ってました」

「まあ、そういう意味ではそうかもしれませんけどもね。確か、自分の最初の記憶は警察署だ、みたいなことを言うとったですよ。『それで警察官になりんさったんかいね？』って聞いたら、なんとも言えない寂しそうな顔をされてましたよ。よく覚えてますわ」

「最初の記憶……」

「なんであんなに変わったかね、って思うとったですよ。まあ、署長さんにおなりになるには、色々キツいことがあったかもしれないでね。ここまでえらくなるには、大変だったんだろうなって。でも、あの子犬の一件で、ああ、署長さんの根っこは全然変わっとらんなあって、ちょっと安心しとったですよ。そろそろお嫁さんでも、もらいなさるといいんだけどね」

笑いながら意味ありげな顔で美貴を見たので、咳払いする。

「あ、申し遅れました。私、榊と申します。毎朝放送の記者をしています」

名刺を渡すと、庭師が「ほう、記者さんかね」と感心したような声を出してから、「萩《はぎ》原《わら》です」と、作業着の胸ポケットに刺繍された名前を指さした。

「署長、まだ中にいらっしゃいますか?」

「いなさるはずですよ」

笑顔で一礼すると、ぐずぐずと泣き続けている陸を抱いて署内に入った。受付で名前を言って来意を告げると、すぐに署長室に通された。

「あの、色々とありがとうございました」

頭を下げると、冴木は何のことかわからないという表情を浮かべた。

「子犬のことです。引き留めてくださったって聞きました」

「ああ、いや……力及ばず、すみませんでした。何とかならないか、って頑張ったんですけど。ごめんな」

冴木が陸に向かって頭を下げた。迷子の少年のような、どこか心もとない目が制服にそぐわない。この人はなぜ、警察を選んだのだろう。同じ公務員でも、もっと他に向いている所がありそうに思える。

「わんわん、おしっこし」

「そう、別のところに行っちゃったんだ」

冴木の言葉に、陸がうなずく。目にいっぱい涙を溜めたまま、口をへの字に結んで泣くのを必死でこらえている。

「ワンワン、新しいところできっと元気にしてるよ、ね?」

美貴が陸の頭をなでると、両目から大粒の涙がこぼれ落ちた。

「ごめんな……」

陸はいやいやをするように、首を激しく振った。

「この子、大の犬好きなんです。昔私が飼ってた犬が同じ柴犬だったんですけど、飾ってある写真を指さして、いつも『わんわん、いい』って」

「わんわん、いい……」

陸がこぶしで涙をふきながら繰り返した。

「あ、『わんわん、いい』っていうのは、『わんわん飼いたい』っていう意味なんです。でも、とてもペットにまでは手が回らなくて。うちは私一人なので……」

冴木が美貴を見た。人の心の奥底まで見通すような視線だった。そう思った途端、思わず言わなくていいことまで、勝手に口から滑り出た。

「この子が七か月の時、夫が事故で亡くなったんです」

冴木が手を伸ばして、そっと陸の頭のてっぺんを撫でた。子どもに慣れていないのだろう。ぎこちないしぐさだった。

「陸君は、生き物が好きなんだね」

陸がこくんとうなずく。

「じゃあお詫びに今度、いいところに連れてってあげるよ」

「……いいんですか?」

冴木が少しはにかんだような表情でうなずいた。

「少し涼しくなってから……九月後半の週末で都合のいい日があったら教えてください」

「ありがとうございます。お忙しいのに、すみません」

「……みましぇん」

陸が真似して頭を下げると、冴木は笑って、今度はしっかりと思いのほか大きな手のひらで陸の頭を撫でた。その笑顔に、はっとした。同じ笑顔を昔どこかで見たことがある……小さな音をたてて、何か硬いものが胸のなかに落とし込まれたような気がした。

三人で庭へ出た。夕陽が差して、庭全体が暖かな色に染まっている。池のほとりまで来ると、冴木が手を叩いた。水面に無数の鯉がはねる。

「陸、鯉さんいっぱいいるよ」

幅五メートルほどの小さな池に、色とりどりの錦鯉《にしきごい》が泳いでいる。冴木のまねをして陸が手を叩くと、数匹の鯉が水面に顔を出した。陸がきゃっきゃと笑いながら、何度も小さな手を打ち合わせると、そのたびに鯉がはねる。

「警察の庭に鯉って、すごい取り合わせですね」

「ここは昔、元侯爵家のお屋敷があったところなんです。その後、庭付きの署長公舎になったんですが、庁舎の改築に伴って署長公舎が撤去された後も、地元住民の強い要望で庭は残されたんですよ」

水しぶきが上がった。鯉が密集して飛び跳ねている。

「陸、お魚さんがいっぱい集まってきたよ」

「ばっちゃん、ばっちゃん！」

両手を上げてはしゃぐ陸の肩越しに、冴木が池をのぞき込んだ。池の水が乱反射して、二人の背中に眩しい光の輪が躍る。

「陸、落ちないでよ！」

鯉に向かって無心に手を伸ばす陸に、声をかける。その途端、陸は大きくバランスを崩した。自分の悲鳴がどこか別のところから聞こえる。池にずり落ちるすんでのところで、冴木が陸の腕をつかんで引き上げた。

「ほら、危ないぞ」

冴木が陸に笑いかけたとき、その横顔に夕陽が鋭く差し込んだ。一瞬、胸の奥深くに疼痛が起こる。

　赤ん坊の陸……生後三か月、四か月くらいだったろうか。

『危ないぞ』

　授乳用の半月型のクッションからずり落ちそうになっていた陸を抱き留めた亮輔の大きな手。陸に授乳しながら、いつのまにか眠ってしまっていたらしい。胸に手を当てる。激しい動悸があの時のものと重なった。


「ままぁ」

　陸が半べそをかきながら抱きついてきた。転んで泥だらけになったズボンをはたきながら、そっとひそやかな息を吐く。動悸がおさまってから、陸の頬を両手で挟んで目を見つめた。

「もう平気ね」

「……うん」

　うなずいた陸から冴木に目を移す。

「署長、ありがとうございました」

「泣かなくて、えらいな」

　冴木は片膝をつくと、陸の頭をなでた。冴木の手があると、陸の頭がとても小さく見える。それからゆっくりと、美貴の方に顔を向けた。

「榊さんは、事件のことを全然聞かないんですね」

いつもの穏やかな口調。ごく当たり前のことを口にした、という何気ない表情だ。先ほどとは速さの異なる動悸が胸に響く。咄嗟のことで、答えを用意していなかった。冴木を見つめ、真意を測《はか》ろうとする。その瞬間、美貴は息をのんだ。冴木の目は、黒目の中心がグレーがかっていて、野生の狼のような獰猛《どうもう》な色をしている。確かにこちらを見ているはずなのに、どこも見ていない。美貴を通り越して、何か別のものを見ている……まるで、西洋人形の目にはまったガラス玉のように、その瞳は何も映し出していない。不穏なものを感じて、思わず目をそらした。

「今はまだ……何かわからないことが出てきたら、その時はお願いします」

「昔のことなので、お力になれるかどうかわかりませんが……放送はいつなんですか」

「まだわかりません。十分な材料が揃ってから、と思っています」

「放送日が決まったら教えてください」

「はい、ご連絡します」


「ままぁ、おなかすいた」

美貴の手を引っ張って、陸が甘えた声を出した。

「じゃあ、そろそろ帰ろうね」

陸の手を引いて立ち上がると、冴木が紙切れに何かを書きつけて差し出した。

「これ、僕の番号です。何か困ったことがあったら、いつでもかけてください」

面食らった。当局が自ら連絡先を渡してくる、などということは前代未聞だ。動揺を悟られまいとあわてて口を開く。

「署長も、逮捕とか摘発とか、大捕り物の前には忘れずご連絡くださいね」

下手な冗談を言うと、陸がすかさず小首をかしげて繰り返した。

「くらさいね」

冴木が声をあげて笑った。目じりに細かい皺《しわ》が寄る。先ほどの獰猛さは影を潜め、いつもの穏やかな目が戻っていた。胸の奥深くにまで届くような、深く、濃い眼差し。

「陸君、またな」

冴木が小さく手を上げると、陸が大きな声で応えた。

「まったな〜!」

庭の出口で振り返ると、自分たちを見送る冴木の姿があった。美貴は思う。冴木にはいつも、静かな哀しみの影がつきまとう。ふと、恵理を思った。こんな風に校門で自分を見送っていた恵理の姿を、確かに憶《おぼ》えている。

暮れ始めた夏の陽を片手で遮りながら、もう片方の手で、陸の小さな手を強く握りしめた。

＊

「美貴、ちょっといい？」

晶がいつになくまじめな顔で近づいてきた。

「どうしたんですか？」

「ちょっと編集機のとこ、来てくれる？」

晶の後について編集ブースに入る。画面に映し出されていたのは、乾弁護士からもらったＤＮＡ鑑定の電気泳動実験のゲル写真だった。

「これ、よく見てみて」

目を凝らすが、何十遍も見た写真だ。今さら新しい発見などない。首をかしげると、じれたように晶が写真の上部を指さした。

「ねえ、ここ、切り取られてるみたいに見えない？　欣さんに撮影してもらってテープに取り込んだんだけど、ここ拡大してみたら、枠ギリギリにも何か白いものが写ってるのよ。ほら、ここ。おばけみたいなのが見えるでしょ」

確かに言われてみると、上端にうっすらと何か白いものが写っているように見える。

「これ、ネガないわけ？」

「弁護士のところにはないです。科捜研が保存していれば別ですが……当時は保存作業もずさんだったみたいだから、どうでしょうか」

「ダメもとで科捜研に当たってみなさいよ」

晶が不満げな表情で口を突き出す。

「当たれるかどうか、乾弁護士に聞いてみます」

このぼんやりと光る白いものが突破口になり得るのだろうか……写真を見つめながら、スマホを取り出した。


電話口に出た乾の反応は鈍かった。

「写真がカットされてるって?」

「ええ、あと、そのカットされたあたり、写真の上端に不自然な白い影が映り込んでるんです」

「そんなの気づかなかったなあ」

「私もです。映像編集が専門の同僚が、大きく引き延ばした写真の映像を見ていて気づいたそうなんです。確かめたいのですが、この写真のネガフィルム、残ってないでしょうか」

「ネガねえ……裁判記録を見てみないとわからないな。ちょっと時間を下さい。調べてみます」


編集ブースからスタッフルームに戻った直後に電話がかかってきた。

「ありましたよ。こちらから請求して、一度裁判所に提出されてる」

「もう一度、何とかしてそれを取り寄せる方法はないでしょうか？」

「そうねぇ、それは再審請求するしかないでしょう。今井さんのご遺族、つまり息子の竜哉さんか、義理の娘である結子さんのどちらかを説得して、死後再審を請求する。これしか手はないですね。そうなれば、検察側も一度は提出したものだ、出さないわけにはいかない。ただ、ネガを取り寄せてカットされていたことを証明したからといって、それが無実の証明にはなりませんよ」

「ということは、やはりＤＮＡの再鑑定しかない……」

「そういうことです」

「でも、検察側が大事な証拠であるＤＮＡ型の鑑定写真を『改ざんした』ということは言えますよね」

「『改ざん』とまで言えるかどうか……でも、重要な証拠写真をなぜわざわざ切り取ったのか、検察を攻撃する材料の一つにはなるでしょうね」

　乾の言葉に、突如、相原事件で問わなければならない、もう一つの重要なテーマに気がついた。日本では、どの証拠をどのように開示するかは、検察の裁量に委ねられている。検察は民事訴訟で言うところの「訴える側」、つまり「原告」の役割を果たすことから、「被告」を有罪にする証拠だけを出せばいい、という考え方だ。弁護側はもちろん、裁判所にも、他にどのような証拠があるのかは知らされない。つまり、検察側にとって「都合の良い証拠」だけを出すことが公然とまかり通っているのだ。これまでも刑事裁判における証拠開示の問題は冤罪が起きるたびに取り上げられてきたが、結局何も変わることがないまま、今に至っている。

「あ、でもね。一ついいニュースがあるんです。武虎さんが収監されていた当時の教誨師のリストが手に入りそうですよ」

DNAの再鑑定をするなら、どうしても武虎の遺品が必要だ。刑が執行される前に何か預かっていないか、教誨師を当たってみるしかない。どうやって武虎の教誨師を探し出すか……美貴が頬杖をついて考え込んでいると、晶がのぞき込んだ。

「ちょっと、晶さまの大発見なんだからさ、ちゃんと番組に生かしてよね。あたし、何でも手伝うからさ」

疑わしそうな目を向けた美貴に、晶が怒ったように言う。

「いやホント、下調べとか電話かけとか、何でもやるわよ」

「よし、それで心が決まりました。晶さん、無駄骨になるかもしれませんが、今井さんの教誨を担当していた人がいるかもしれないので、しらみつぶしに当たってみたいんです。もしかしたら遺品を持っているかもしれないので。手伝ってもらえますか？」

晶が何かを警戒するように目を細める。

「……何人いるのよ」

郵便はがき

おそれいりますが
切手を
お貼りください

102-8519

東京都千代田区麹町4−2−6
株式会社ポプラ社
一般書事業局　行

お名前	フリガナ	
ご住所	〒　　　-	
E-mail	@	
電話番号		
ご記入日	西暦　　　　年　　　月　　　日	

上記の住所・メールアドレスにポプラ社からの案内の送付は必要ありません。☐

※ご記入いただいた個人情報は、刊行物、イベントなどのご案内のほか、お客さまサービスの向上やマーケティングのために個人を特定しない統計情報の形で利用させていただきます。

※ポプラ社の個人情報の取扱いについては、ポプラ社ホームページ（www.poplar.co.jp） 内プライバシーポリシーをご確認ください。

ご購入作品名

■この本をどこでお知りになりましたか？

□書店（書店名　　　　　　　　　　　　　　　　　　）

□新聞広告　□ネット広告　□その他（　　　　　　　　）

■年齢　　歳

■性別　　男・女

■ご職業

□学生（大・高・中・小・その他）　□会社員　□公務員

□教員　□会社経営　□自営業　□主婦

□その他（　　　　　　　　）

ご意見、ご感想などありましたらぜひお聞かせください。

ご感想を広告等、書籍のPRに使わせていただいてもよろしいですか？

□実名で可　□匿名で可　□不可

一般書共通

ご協力ありがとうございました。

「まだリストが手に入ってないんですけど、乾先生の話だと、十数人程度みたいです」

「わかった。あんたの両手に余る分はやったるわ」

「それって、数人だけってことですか?」

「そうよぉ。記者なんだから、あんたが汗かくの、当然でしょ」

鑑定写真の静止画像が入ったテープを美貴の手に勢いよく載せる。

鼻歌まじりで去って行く晶の背中を見ながら、体に新たな力が湧いてくるのを感じていた。

*

乾が手に入れてくれた教誨師のリストを前に、晶と首をひねる。

「よし、当たりそうなところから行くわよ」

晶が選んだのは、キリスト教の教誨師ばかり五人だった。美貴は人数が多い仏教から電話をかけ始める。

十分もたたないうちに、晶が受話器を手に美貴の肩を叩いた。

「二人目でビンゴ。あとは任せたわよ」

小声でささやきながら、ウインクする。

「ええっ、もう当たったんですか?」

晶の引きの強さに驚愕しつつ、受話器を受け取った。

「会ってくれることになりました！」

電話を切った美貴が興奮気味に報告すると、晶は机の上に片足を載せてペディキュアを塗っているところだった。

「良かったじゃないの。晶さまのカン、冴えてるでしょ。せっかくの機会なんだから、ちゃんとチェックしてくるのよ」

「イケメンかどうか、ですか？」

「バッカねえ、聖職者には興味ないわよ。そうじゃなくて、遺書よ、遺書」

あきれたように晶が言う。

「あ、そうか。遺品のことにばかり頭が行ってましたけど、預かっている可能性ありますね」

「遺族には何も残さなかったってことだけど、教誨師には自分の気持ちを書き残したりしてるかもしれないじゃない？」

「へぇ〜、晶さんも、たまにはまともなこと言うんだ」

感心して晶の顔をまじまじと見る。

「あんたねぇ、人のことなんだと思ってんのよ！」

「コイツ、腐っても東大卒だからな」

欣二郎が耳に煙草を挟んだいつもの格好で入ってきた。

「ええっ！　そんなの初耳です」

「まあ、性格はともかく、ココだけはいいんだよ」

こめかみを指さしながら、おもむろに煙草をくわえる。

「欣さん、ちょっと喫煙室行ってよ！　あたしの髪がヤニ臭くなっちゃうじゃない」

晶が顔をしかめる。欣二郎は煙草を耳に挟み直すと、晶の机の前に座った。

「で、一体何を盛り上がってたんだ？」

「今井武虎の教誨師が見つかったんです」

「良かったな。やっぱりアーメンか？」

「どうしてわかるんですか？」

驚いて欣二郎を見る。

「喫茶店やっててクラシック好き、なんてのは、どうせ宗教も西洋かぶれだろ」

「今井武虎はクラシック好きだったんですか？」

「ああ、あの頃今井を取材しに行くと、喫茶店にいつもピアノ曲が流れてた。俺はさっぱりわからんけど、一緒に行った記者がクラシックマニアで、これは何とかってピアニストの弾く何とかって曲だ、趣味がいい、とか言ってたよ。よくショパンがかかってたみたいだ」

「欣さんは、ド演歌専門だもんねぇ。そろそろ小林《こばやし》旭《あきら》以外、聞いてみたいもんだわ」

うか。

「小林旭は演歌だけじゃないぞ」

晶を横目でにらみながら、欣二郎が喫煙室に消えて行った。

今、武虎の喫茶店は結子が継いでいる。ガラス瓶に入った大きなピーナッツバターのクッキーに目を丸くした幼い結子。その日も、店にはショパンのしらべが流れていたのだろうか。

*

教誨師の家は、駅から徒歩二十分の静かな住宅街にあった。教会に併設された牧師館に住んでいるようだ。まわりに高い建物がないので、遠くからでも赤銅《しやくどう》色の屋根と風見鶏がよく見える。

呼び鈴を鳴らすと、教誨師の佐野本人が出迎えてくれた。

「よくいらっしゃいました。さあ、どうぞ」

白い詰襟のシャツに黒のスーツという牧師特有の服装を身に着けてはいるが、慇懃《いんぎん》さや堅苦しさのようなものは感じられず、むしろ一見したところは、くたびれた定年間近のサラリーマン、といった風情だ。

玄関を入ると、ひんやりとした空気に包まれた。かすかに黴《かび》のような臭いが混じっている。下駄箱には二十個ほどのスリッパが入れられていて、その一つを履いて廊下を行くと、日曜学校などにも使われているらしく、壁に子どもの描いた絵がたくさん飾られていた。

案内されたのは、廊下の突き当たりにある応接間だった。木製のシンプルな机に若草色の椅子が四脚置かれている他は、一切の装飾を排した八畳ほどの部屋だ。すすめられた椅子に腰を下ろすと、わざわざお運びいただきまして、と佐野が丁寧に頭を下げた。物腰も言葉づかいもやわらかで、真っ白な頭髪が聖職者らしい印象を与える。白いレースのエプロンをかけた上品な感じの女性が入ってきて、佐野と美貴の前に蓋のついた湯呑み茶碗を置いた。美貴が頭を下げると、そのまま一礼して部屋を出て行った。後から佐野が「妻です」と控えめに言った。一通りの自己紹介が済むと、美貴は本題を切り出した。

「佐野さんは、今井武虎さんの教誨をどのくらい続けられていたんでしょうか」

「七年と少しです」

「長いですね」

「今井さんは、私が教誨師になって初めて担当した方なんです」

少し考えるような間があった。

「正直、最初はとまどいの連続でした」

「とまどい……とは？」

「とても悔い改めを促すような状況ではなかったんです」

「なぜですか」

「『私はやっていません。これは冤罪なんです』と毎回同じことばかりおっしゃるので、まともな面会にならず、困り果てていました」

「具体的にはどんなことを？」

「これは警察の陰謀なんです、とか、もう一度アリバイをよく調べてください、といったようなことを繰り返し……」

「最後まで変わらず同じことを言っていたんでしょうか？」

「ええ。今井さんの最後の言葉はよく覚えています。『罰は受け入れます。でも、私は事件には一切関係していません。真犯人は別にいます』と」

佐野は、遠くを見るように目を細めた。

「その時の今井さんの目……私には、とても嘘をついているようには見えませんでした」

「取材の過程で、今井さんは犯人ではないと、私も考えています。ただ、なぜ今井さんが再審を請求しなかったのか、それがどうしてもわからなくて……」

「実はある時を境に、今井さんはそれまでとはまるで違う人のように、何も言わなくなったんです。ついに罪を認める気になったのか、それともあきらめたのか……そんな風に思っていました。それまで今井さんはとても強い調子で『これは冤罪だ』と繰り返していた。でも、ある時から、まったく口にしなくなったんです」

「その時期は覚えていらっしゃいますか？」

「おそらく……日記を見ればわかると思います。少々お待ちください」

部屋を出て行くと、しばらくして分厚いノートを手に戻ってきた。

「死刑が執行された年の二月二日から十二日の間です。二月には、今井さんのもとを二回訪れました。二回目の教誨で今井さんの印象があまりに大きく変わっていたので、日記に書き残しています」

「その十日ほどの間に何があったか、おわかりになりますか？」

「わかりません。当時は、日々聖書を読み続ける中で、ついに自らの罪を認め、悔い改めの境地に至ったのだろうと考えていました。でも今思い返すと、それは違う。今井さんは最後まで一貫して無実を訴えていました。何かが今井さんに起こったとしか、考えられません」

「何か？」

「それが何なのかは私にもわかりません。でも、変わりばえしない拘置所生活の中で、唯一の変化は、外部との接触です。誰かの面会、あるいはどこからか手紙などが送られて来たか……」

「死刑が確定すると、外部との手紙のやりとりは厳しく制限されるようになるはずです。この世に生きる未練を残さないためだとか。そうなると考えられるのは、面会でしょうか」

「私にはそれ以上のことはわかりません」

佐野は湯呑みを取り上げると、一口啜《すす》った。

「今井さんはご遺族には何も残さなかったようなんです。佐野先生が遺書や遺品などを預

行った。

少しの間逡巡していたが、やがて佐野は「少々お待ち下さい」と言い残して部屋を出て行った。

戻ってきた時、佐野は三十センチ四方くらいの白木の箱を抱えていた。

「私がお預かりしている、今井さんのご遺品です」

心臓が大きくはねた。ここに、すべてを解き明かすヒントが残されているかもしれない。

「拝見できますか？」

「ええ、どうぞ」

佐野がうなずいた。DNA鑑定をするなら、自分の汗や体液を付着させるわけにはいかない。リュックからこの日のために購入した綿の白手袋を取り出してはめた。慎重に箱のふたを開けて中を確かめる。入っていたのは、ひげそりと筆記具、わずかな衣類、それに古びた革張りの聖書だった。

「持ち帰らせていただいた上で、ご遺族と相談して鑑定に使用してもよろしいでしょうか」

「今井さんからは、家族にはさんざん迷惑をかけたので、決して連絡しないでくれ、と言われていたので、どうしたものかと思案しておりました。けれど、私もことの真相を知りたいと願い続けてきた一人です。どうぞ、お持ちください」

「これ、拝見してもよろしいでしょうか？」

美貴が聖書を指さすと、佐野がうなずいた。武虎が使っていた聖書を手に取る。男性の手のひらくらいの大きさなのに、ずっしりとした重みが感じられた。茶色の革はあちこち傷だらけで、脂を吸ったところが黒光りしていた。しおりが挟まっているページを開く。一箇所に赤鉛筆で太い傍線が引かれていた。


『よくよくあなたがたに言っておく。

一粒の麦が地に落ちて死ななければ、それはただ一粒のままである。

しかし、もし死んだなら、豊かに実を結ぶようになる。

ヨハネによる福音書　一二：二四』

*

「乾先生、こんにちは」

赤坂の事務所を訪ねると、Tシャツ姿の乾が首にかけたタオルで顔の汗を拭きながら出てきた。

「あ、榊さん。こんな格好ですみません。ちょっと資料の整理してたもんで」

ソファに座ると、教誨師の佐野が遺品を預かっていたことを伝え、佐野から聞いた話の要点を説明した。

「受取人がいない場合、遺品はどうなるんでしょうか？」

「そうですね。遺族が誰も引き取らなければ、国のものとなって廃棄処分です」

「もう一つ、今井さんの面会記録を情報公開請求したいと思っているのですが……」

「請求しても、面会者の欄は『個人情報』を盾に黒塗りでしょうね」

「やはりそうですか……」

二人の間にしばしの沈黙があった。

「先生、あらためてお聞きしてもよろしいでしょうか」

乾が目顔で先を促した。

「乾先生は、武虎さんは無実だと思われますか」

乾は視線を落とし、しばらくの間組み合わせた自分の両手を見つめていた。やがて、重い沈黙を破って言った。

「自分でもあの事件について、もう一度じっくり考え直してみました。その中で、この事件には今井さんを犯人に仕立て上げた、何か別の意志のようなものが働いている気がしてきたんです。今井さんが警察に目をつけられたのは、車の目撃証言が発端だ。だけどその後、立て続けに近隣であらぬ噂を立てられている。『結子さんを里子にしたのは、ロリコン趣味があるからじゃないか』とか『事件直前、手当たり次第に子どもに声をかけていた』とか。おまけに、事件当夜のアリバイが後になって否定されたり、まるで誰かが誘導したとしか思えないようなことが次々に起きている。警察の捜査のやり方を見ても、今井さんが捨てたゴミを持ち帰ったり、庭土を掘り返したり、徹底的に今井さんに照準を合わせている。初めに結論ありき、といった感じすらするんです。今井さんを最終的に死刑に追いやったのはＤＮＡ鑑定ですが、例の、カットされたとおぼしき部分に映り込んでいる白い影、もしあれがＤＮＡのバンドなのだとしたら、別のＤＮＡ型が映り込んでいるということになる。やはり榊さんの言うように、あの部分をカットしたことには、何か重大な意味があるような気がするんです」

美貴は乾の事務所を出ると、佐野牧師に電話を入れた。乾の言葉を伝えると、佐野は面会記録についてはこちらでも調べてみます、と言った。そして少し沈黙したのち、「武虎さんの最後の言葉の意味を知りたいんです。協力させてください」と真剣な声で言った。

美貴はその足で結子の自宅に向かった。あらかじめ電話を入れると、体調が悪いので、今日は喫茶店を早じまいして自宅で横になっているという。あまり遅くはなれない。右手に提げていた紙袋を胸の前に抱え直した。

『今井さんを犯人にした何か別の意志のようなもの』

乾の言葉が頭から離れない。別の意志、とは何だろう。考えられる選択肢は、警察か検察、それとも真犯人か——

佐野が紙袋に入れてくれた白木の箱が、歩くたびに乾いた音を立てた。

ドアをノックすると、少し間があってから結子が大儀そうに扉を開けた。スウェット上下の上に着たカーディガンを片手でかき合わせている。かなり具合が悪そうだ。

「ちょっと風邪ひいたみたいで、寒気がするから寝てた」

「すみません、そんな時に」

「さっき薬のんだから大丈夫。どしたの?」

「これ、武虎さんの教誨を務められていた佐野先生からお預かりしてきました。武虎さんの遺品です」

佐野が包んでくれた紺色の風呂敷ごと結子に差し出した。結子が引き取らなければ、国によって廃棄処分になってしまう。結子はしばらく見つめていたが、両手で受け取って大河の遺影の前に置いた。結子が手を合わせる横で、美貴も黙禱《もくとう》する。

「今日は結子さんにご相談があって来ました」

「相談?」

「再審請求のことです。結子さんもご存じの通り、武虎さんの有罪判決を後押しした、最も強力な証拠がDNA鑑定です。現場に残されたDNAの型と、武虎さんの型が一致したという鑑定結果。それを崩すのが、武虎さんの無罪を証明する一番の近道なんです」

「そんなの、今さら無理でしょ」

「実は、武虎さんのDNAの鑑定写真に、切り取られたような不自然な跡が見つかったんです。ネガフィルムを取り寄せたいのですが、再審が請求されていないと、検察側に働きかけることができません。それと……」

大河の遺影の前に置かれた風呂敷包みに目をやる。

「先ほど佐野先生のところで中をあらためた時、武虎さんの遺品には、髭剃《ひげそ》りや衣類も含まれていました。再鑑定を行うことが可能なんじゃないかと思うんです」

「でも、DNAなんだから、何度やったって同じでしょ」

「それが、そうじゃないんです。少し専門的な話になりますが、武虎さんが鑑定を受けた当時の方式はNHT119法と言って、武虎さんの事件の前、一九九三年に発生した樺崎事件でも使われた方式です」

「樺崎事件?」

「二〇一三年に釈放された男性、ニュースなどで見たことはないでしょうか? 冤罪が確定して、およそ二十年にわたる刑務所生活から解放されたんです」

「知ってる。刑務所から出てくる車の中で手を振ってたオジサン」

「そうです。あの事件で決め手となったのも、DNA鑑定でした。幼女の殺害現場で見つかった犯人の体液と、男性のDNA型が一致したとされた。でも結局、その後おこなわれた再鑑定で、犯人と男性のDNA型が一致しないことが明らかになったんです。二〇一二年十月のことでした。その後、このNHT119法は信頼がおけないとして、裁判の証拠としては採用されないことが決まったんです。武虎さんの死刑執行は二ヶ月後の二〇一二年十二月。同じNHT119法が決め手となっています。それなのに、再鑑定は行われなかった。もしかすると、間違っていたかもしれないのに……それを証明することができるのは、結子さん、あなただけなんです。再審を請求して、ネガフィルムを取り寄せ、検察が写真を切り取ったことを証明する。そして、遺品から武虎さんのDNAを再鑑定し、現場に残された犯人のものとおぼしきDNA型とは一致しないことを証明する……」

「でも……」

結子が苛立《いらだ》ったように遮った。

「お父さんの有罪は、DNAだけで決まったわけじゃないでしょ?」

武虎の事件について、結子は新聞報道などで十分な知識を得ていた。

「そうです。遺体発見現場で武虎さんの車を目撃したという証言もあるし、武虎さんの当日のアリバイも崩れているし、自家用車のシートに残された、被害者と同じ血液型の血痕もある」

「それじゃ、DNAだけ崩したって駄目じゃない」

「他の件についても、もちろん調べます。でも、決め手はやはりDNAなんです。ここをまずは突破しないと、その先につながらない。とことんやって、やるだけやってみて、それでもし冤罪を証明できなければ仕方ありません。でも、やらなければ何も始まらない」

結子は沈黙した。そのままの姿勢でじっと、大河の遺影を見つめていた。

「どうして……」

泣いているのかと思うほど、か細い声だった。

「え?」

「どうして、そんなに他人のことに一生懸命になれるの」

以前、晶にも同じようなことを聞かれた。何かに突き動かされている、としか言いようがない。明確に言葉にできるような理由はないが、それでもやはり心に浮かぶのは、恵理のこと、そして亮輔のことだった。うまく話せる自信はなかったが、少しずつ絞り出すようにして言葉を探した。

「去年、夫を交通事故で亡くしたんです。夜遅く真っ暗な峠道を運転していて、誤って崖下に転落した……単独事故です。夫も記者をしていました。曲がったことが大嫌いな、正義感のかたまりみたいな人でした。今でも、どうして夫が死んだのかわかりません。結子さんと出会って、何かに背中を押されるような感じがして……自分でもよくわからないんです。ただ、いてもたってもいられなくて……ごめんなさい、うまく説明できない」

結子はしばらくうつむいて沈黙していたが、そのままの姿勢でぽつりと言った。

「ありがとう……私なんかに」

その後、激しく咳き込んだ。

「大丈夫ですか?」

背中をさすってやると、やがて目尻に涙をにじませながら、美貴の目を正面から見た。

結子としっかり目を合わせるのは初めてだ。目尻が切れ上がった結子の瞳は中心が少しだけ緑がかっていて、見つめていると、まるで早朝の湖畔に立っているような清澄《せいちょう》な気持ちにさせられる。

「美貴さん、一緒に闘ってくれる？」

「もちろん」

迷わずに答えると、結子は風呂敷に包まれた武虎の遺品に目をやった。

「それ、鑑定に使って」

結子は立ち上がって大河の遺影の前から遺品の箱を取ってくると、美貴に差し出した。澄みきった眼がこちらを見つめている。美貴はしっかりと目を合わせ、力強くうなずいた。

「最後にもう一つ、お願いがあるんです。大河君の学校に、一緒に行っていただけませんか」

結子が顔を曇らせ、膝のあたりを両手で強く握りしめた。

「ごめん……それだけはできない。あいつらは、大河がいじめられても、見て見ぬふりして何もしなかった。あいつらのせいで大河は死んだんだ。学校には絶対に行かない」

「でも、大河君のスケッチブックが残っているんです。大河君の描いた絵を一緒に見に行きませんか」

結子はうつむいたまま、何も答えない。

「中に一枚だけ不可解な絵があるんです。他の絵は細密画のように繊細な鉛筆の線で描かれているのに、なぜかそれだけクレヨンが使われていて、すごく大雑把な、まるで幼児が描いたような絵なんです。女性物のバッグのようなものが描かれていて……結子さん、大河君に相原事件の詳細を話したことがありますか」

結子が憤然と顔を上げた。

「そんなこと話すわけないでしょ！　大河に事件のことなんて、これっぽっちもしゃべったことない。その絵だって、大河が描いたものかどうかわかんないじゃない」

「そうですよね……そう、あの絵が、本当に大河君が描いたものなのかどうか、知りたいんです」

興奮した結子が激しく咳き込んだので、背中をさすってやった。やはり大河は事件のことは聞かされていなかった。でも十歳になれば、過去の新聞記事をネットで検索するくらいのことはできるだろう。あれは、本当に大河が描いたものなのか。だとしたら、一体何を意味しているのか。あの絵の中に、すべての真相につながるカギが隠されているような気がした。

窓の外で、蜩が啼き始めた。もうじき夏が終わる。結子の薄い背中をさすりながら、なぜか捨てられた子犬を抱く、冴木の哀しげな瞳を思い出していた。

＊

九月に入ったというのに、毎日三十度を超える暑さが続いている。バスを降りると、アスファルトから立ちのぼる、むっとした熱気がまとわりついてきた。ベビーカーで眠っていた陸が目を覚ましたので、ストローを挿したミネラルウォーターを渡してやると、勢いよく三分の一ほどを飲み干した。

自然教育園の中に入ると、都会の人工的な熱から解放された。緑に冷やされた空気が体を包む。蟬のコーラスが降り注ぎ、少し湿ったような土の匂いがする。入口は大きなバス通りに面しているのに、まるで武蔵野《むさしの》の原野にでも迷い込んだかのようだ。美貴は大きく一つ深呼吸すると、陸の手を引いて管理棟の中に入った。約束した午後二時半まであと十五分もあるというのに、冴木がベンチに座っていた。青と緑のチェックのシャツにベージュのカーゴパンツというラフな服装で、ご丁寧に虫取り網まで手にしている。

「署長、貴重な休日にすみません」

「『署長』は、やめてください」

「あ、すみません、ついクセで……」

苦笑しながら、冴木が手にしている虫取り網を指さす。

「それ、なつかしいですね」

「昆虫採集にはこれが一番なんです。さ、行きましょう」

冴木が勢い込んで立ち上がる。虫取り網に興味津々の陸が、何とか網の部分を触ろうとベビーカーから懸命に手を伸ばしている。

「あ、ちょっと。それ、ダメです」

顔を上げると、係員の女性が仁王立ちになっていた。

「それ、虫取り網、ダメなんです。こちらは自然保護と教育が目的の施設ですから」

「あ……すみません」

「お預かりします」

冴木はバツが悪そうな顔で、虫取り網とかごを係員に手渡した。

所定の場所にベビーカーを置き、園内を歩き始めてから冴木が言い訳のようにつぶやいた。

「すみません。ここに来るの、ほぼ三十年ぶりなんです」

「署長、そんなこと言うと、年バレますよ」

「まいったな」

署で見るのとはまるで違う、やわらかな笑顔。自然の中に溶け込んで、どこから見ても「日曜日のパパ」だ。

新しく買った陸の運動靴がまだ少し大きいようだ。歩くたびに踵《かかと》がパカパカと持ち上がる。冴木は鮮やかな朱色の花が群生しているあたりを指さした。

「ほらあそこ、もう彼岸花《ひがんばな》が咲いている。あっちは、フジバカマですよ。早いものですね」

思わず冴木の横顔を見る。

「冴木さん、植物に詳しいんですね」

「……図鑑が、家にたくさんあったものですから。多分、そのせいかな」

答えを探すような言葉づかいに引っかかりを感じた。

「ご両親が植物、お好きだったんですか」

「ええ、まあ……」

表情に影が差したように見えたのは気のせいだろうか。それきり、冴木は口を閉ざした。

十分ほど歩くと、木々が折り重なる森を抜け、開けた場所に出た。青々とした芝生が広がっている。

「一休みしましょうか」

丸太で出来たベンチを見つけて冴木が腰を下ろすと、陸が隣によじ登った。その時、何かが陸の鼻先をかすめて、ベンチの上にとまった。

「お、アキアカネだ。ほら陸君、見てごらん」

冴木が陸を抱き上げて近づける。次の瞬間、陸はベンチで羽を休めていたトンボを平手打ちした。トンボは面食らって飛び上がろうとしたが、ふらふらと左右によろめいて、また元の場所に舞い戻った。

「ちょっと陸！　トンボさん、かわいそうじゃない」

美貴が大声をあげると、冴木が笑いながら止めた。

「いいんです、このくらい大丈夫ですから」

「でも、叩くなんて……」

「大丈夫。こうやって覚えていくんです。どこまでなら大丈夫か、どのくらい力を入れると死んじゃうか。僕もさんざんやりました。ミミズを左右に引っ張ってどこでちぎれるか実験したり、花火でアリの行列を燃やしてみたり。男の子って、そういうものなんです。残酷なようだけど、そうやって自然界の掟《おきて》を学んでいく。な、そうだよな?」

冴木が陸に同意を求めると、陸も、「な〜」と言いながら、いたずらっ子のような表情で、冴木と同じ方向に顔を傾けた。その得意げな顔に、美貴は胸の奥をぎゅっとつかまれたような気がした。それは陸が初めて見せる、男の子の顔だった。


広場を抜け、小さな木の橋を渡ると、あたりは一面のすすき野となった。

「もう、すすきがこんなに……すっかり秋なんですね」

すすきが群生する方に駆け出した陸が、派手に転んだ。

「陸!」

美貴が駆け寄ろうとすると、冴木が無言で首を振って止めた。陸は顔をゆがませたが、ぐっと我慢して唇を真一文字に引き結んだ。そのまま、ゆっくりと両手をついて立ち上がる。

「泣かなかったね。えらい、えらい!」

美貴が拍手すると、土のついたほっぺたをゆるませて嬉しそうに笑った。それから、すすきの密集するあたりにしゃがみこんで見えなくなった。

「まま、おいで、おいで！」

突然、すすきの間から顔を出した陸が声を上げた。行ってみると、陸が一心に見つめているのはすすきの葉だった。先端がおにぎりのように三角形に折りたたまれている。

「誰が結んだのかしらね」

「ああ、それはきっとクモの巣です」

後ろからのぞきこんだ冴木の吐息が首筋にかかり、胸の奥にかすかなざわめきを感じる。

「クモの巣？」

図《はか》らずも頓狂《とんきょう》な声が出た。

「ほら、ここ。糸があるでしょう？　すすきの葉を糸でかがって巣をつくるんです。カバキコマチグモっていうんですが、今ちょうど産卵時期なんじゃないかな。あ、ほら、中にいる。でも、このクモ、強い毒を持ってるから気をつけて」

冴木は陸を抱き上げて、三角形のおむすびのようになった葉先を見せた。

「毒？」

「ええ。産卵期の母グモは、ものすごく獰猛なんです。卵を守ろうと必死なんですよ。下手に手を出すと刺される」

「刺されたこと、あるんですか？」

「小さい頃に一度。巣をこわして遊んでいて、怒ったメスに刺されました。痛かったのなんの。何日間か、しびれが残りました。でも、このクモがすごいのは、そこじゃありません。なんだと思いますか？」

冴木が得意げな顔で聞く。四十二にもなる男がこんな表情をするなんて、とおかしくなる。蟬をつかまえて得意満面の少年みたいだ。

「十日ぐらいすると卵が孵化《ふか》するんですが、一回脱皮したあと、百匹ほどの子グモたちが一斉に母親の体に取りつくんです。まるで、甘えてでもいるみたいに。でも、実態はそんな可愛いものじゃありません。母親の体に鋭い牙をたてて、体液を吸ってるんです。子グモたちは、早ければ三時間ほどで母親の体を食い尽くしてしまう」

「ええっ、母親を食べちゃうんですか？」

「母グモは子どもたちに体を食べられている最中でも、外敵がくると最後の力を振り絞って、ものすごい迫力で闘うんです」

冴木の話に、美貴はこの三角形の物体に言い知れぬ畏怖《いふ》を覚えた。生き物に本能的に備わっている獰猛さ、残酷さ。しかし、彼らにとって、それは「悪」ではない。母親を栄養源にして子どもが育つ。それが太古の昔から行われてきた、このクモたちの変わらぬ営みであり、生きるために自然が与えた叡智《えいち》なのだ。

やわらかな陽射しが木々の葉にさえぎられて、陸の頭にまだら模様を作っている。この子を守るために、自分はこの身を差し出せるだろうか――

「きっと母親というのは、そうやって昔から命がけで子どもを守ってきたんでしょうね」

冴木の言葉に、美貴は思わず目を伏せた。

「……そうじゃない母親もいますよ」

冴木が無言で美貴を見つめる。

「私は、陸を全然守ってやれてません。夕ご飯はいつも保育園だし、休日出勤のときは私の母にまかせきりで、寝かしつけにも戻らない」

拾った木の枝でなんとか三角の物体を突《つつ》こうと試みていた陸が、バランスを崩して地面に転がった。ほっぺたが泥まみれになったが、すぐに起き上がり、照れたように笑った。

「陸君、あんなに伸びやかに育っているじゃないですか」

「でも、ほんとは寂しいんだと思います」

「なぜそう思うんですか」

「陸は亡くなった夫のことを、一切口にしません。でも陸の通う保育園では、パパが送り迎えしているお宅もあって、時折、じっと見ているんです……本当はきっと寂しいんだと思うんです」

冴木はしばし無言でいたが、やおら立ち上がると、陸を抱き上げた。そのまま陸を逆さにして両足を持つと、時計の振り子のように、ゆらゆらと左右に揺らし始めた。

「どうだ、まいったか！」

陸はげらげら笑いながら、両手をバタバタさせている。冴木がさらに勢いよく陸の体を揺らす。二人の笑い声が辺りに響いた。その光景を見ながら、美貴は爪が食い込むほど、強くこぶしを握りしめた。なぜだろう。冴木に会うと、いつも言わなくてもいいことまで話してしまう。自分の中の大切な何かが揺さぶられる。

陸が何かを追いかけ始めた。

「まま、うぃんかーえるよ！」

一羽の紋白蝶が陸の周りを軽やかに飛んでいる。陸を追いながら美貴が笑顔で振り返ると、冴木が先ほどまでとはまるで違う強張った表情で呆然と立ち尽くしていた。

蝶が陸の目の前で、誘うように羽を震わせる。

「ちょうちょさんだよ、陸。ちょ・う・ちょ」

美貴が教えると、陸は首を傾けて、じっと蝶の様子を見守っている。冴木が後ろからやってきた。何も言わず、じっと蝶を見つめている。

「ほら、うぃんかーえる」

陸が冴木の方を向いて、蝶を指さす。

その時、閉園を告げるチャイムの音が鳴り響いた。

「ばいばい？」

首をかしげて陸がつぶやく。

「そう、もうバイバイの時間だね。行こうか」

差し出した美貴の手を、陸が振り払った。

「やだ！」

いやいやする手を無理やり握ろうとすると、陸が泣きべそをかき始めた。

「きないで、きないで」

「『きないで』じゃなくて、『こないで』でしょ」

抱き上げようとすると、手の間をすり抜け、地面に寝転がった。

「まま、きないで！」

冴木は、手足をばたつかせている陸の両脇に手を差し入れてゆっくりと立たせた。そのまま、涙がいっぱいに溜まった陸の目を覗き込む。

「陸君、出口まで肩車してあげようか」

「めちゃくちゃ重いですよ。十四キロありますから、やめといたほうがいいです」

恐縮して美貴が手を左右に振ると、冴木は笑顔で陸を軽々と抱き上げ、肩の上に乗せた。

「大丈夫、陸君の体重分くらいは鍛えてます」

初めての肩車がよほど嬉しかったとみえて、陸はさっきまで駄々をこねていたことなどすっかり忘れて、はしゃぎ声を上げる。陸がつかんだ髪が乱れて額にかかり、冴木をさらに若々しく見せた。

「そうだ、陸君。ちょうちょがどこで眠るか、知ってるかい？」

「ねむる？」

「ちょうちょさん、どこでねんねするかって」

美貴が言うと、陸は首をかしげた。

「う〜ん」

しきりにうなり声を上げている。

「わかんない」

「じゃあ、今度会うときまで、宿題な」

「しくだい?」

「そう、宿題だ」

「うん、しゅっくだい!」

陸は冴木の髪をぐしゃぐしゃにしながら、しゅっくだい、しゅっくだい、と節をつけて満面の笑みで繰り返している。

すれ違う園の職員が三人にあたたかい笑顔を向けた。傍目《はため》には、仲の良い家族に見えるのだろう。しあわせな三人家族。たとえ幻だとしても、今だけは夢を見ていてもいいだろうか。かつて確かに思い描いた未来が、そこにあった。

道の端に帽子をかぶったどんぐりが落ちている。美貴は拾い上げると、そっとポケットにしまって二人の後を追った。

*

「美貴、電話よぉ〜!」

晶が呼んでいる。

「ちょ、ちょっと待ってください！」

熱湯を注いだばかりのカップラーメンをあわててデスクに置く。湯がはねて手にかかった。

「あちっ！」

「何やってんのよ。早くしないと切れちゃうわよ」

「はいはい、今出ます」

「伊東茂さんの元同僚だって。いい知らせじゃないの？」

受話器を渡しながら、耳元でささやく。

「ええっ！　それを早く言ってくださいよ」

美貴が目を見開くと、晶はふふん、と得意げに笑った。


「もしもし、お電話かわりました。榊です」

「あの……山元です」

「お電話、ありがとうございます」

「……お手紙たくさん、ありがとう」

「すみません。勝手なことを」

「全部で十五通よ、十五通。つまり、少なくともうちに十五回は来てくださった、ってことでしょう」

「……すみません」
二、三秒、沈黙した後、電話の相手が思い切ったように言った。
「二十八日よ」

「え?」

「あの年の仕事納めは、十二月二十八日」

「二十七日ではなく二十八日、つまり火曜日ということですか?」

「そう、一九九九年十二月二十八日火曜日。それだけ伝えたくて電話したの。みんな伊東さんが怖くて、二十七日の月曜日が仕事納めだって、口裏を合わせたのよ」

「どうしてですか」

「なんたって創業者一族の御曹司だから」

「伊東さんがご自分で口止めされたんですか?」

「間違って警察で二十七日って言っちまったから、そういうことにしといてくれ、ってみんなに……」

「なぜ、そんなことを」

「さあ。あの人、元来お調子者なのよ。つい、二十七日って言っちゃった。今更間違いでしたとは言いにくい、だからみんな合わせといてくれ、ってことでしょ。深い意味なんてないのよ、きっと」

「山元さん、カメラ取材、受けていただけますか?」

「……ここまでしゃべっちゃったら、もう断れないわよ」

「ありがとうございます!」

美貴は受話器を耳に当てたまま、勢いよく頭を下げた。


あとは、現場付近で二十七日に武虎を目撃したと証言した伊東茂が、日付の誤りを認めるかどうか。これについては、伊東茂ともう一戦交えるしかないだろう。そして、事件から二年あまりたって、なぜか武虎のアリバイを否定した夫婦の証言が覆るかどうか。夫婦の居所を南條に調べてもらっているところだが、依頼してからすでに一か月経っている。夫婦難航しているのだろう。アリバイが否定されたままでは、たとえDNA鑑定の結果がシロだったとしても、信憑性が格段に落ちる。何とかして夫婦と接触したい。久しぶりに南條に電話しようとスマホを取り出すと、不在着信を知らせるライトが光っている。履歴を見ると、弁護士の乾だった。すぐにコールバックする。

「もしもし、榊さん?」

はずんだ調子の声。ピンときた。DNA鑑定のことに違いない。

「再鑑定、帝林大学法医学教室の増富《ますとみ》教授が受けてくれるそうです。この世界の第一人者ですよ!」

「良かった! 結果はいつ頃出そうですか?」

「一か月ぐらいかかるんじゃないかって話だったけど」

一か月……結果が出てから放送まで二か月足らずだ。再鑑定の結果によっては、VTRの構成が大幅に変わる。間に合うだろうか。でも、やるしかない。DNA鑑定で武虎の型が犯人の型と一致しなければ、それは紛れもない冤罪の証明となる。乾との電話を切ると、そのまま結子の番号を呼び出した。

＊

伊東茂の家に着いたのは、朝六時半だった。車輛課に頼みこんで借りたライトバンを少し離れたところに停めた。カメラマンの欣二郎には車内で待機してもらう。美貴は車から降りて伊東宅が見える電信柱の陰に隠れた。今朝の日の出は、午前五時二十分過ぎ。辺りはもうすっかり明るくなっている。もう少しすれば、伊東が犬の散歩で出て来るはずだ。警視庁時代、捜査員が犬を飼っていることがわかると、なるべく犬の散歩の時間に朝駆けするようにしていた。犬がいると、会話がはずんで口が滑らかになる。

伊東茂は「仕事納めの日、一度帰宅してから、飲みに出た。その途中で七国峠を通り、今井武虎の車を目撃した」と証言している。事件が起きたのは二十七日。仕事納めが二十八日なら、七国峠を通ったのも二十八日ということになる。日付が一日違えば、目撃証言はまったく意味をなさなくなる。直接、本人から真相を聞きたい。

門扉《もんぴ》がきしむ音がして、伊東茂が現れた。上下紺色のジャージ姿に茶色いゴムのサンダル。大きなゴールデンレトリバーを連れている。車からさりげなく欣二郎が降りてくるのが見えた。

「伊東さん、毎朝放送の榊です」

振り返って美貴の姿をみとめると、伊東は苦々しい顔をした。

「またか。何なんだ一体、迷惑だ」

「伊東さんの元同僚にお聞きしました。九九年の仕事納めは、二十八日火曜日だったそうですね」

「……誰に聞いたんだ」

「それは申し上げられません。仕事納めの日、別の社員の方が行かれたカラオケスナックにも確認させていただきました。確かに二十八日だったそうです」

伊東茂は一瞬動きを止めたが、すぐに犬の方にかがみこんだ。

「そんな昔のこと、もう覚えてないよ」

「当時、二十七日と証言されてますよね」

「だから、覚えてないって言ってるだろ」

舌打ちをしながら、嫌がる犬の引き綱を強引に引っ張る伊東を見ていたら、腹の底から怒りが込み上げてきた。

あなたが軽々しくついたうそのせいで、一人の人間が司直の手によって殺されたんです。そのことを、あなたはどうお考えですか……本当に聞きたいことの代わりに、言葉が鋭さを増した。

「伊東さん、創業者のお孫さんでいらっしゃるそうですね。みなさん怖くて本当のことが言えなかったんだそうです。何故あんなうそをついたんですか?」

「うそをついたわけじゃない。色々聞かれてるうちに、記憶がごちゃごちゃになったんだよ。本当にそれだけだ」

明らかに何かを隠している口ぶり。伊東の横を歩きながら、美貴はついに最終カードを出した。

「伊東さん、以前、痴漢でつかまったことがありますよね」

「なんでそんなこと……」

美貴の方に向き直った伊東の顔が紅潮し、あからさまな怒気を発している。美貴は冷静な口調のまま、さらに懐深く切り込んだ。

「別件も上がってるんだぞ、そう言われたんじゃないですか?」

「い、言いがかりだ!」

「警察に『二十七日か、二十八日か、どっちなんだ。二十七だろう』って詰め寄られて、思わず二十七日と答えてしまった。あるいは、『痴漢の別件が上がっている。ちゃんと答えろ。でないと、わかってるだろうな』と脅された……どちらですか?」

「ふ、ふざけるな。そんなことを言われた覚えはない！」

「本当に単なる当て推量かどうか、徹底的に取材してみようと思います。それとも、きちんとカメラの前でお話しいただけますか」

「それは、脅しか？」

「取りようによっては」

美貴はにっこり笑って言った。伊東は、顔を撮影せず、匿名で声を変えることを条件に取材を受け入れた。


帰り道、車内で煙草に火をつけながら欣二郎が低くつぶやいた。

「おまえ、思ったよりアブナイやつだな」

「ああいうスケールの小さい嘘つきが嫌いなもので」

美貴が言うと、煙を吐き出しながら欣二郎が豪快に笑った。

「同感だ」

第五章　謀略

　十月に入って、富士山ではもう初冠雪が観測されたというのに、台風が近づいているようだ。フィリピン沖で発達した台風が、あす未明には関東地方に上陸する可能性が高いとニュースが報じている。

　陸は昨日からくしゃみと鼻水が止まらなくなった。三十七度五分を超える熱があるということで、今日は保育園から早めに引き取ってきたが、ぐったりして元気がない。夕食に出した好物のしらすご飯にはほとんど手をつけず、鮭とほうれん草のクリームシチューをほんの少しなめた程度で、まったく食が進まない。みかんをむいて口のそばに持っていくとかろうじて口に含むが、喉が痛いのか中々飲みこんでくれない。

「陸、ほらお水」

　水を口に含ませようとしても、首を横に振るばかりで一向に飲もうとしない。

「じゃあ、みかん、もう一つ食べる？」

力なく首を振る。顔を寄せると、呼吸が荒くなってきている。熱が上がってきたのかもしれない。体温計を取りに行こうとして、洗濯かごに蹴つまずき、洗い終えたばかりの洗濯物が床に散乱した。思わず胸に溜まった息を吐き出す。

春子から電話があったのは一昨日のことだ。

「ものが見えづらくなってね。軽い白内障らしいから、ちょっと手術してくるわ」

ちょっと買い物に行ってくる、といった軽い調子で告げた。幼い頃から、私を不安がらせまいと、辛いところを一切見せない母だった。高校二年の時、北海道への修学旅行で毎年の積立金の他に実費として十万円が必要になった。おずおずと切り出したら、「ちょうどスクラッチくじが当たったところだから大丈夫」などと見えすいたうそで用立ててくれた。定期預金を解約していたことを知ったのは、ずいぶん後になってからだ。

耳障りな電子音で我に返る。陸の脇の下で体温計が鳴っていた。見ると、八度五分に上がっている。

「お熱、上がってきちゃったね」

どうしよう。あすは目撃現場の再現実験を予定している。欣さんのツテで、暗闇でも撮影できる暗視カメラを借り、目撃者役のアルバイトも仕込んである。自分一人の都合でキャンセルすることはできない。公立の病児保育室は定員が三名だけでいつもいっぱいだし、他に病気の子どもを預けられるような施設はない。この時間になって翌朝から来てくれるベビーシッターのあてもない……これまで何度もぶつかってきた問題だ。幸い春子が近くにいてくれるので、普段は手を借りることができるが、実家が遠ければシングルマザーに限らず共働きでも、結局父親か母親のどちらかが仕事を休まざるを得ない。春子が手術を控えて入院してしまった今、そのありがたさを痛感していた。

この企画は、自ら手を上げたものだ。自分の勝手な都合で、欣さんやアルバイトの学生たちを振り回すわけにはいかない。それに加えて、放送まであと二か月しかないというのに、あれからまったく進展がない。ＤＮＡ鑑定の結果はまだ届いていないし、アリバイを否定した夫婦や車のシートに残された血痕については、有力な手掛かりがないまま足踏み状態が続いている。今の状態では、どう考えても三十分の枠を埋められる材料はない。せめて、明日の実験だけでも撮影しておきたい……あれこれ考え出すと、まるまる一回分の放送を一人で担う重圧と不安に押しつぶされそうになる。

午前零時をまわると、風雨は激しさを増してきた。窓ガラスが風できしみ、耳触りな音を立てる。強い風と共に、大粒の雨が窓ガラスに叩きつけては砕け散っていく。その音に負けないくらい、陸がぜぇぜぇと荒い息を吐いている。不安のあまり眠ることもできないまま、水枕を替えたり汗を拭いたりしながら、苦しそうな陸に寄り添った。

陸がうっすらと目を開けたので、水を飲ませようと抱き起こして背中を支えた瞬間、突然陸の体が激しく震えた。地震……そう思って陸を抱いて立ち上がろうとした時、口から白い泡が出ていることに気がついた。その途端、陸は両手を上げて体をピンと突っ張らせ、白目をむいた。全身がビクビクと波打っている。

「陸、どうしたの、陸！」

白目のまま、返事がない。陸の全身が硬く突っ張って、小刻みな震えが続いている。どうしよう、どうしよう。これは一体何？　何かの発作？

その途端、部屋の明かりがすべて消えた。真っ暗闇の中、部屋のエアコンを見ると、作動中は点灯するはずの緑のランプが消えている。何が起きたのだろう。まさか、停電？　とにかく電話だ。救急車を呼ばなくちゃ。スマホはどこ？

片手で陸を抱いたまま、リュックを足で引き寄せ、もう片方の手を突っ込んで引っかき回す。事件の資料やらデジカメやら筆記用具やら、雑多なものがごちゃごちゃ入っていてスマホが見つからない。パニックになりながら、手探りで一つ一つ形を確かめていく。

窓の外を吹き荒れる風が一段と激しさを増した。凶暴な音を立てながら窓ガラスを揺さぶり、滝のような雨を吹きつける。ようやく指先が硬いものを探り当てた。スマホを取り出そうとした瞬間、中指の第一関節に鋭い痛みが走った。あわてて指を舐めると、錆びた鉄のような味がする。何かで切ったらしい。暗闇のなか、震える指で一つずつ画面に浮かび上がったボタンを押す。一・一・九……何度もコール音が鳴るが、中々つながらない。強く唇を嚙む。ようやくコール音が終わり、あわてたような若い男性の声が聞こえた。

「一一九番です。火事ですか、救急ですか？」

「救急です。息子がけいれんしていて……」

「住所は？」

通信員は、一番近い署の救急車は出払っているが、三、四十分で付近の消防署から回すことができると思う、ただ、近くで大規模な土砂崩れがあって電柱が倒れているため、マンションのそばまで行くことができないと性急な口調で伝えた。近くの幹線道路に出ることはできるかと聞かれ、暴風雨で子どもを動かせない、とすがる思いで訴えたが、応急処置を教えるから復旧まで今しばらく待て、と指示された。子どもの衣類をゆるめて、吐いたものが詰まらないよう体を横向きにし、けいれんの間隔をはかる。十分以上続くようなら、すぐにまた連絡を――

指示通り、パジャマの胸のボタンをはずして陸を横向きにしたが、もはや最初のけいれんから何分経っているのかわからない。陸は薄く白目を開けたまま動かなくなってしまった。必死に呼びかけながら、スマホに登録してあるタクシー会社に片っ端から電話をかける。どこも通話中か、すでに予約でいっぱいだった。この台風で車が出払っているようだ。どうしよう、もう電話をかけられるところがない……。

いくら呼びかけても陸は反応しない。意識がないようだ。けいれんは断続的に続いている。意識がない状態が長引くのは良くないと何かで読んだ気がする。だが、意識をなくしてからどれくらい経ったのかもわからない。どうしよう、どうすればいい……。

暗闇に慣れた目に、玄関に吊るしたままの黒いジャケットが飛び込んできた。

『何か困ったことがあったら、いつでもかけてください』

冴木の声が耳の奥で響く。署の庭で渡してくれたメモ。たしか携帯の番号が書いてあったはずだ。取材対象である当局にプライベートなことで助けを求める……果たして許されるのか。脳内に響いた警告は無視した。何としても、この子を守るのだ。どんな手段を使っても守ってみせる。陸を片手で抱いたまま、這うようにして玄関まで移動し、ジャケットを乱暴に引きずり下ろす。ポケットの内側を探ると、薄い紙切れが指に触れた。

ここから署長官舎まではどれくらいだろう。車で十五分ぐらいだろうか。夜回りの記憶をたぐり寄せる。美貴は迷わず、スマホのライトでメモを照らしながら番号を押した。少し右斜め上にかしいだ繊細な筆跡は、署長の端整な横顔を思い起こさせた。呼び出し音がいつもより大きな音で鳴っているような気がする。

まもなく午前一時だというのに、冴木はツーコールで電話に出た。

「冴木です」

寝ぼけた様子もなく、いつもと寸分たがわない口調だった。

「あの……」

言いよどんでいると、冴木がもどかしそうにかぶせてきた。

「美貴さんですね」

「はい」

「どうしましたか」

「あの、陸がけいれんを起こして意識を失っていて、救急車が出払っていて来られないと……」

「すぐに行きます」

住所を伝えると、電話が切れた。土砂崩れのことを言うべきだったと気づいてかけ直したが、つながらなくなっていた。

きっかり二十分後、玄関のベルが鳴った。陸を横抱きにしたまま扉を開けると、ずぶ濡れの冴木が立っていた。コートや長靴ばかりでなく、髪の先からも大きな滴が落ちて、玄関をまたたくまに濡らしていく。

「突然お電話して、すみま……」

あやまろうとした美貴を冴木が手でさえぎった。

「少し先に電柱が倒れていて、車が通れなくなっています。雨合羽《あまがっぱ》はありますか?」

「傘なら……」

「風が強くて、傘は役に立たない。大きなゴミ袋、ありますか?」

台所に走って流しの下の引き出しから半透明のゴミ袋を引っ張り出した。冴木が両サイドを切って、帯状にする。陸を背負うと、上から袋をかけるように言った。

「片方を僕の首に縛りつけてください」

美貴が片方の端を冴木の首のまわりに結ぶと、冴木はもう片方を自分のズボンのベルトに結びつけた。

「行きますよ」

「はい」

非常用持ち出し袋として、陸の身の回りの物を入れている大型のナイロンバッグを肩からたすきがけにし、ゴム製の長靴をはいた。

外に出ると、暴風にのった雨が全身に叩きつけてきた。冴木にさしかけていたビニール傘の骨が一瞬で折れたので、美貴は傘をたたんで小脇に抱え、後を追った。冴木は体を丸め、陸が風をまともに受けないようにしながら走っていたが、不思議と背中の陸はあまり揺れているようには見えなかった。二、三分走ったところで、大きな電柱が倒れて道をふさいでいるのが見えた。

「あの先に車をとめました」

電柱を乗り越えると、シルバーの乗用車が見えた。二人とも大量の水を滴らせながら車のドアを開けた。冴木から陸を受け取ってあおむけに抱き、後部座席に乗り込む。

「体を横にして」

冴木が鋭く言った。そういえば、救急の電話でも同じことを言われた。けいれんは収まっているようだが、相変わらず陸は目を開けない。車内灯に一瞬照らし出された顔は真っ青だった。

「陸、目を開けて。陸!」

肩をつかんで揺らす。

「揺さぶっちゃダメだ。美貴さん、落ち着いて」

冴木がダッシュボードに置かれていた水の入ったペットボトルを差し出した。

「これで首筋を冷やしてあげてください。どこの病院にしますか」

受け取ると、冷蔵庫から出してきたばかりなのか、まだ冷たかった。

「町田市立病院へお願いします。母が入院してるんです」

黙ってうなずくと、冴木はすぐに車を発進させた。陸の首にペットボトルをあてがいながら、美貴はようやくフロントガラスに目をやった。雨の量が多すぎて、ワイパーがまったく役に立たない。時折、対向車のヘッドライトが通り過ぎていくのが、しぶきに反射してかろうじて見える程度だ。美貴は車内の暗さに乗じて後ろから冴木の横顔を見つめた。高い鼻梁に雨粒の影が伝っていく。唇を引き結び、険しい表情でハンドルを握りながら、時折、目を細めて前方を見極めようとしている。張りつめた横顔は初めて見るものだった。


病院に着くと、冴木は救急窓口の方へ走って消えた。すぐさま、医師と看護師を連れて戻ってくると、陸は病院のストレッチャーで救急室に運ばれた。付いていこうとした美貴は閉め出され、看護師から廊下のソファに座って待つよう言われた。じっと座っていることができず、ソファの周りをうろうろと歩き回る美貴のそばで、冴木はソファに座って身じろぎもせず、無言で床を見つめていた。

永遠とも思える時間が過ぎ、ようやく医師が出てきた。時計を見ると、まだ病院に来てから二十分と経っていない。医師は夜勤の疲労を色濃くにじませた顔で、「息子さんのけいれんは恐らく高熱によるものだと思うが、再び起こる可能性もあるので、念のため入院して様子をみたほうがいい」と説明した。医師は冴木を「お父さん」と呼んだが、二人とも否定しなかったので、ストレッチャーのまま病室に移される陸に、冴木も付き添った。

陸の入れられた病室はナースステーションの斜め前にある二人部屋で、常時看護師が巡回するとのことだった。指にはめられた器具は何か、とたずねると、「血液中の酸素飽和度をはかるもの」と説明された。美貴は、陸が元気を取り戻したら真っ先にはずしてしまうだろう、などと考えながら、そんな時が本当に来るのだろうかと不安に駆られた。熱を下げる座薬が入れてあるとのことで、陸は落ち着いた寝息を取り戻している。運び込まれた時に比べれば、肌にも血の気が戻ってきたようだ。それでも不安はぬぐえなかった。

「だいぶ顔色が良くなりましたね」

背後から声がして、びくりと振り返ると、冴木がいた。まだ付き添っていてくれたのか。あわてて向き直り、頭を下げる。

「冴木さん、本当にありがとうございました。なんとお礼を言ったらいいか」

「いや、礼には及びません」

冴木は陸の方に顔を向けたまま、美貴と目を合わせようとしない。

「冴木さん、子どもの病気に詳しいんですね。揺さぶっちゃいけない、とか、冷やしたほうがいいとか」

冴木の横顔がこころなし強ばった気がした。不自然とも思えるほど長い沈黙があった後で、つぶやくように言った。

「祖母が、看護師だったものですから……母も」

「ご家族に看護師さんがいたら、万が一の時も安心ですね」

返事はない。顔をそむけたままなので、冴木の表情は見えなかった。

「今日は来て頂いて、本当に助かりました。私一人だったら、陸をもっとひどい状態にしちゃってたかもしれません。やっぱり何でも一人でできる、なんて思い上がりでした」

美貴は病室に置かれたパイプ椅子のうち、一つを冴木に勧めた。もう一つに腰を下ろす。

「あなたはよく頑張ってますすよ」

冴木のそっと心をなでるような声に、張りつめていたものが緩んだ。

「……全然頑張ってないです。本当は、いつもすごく怖いんです。陸を寝かしつけてからも、いつ泣き出すか、おかしな咳をしていないか、布団で窒息するんじゃないかって怖くて怖くて、テレビもつけずに息をひそめて……いつも馬鹿みたいにびくびくしてるんです」

冴木は美貴の手をじっと見た。

「血が出てる」

ポケットからハンカチを取りだし、美貴の中指をくるんできつく縛った。暗闇の中、スマホを探していて切ったところだ。包帯のように、器用にハンカチを巻きつける冴木の指は長く繊細で、手の甲には細い血管が幾筋も浮き出ていた。触れてみたい、という衝動に駆られ、何よりそんな自分自身にとまどった。看護師の母親に教わったのだろうか。巻き終えたハンカチはきつくもなく、さりとてちょっとしたことでは取れそうにないくらい、きちんと指に密着していた。

「お母さま、きっとやさしい方なんでしょうね」

冴木はしばらく沈黙していたが、やがて静かな口調で言った。

「母は、僕が三歳の時に死にました」

美貴は思わず顔を上げた。

「自宅の屋上から飛び降りて」

「……え？」

「自殺したんです。僕はそばにいました」

＊

明日また様子を見に来る、冴木はそう言って帰って行った。

陸の寝顔を見守りながら、冴木との会話を思い出していた。三歳で母親の自殺を目撃する……冴木が生きてきた日々を、その胸の裡《うち》を想像することは難しい。軽々しい共感や慰めの言葉をかけることはためらわれた。冴木の内面はこれまで、彼自身にも説明のつかない、複雑な感情やわけのわからない衝動にかき乱されてきたに違いない。冴木がふとした時に見せる孤独な目、その理由の一端をかいま見た気がした。

『どうだ、まいったか！』

自然教育園で、逆さにした陸を揺らしていた冴木の笑顔が浮かんだ。冴木の笑顔には、他人に対する媚《こび》のようなものが一切含まれていない。その分、自然にこぼれ落ちた笑顔に切ないほど胸を摑まれる。

「ちょっと、陸は大丈夫なの！」

大きな声に驚いて振り返ると、片方の目に眼帯をつけた春子が立っていた。花柄のネグリジェにスリッパを履いている。

「なんで知らせてくれないのよ」

「だって……」

「先生が知らせてくださったのよ。同じ病院にいるのに、どうして電話一つくれないの？」

「ここスマホ使えないし、先生にお願いするのもご迷惑かと思って……」

「バカね。そんなの緊急事態なんだからいいのよ」

久しぶりに母の「バカね」を聞いて、胸に言いようのない安堵感が広がった。

「……ありがとう」

「何言ってんのよ」

春子がベッドに近づいて陸の顔をのぞきこんだ。

「この子の寝顔、あんたの小さい頃にそっくりだわ」

熱いものがこみ上げてきて、唇をきつく嚙みしめた。

「晩御飯、食べたの?」

「まだ」

「そんなことだろうと思ったわ。はい」

おかかとこんぶのおにぎり。子どもの頃、よく母が握ってくれた。コンビニの包装紙に包まれているのに、受け取るとかすかな温もりを感じた気がした。

「ありがとう……」

ふいに涙がこぼれ落ちそうになった。美貴は乱暴にビニールをはがすと、喉元にせり上がってきた熱いかたまりを飲み下すように、大きな口を開けておにぎりにかぶりついた。

＊

乾から電話があったのは、十一月に入った最初の月曜日だった。

「榊さん、結果が出たよ！」

「まさかＤＮＡですか？」

声が掠れ、生唾を飲み込む。待ちきれないとばかりに乾が叫んだ。

「不一致ですよ、不一致！」

膝が崩れた。スタッフルームの床に座り込む。晶と欣二郎が心配そうに近寄ってきた。

「もう、これは今井さんは犯人じゃない、という科学的な証明ですよ」

二人に小さくガッツポーズを作って見せた。晶が満面の笑みで手を叩く。欣二郎は満足そうにうなずいて、席に戻っていった。

「まあ、原判決の資料が正式なルートを通さずに外部に持ち出された場合、正式な証拠としては認められないですからね。もう一度きちんと再鑑定する必要があるんですけど、でも、もうこれで……」

終わりの方は耳に入ってこなかった。これで、材料はほぼそろった。

七国峠でおこなった再現実験も今回は邪魔が入らず、当時あの場所は車種を特定できるような明るさではなかったことが証明された。あとは、武虎の当日のアリバイを否定した夫婦の証言だ。それと、武虎の車から出たＯ型の血液。つまり、被害者のものと一致する血液型だ。後部座席のシートから検出された、この不可解な血痕が何を意味するのか。この二つの謎が解ければ、すべての状況が、今井武虎が犯人ではないことを裏付けることになる。

無意識にスマホを取り出していた。次の瞬間、自分が画面に呼び出した名前を見て、美貴はあわてて取り消しボタンを押し、スマホをズボンのポケットに戻した。

所轄の署長に放送内容を事前に知らせるなんて、何を血迷ったことを……そう思いながらも、なぜか今一番に結果を知らせたいと思う相手は、冴木なのだった。病院で別れて以来、冴木の顔がうまく思い出せなくなっていた。思い出そうとすると、いつも署の裏庭にある池のほとりで、陸を抱きとめた時の後ろ姿が浮かぶ。今や、あの時の金色に縁取られたシルエットだけが、唯一の面影となっていた。昔から誰かに好意をもつと、その人の顔が思い出せなくなる。

「……いかん、いかん」

勢いよく首を振ると、再びポケットからスマホを取り出し、清水結子の名前を呼び出した。

＊

その翌日、南條から連絡が入った。

「武虎の友人夫婦のヤサ、割れたぞ」

「ありがとうございます！」

「今からメールで送る」

「あの……」

『時空の扉』三杯な」

南條の照れたような顔が目に浮かぶ。携帯に向かって頭を下げた。いつも「放送した暁《あかつき》には、週刊誌に転載させてもらう」などとうそぶくが、南條が既報のネタを後追いするような記者でないことは、美貴が誰よりも知っている。思い出したように時折連絡をよこしては、何か困っていることはないかと聞いてくる。亮輔の事故のことを気にしているのだろう。当時、亮輔が属していた取材チームの指揮を執っていたのは南條だった。いまだに良心の呵責《かしゃく》を感じているのかもしれない。それに気づかないふりをして、いつまでも南條に頼っている。自分のずるさを自覚せずにはいられなかった。


「取材、うまく行ってる？」

突然背後から声をかけられ、驚いて振り返ると啓子が立っていた。スタッフルームに濃厚なムスクの香りが漂う。

「啓子か、びっくりした」

「ちょっと用があって、このフロアに来たもんだから」

人差し指にゆるくカールした髪を巻きつけながら顔を近づけてきた。

「ね、例の取材、どの辺まで行ってるの?」

「う〜ん、あと一歩ってとこかな。弁護士の乾先生にも、すごく協力してもらってる。ありがとね」

「で、どこまで進んでるのよ」

濡れたような瞳が好奇心で輝いている。

「まあ、七合目って感じかな」

「後は何が残ってるの?」

「今井武虎のアリバイを二年後に否定した友人夫婦がいてね。そこを崩せるかがポイントかな」

「二年も経ってから?」

「そう。最初は『今井さんは事件のあった夜、うちに来て一緒に飲んでいた』って言ってたみたいなんだけど……検察側が出している証拠の中に初期段階の調書がないから、細かい内容はわからないんだけどね。それが二年あまり経ってから、『今井さんは、あの日はうちに来ていません。前の晩でした』って言い出したの」

「じゃあ、その夫婦に『やっぱり事件当夜に来てました』って言わせれば、上がり?」

「う〜ん、そんな証言を取ることができればね。でも、それが有罪の決め手になってるわけだし、そう簡単には認めないと思う」

「それにしても、大変なネタに首突っ込んだもんだわね。あと少し、がんばって。放送日が決まったら教えてよ。絶対見るから」

美貴の肩を叩き、艶然《えんぜん》とした笑みを残して去って行った。サテン素材の艶やかなベージュのシャツにエメラルドグリーンのスカーフ、ペンシルタイプの濃紺のタイトスカートから伸びる細く引き締まった脚。いつ見ても、啓子は一分の隙もないほど決まっている。ワインレッドのハイヒールを履いた足が一本線の上をなぞるように去って行く。

「誰あれ?」

振り返ると、湯気の上がる湯呑みを手に、晶が啓子の後ろ姿を見送っていた。目を細めて、唇を突きだしている。気に食わないことがある時の癖だ。

「同期です。社会デスクの高桐啓子」

「ふうん。なぁんかイケすかないわねぇ。大体、あのカッコ何よ? いまどき会社にハイブランドのスカーフなんて、バブルも真っ青の時代錯誤でしょ」

「晶さんの苦手なタイプですか?」

笑いながら美貴が言うと、さらに目を細くした。

「ああいうタイプは気をつけた方がいいわよぉ。キレイな顔して、お腹の中はドロドロだったりするから。大体、地下二階になんの用があるってのよ」

くわばら、くわばら、とつぶやきながらお茶をすすった。

＊

駅を出てから、かれこれ二十分は歩き続けている。事件があった日、今井武虎が訪れていたはずの坂下《さかした》家に手紙を送ったところ、ほどなくして妻の容子《ようこ》から電話番号を記した葉書が届いた。すぐに連絡を取ると、いつでも自宅に来てもらって構わないと言う。駅からの道順を記した地図がファックスで送られてきた。立川からJR青梅線にのって拝島へ。そこから五日市線に乗り換えるのだが、一時間に三本しかなく、接続がうまくいかなかったこともあって、武蔵五日市駅に着いた時には、社を出てからすでに二時間が過ぎていた。駅を出てからタクシーが見つからず、美貴は重い三脚を背負ったまま、欣二郎と歩き続けていた。社会部の時は、常に大型のワゴン車で目的地まで乗りつけていた。車輛課にきいたが、今日はいっぱいだという。『アングル』のような低予算番組では、車両に金をかけるわけにはいかない。せめて、カメラと機材一式を運んでいる欣二郎の負担を減らそうと、重い三脚を担ぎ上げたのだが、そろそろ限界が近づいていた。

「遠いですね、すみません。やっぱりタクシー呼べばよかった」

帰りのことを考えると、気が重くなる。一度社に戻り、それから保育園に陸を迎えに行って夕食を食べさせ、お風呂に入れて寝かしつける……そこまで体力がもつだろうか。

「それにしてもよく取材受けたな」

息が上がっているのを悟られまいと、欣二郎が一息に言う。

「まだ、カメラを回せるかわからないですけど」

「『事件当夜、今井武虎はうちに来てない』って後からアリバイ潰した夫婦だろ?」

「ええ」

「それなりの覚悟があるってことか」

「どうでしょう」

楽観はできないと思った。「本当は、事件当夜うちに来ていた」などと話せば、偽証《ぎしょう》罪に問われかねない。そう簡単に当時の証言をひるがえすとは思えなかった。

「それにしてもお前、めげないな」

「ここまで来たからには、何が何でもオンエアしたいですからね」

「それだけか?」

「え?」

振り返ると、欣二郎がこちらを見ていた。

「いや、なんか意地みたいなもんを感じてさ」

「そんなかっこいいものじゃないですよ。社会部でミソがついてこっちに来てるのに、取材費だけ使ってオンエアできませんでした、じゃあまりにかっこ悪いので……欣さんこそ、老体に鞭打ってご苦労様です」

おどけた口調で言うと、欣二郎が露骨に顔をしかめた。

「老体は余計だ」

「晶さんに聞きました。欣さん、もう六十六だって。普通だったら悠々自適のはずでしょう?」

「そうもいかないんだ」

「え?」

「悠々自適ってわけにはな」

「どうしてですか」

「カネがいるからだよ」

少しの間、欣二郎は足元を見ながら黙々と歩き続けていたが、やがて独り言のように言った。

「ドラ息子が医学部に行きたいって言い出しやがった」

「医学部?」

「遅い子でな。いまハタチなんだが、青年何とかのボランティアでアフリカのどこぞに一か月行って帰ってきたら、医者になる、なんて馬鹿を言い出した」

「頼もしいじゃないですか」

「おまけに日本じゃできない研究がやりたいとかで、アメリカの大学に行きたいんだそうだ」

「すごい! 理系なんですか?」

「バリバリの文系だ。万が一うかっちまったら、留学費用に学費。おまけにこれまで通ってた大学の授業料はパーだ。本人は奨学金取るとか言ってるが、それじゃ到底足りんだろう。まったく、死んでも死にきれん」

吹き出しそうになるのをこらえて、手を差し出した。

「それ、持ちますよ」

美貴は欣二郎の手から、機材の入った重いバッグを受け取った。淡々とひたすら実直に仕事を積み重ねる……欣二郎の息子はきっと、そんな父親に似たのだろう。リュックを背負った右肩に三脚をかつぎ、重い機材の入ったバッグを左肩にかけて、アスファルトの道を一歩一歩行く。


ようやく坂下家を見つけた頃には、十一月だというのに、あごの先から汗がしたたり落ちていた。美貴はハンドタオルで汗を拭いてから息を整え、玄関の呼び鈴を鳴らした。

「はい」

少し間があって、エプロン姿の女性がドアをあけた。七十歳を超えているはずだが、動作はきびきびとしてキレが良い。ショートカットの髪はきれいな栗色に染められている。ベージュのエプロンの下に着た水色のニットと紺色のスカート、一粒真珠のネックレスの組み合わせが洗練された趣味を感じさせた。坂下容子。事件当夜、武虎に料理を振る舞ったはずの女性だ。

「毎朝放送の榊です。今日はよろしくお願いします」

容子がエプロンの結び目に手をかけたのを見て、美貴はあわてて言った。

「あ、すみません。お食事の支度中でしたか」

奥から揚げ物の香ばしい匂いが漂っている。思わずごくっと生唾を飲みこんだのが聞こえたのだろうか、容子は、笑顔になって言った。

「お待ちしてました。どうぞ」

「すみません、お邪魔します」

通された居間は、八畳ほどの洋室だった。テーブルに椅子が四脚、それに二人掛けの小さなソファが置かれていて、ふすま一枚で仕切られた六畳ほどの和室に続いている。ふすまは開け放たれ、二部屋が行き来できるようになっていた。和室をのぞくと、小さなちゃぶ台の周りに座布団が四枚敷かれている。この小さな卓を囲んで、あの晩、武虎と夫婦のささやかな忘年会が行われたのだろうか。

「お座りになって。遠かったでしょう」

容子がテーブルの椅子をすすめてくれた。

「あの、今日ご主人さまは……」

容子は小さく息を吐いた。

「実はね、認知症がひどくなって、先月から介護付きの老人ホームに入ってるんです」

「……すみません、全然存じ上げなくて。お近くなんですか」

「そうね、バスで三十分くらいかしら。毎日会いに行ってるのよ。でも、私が行っても、もう誰だかわからなくなっちゃったの」

「そうですか……」

「ああいう施設に入っちゃうと、早いわね。家では私の名前を呼んでくれてたのに、今はまるで別人みたい……」

容子のあきらめたような寂しい笑顔に、返す言葉が見つからなかった。欣二郎も口をつぐんだまま、出されたお茶を静かにすすっている。気詰まりな空気を察したのか、容子がお盆を手に、勢いよく立ち上がった。

「ごめんなさい。今ね、ちょうどお昼にするところだったの。一緒にいかが？　いっぱい作りすぎちゃったのよ」

「いえ……そんなもう、おかまいなく」

欣二郎が咳払いをしたので振り返ると、『応じろ』と目で言っている。

「あ、すみません。じゃあ、お言葉に甘えて」

「たいしたものはないけれど、いいかしら」

心持ち弾んだ声で言いながら容子が運んできた盆には、おかずが盛られた小鉢が七、八個並んでいる。

「うわ、すごい。いつもこんなに作られるんですか？」

「作り置きだから、いつも同じなのよ」

一つ一つ食卓に並べられていくおかずに感心していると、最後に置かれた皿に目が吸い寄せられた。きつね色のれんこん二枚の間に、ひき肉が挟まっている。

あの日と同じ……武虎が絶賛したというメニューだ。武虎の妻、直美は証言台でこう話していた。

『夫はあの日、帰ってきてから『坂下さんの奥さんは、本当に料理上手だ』ってほめてました。特にれんこんのはさみ焼きが絶品だった。からしが添えられていて、とても美味しかった、と』

「これって……」

思わず美貴がつぶやく。

「どうかした？」

「あ、いえ。とっても美味しそうだな、って。どうやって作るんですか？　息子にも食べさせてやりたいと思って……」

「簡単よ。ひき肉に味噌をみりんで溶いて加えて、粘りが出るまで練るの。そこに卵、白いりごま、片栗粉を混ぜて、れんこんにも片栗粉をまぶして、ひき肉ダネを挟んで焼いたら出来上がり」

「でも、両面をこんなに香ばしく焼くのは、難しいんじゃないですか」

「まず、ふたをして中火で三分ほど焼くでしょ。それからひっくり返して三分、それだけよ」

容子は小さな瀬戸物のふたをあけた。

「あ、それから、このからしを添えてね。普通はお味噌で食べるんだけど、少しお醬油をたらすと美味しいの。母直伝のレシピなのよ」

美貴はからしをつけ、ほんのすこし醬油をたらしたれんこんを一口かじった。

「うわ〜、おいしい！　これ、絶品ですね。からしがぴりっと効いて最高です」

容子は目を細め、箸でれんこんを一枚つまみ上げると、言った。

「武虎さんも、あの日、そう言ってくれたわ」

美貴が取り落としたれんこんが、テーブルクロスに醬油のしみをつくった。

「十二月二十七日、事件のあった夜のことよ。ずっと、誰かに話したかったの。来てくださって、ありがとう」

＊

「DNAは不一致、目撃情報もガセ。アリバイを否定した夫婦も、武虎が事件当夜に来たことを認めた……おめでとう、これでもう決まりじゃない」

啓子が優雅なしぐさでアセロラジュースを飲みながら言う。ストローについた鮮やかなフューシャピンクの口紅を見ながら、なぜか晶の「くわばら、くわばら」が胸をよぎった。

「周辺は固めたけど、検察の取材がまだだからね。あと一歩ってとこかな。でも、ほんとに甘えちゃっていいの?」

「大丈夫。当時の検察官の住所は必ず割り出してあげるから。ちょっとでも応援させてよ。美貴ホント、頑張ってるもの。小さな子どももいて大変なのに、冤罪事件をモノにしちゃうんだから。私なんか、逆立ちしても真似できないわ」

「泣く子も黙る社会デスク様にお褒めいただけるとは、光栄です」

冗談めかして言うと、啓子が伝票を持って立ち上がった。

「じゃあ、行くわね。景気づけにおごるわ」

「え、そんないいよ」

「オンエア後に一杯おごってよ、ね」

啓子が小さくウインクすると、耳元の長いチェーンピアスが揺れて、辺りに華やかな光を振りまいた。

「ありがと」

啓子の後ろ姿を見送りながら、ため息をつく。最後のヤマ、検察は手ごわい。すでに死刑が執行されている事件で冤罪を認めたら、司法制度の根幹が揺らぐ。絶対に認めようとはしないだろう。不完全な人間が生み出した、絶対的な刑罰。それが「死刑」だ。一命をもって償わせるという不可逆的な絶対罰を、不完全な存在である人間が操る。それこそが、死刑という制度が根本的に内包している誤謬《ごびゅう》ではないか。人間が正義の名のもとに、神になりかわって罰を下す。そのことに対する畏《おそ》れを、一体どれほどの人が感じているだろうか。これまで死刑について正面から考えたことはなかったが、人間の暴走した思い上がりが、一人の人間を誤って殺してしまったのだとしたら――


「美貴、放送日決まったわよ！」

スタッフルームに戻ると、晶がレインボーカラーのまつ毛をしばたたかせながら近づいてきた。

「えっ、いつですか？」

「十二月二日」

予定していた年末より、かなり早い。

「検察の取材がまだなのに……」

「そんなのすぐできるわよ。庄司ちゃんも、いいとこあるじゃない。年末は特番編成で枠がなくなっちゃうことがあるからって、早めにねじ込んでくれたらしいわよ」

晶が極彩色にふち取られた片目をつぶる。

「晶さん、まつげパワーアップしてますね」

「イケイケでしょ？」

「いや、そういう意味じゃなくて……」

手鏡を見ながら鼻歌混じりにまつげを指で整えている晶を見ながら、美貴はスマホを取りだした。

「誰？」

「町田南の署長に」

「ちょっと、まだ当局に知らせるのは早いでしょ」

晶がアーチ形に描かれた栗色の眉を派手にひそめる。

「応援してくれてるんです。ぜひ放送日知らせてほしいって」

「あんたさ、そんなの体《てい》のいい『検閲』よ」

「そうかもしれないですけど……いろいろ協力もしてくれてるので、一応……」

「はは～ん」

「なんですか、そのリアクション」

「だから、『はは～ん』よ。あんたみたいなおバカのためにわかりやすく言うと、『さては惚《ほ》れたな』ってこと。ネットで写真見たけど、塩系のちょっとイイ男じゃな～い」

「な、なに言ってるんですか！　ネクラで辛気臭い警察官ですよ。それも、キャリアの堅物で、なんか背中に哀愁漂っちゃってて、まるで捨て犬みたいな……むしろ全然ＮＧなタイプです！」

「うふふ……Pity is akin to love だわねぇ」

流暢な発音に美貴が目を丸くする。

「なんですか、それ」

「やだ知らないの？　『可哀想だた惚れたってことよ』。『三四郎』の一節じゃない。あ～

これだから、最近の若いもんはやだわ。漱石《そうせき》も知らない」

「若いもんって、もう三十五ですよ」

「じゅうぶん洟《はな》たれだわね」

「そういう晶さんはいくつなんですか？」

「言うわけないでしょ。レディの年聞くなんて、野暮なことしないでちょーだい」

「四十八だ」

「ちょっと！」

横からつぶやいた欣二郎に、晶が悲鳴をあげた。

「いまの、全然うそだからね」

「うそって……大体そのくらいかな、と思ってましたけど」

美貴が笑うと、晶が身をよじった。

「うそよォ、あたし、心は三十代、体は二十代なのにぃ〜」

「おかまがシナつくっても、アリ一匹たからんぞ」

突然、背後から野太い声が響いた。

「庄司ちゃん、何その差別表現！」

庄司プロデューサーが晶の隣にどかっと腰をおろした。今日のシャツはサメ柄だ。歯をむき出しにした無数のサメが所狭しとジャンプしている。

「とりあえず来月二日に決まったからな。内容はまだ非公開にしてるが、間違っても編集間に合わなくなって、穴あけたりすんなよ」

「はい！」

背筋が伸びる。放送日が決まった以上、もう後には引けない。いよいよ大詰めだ。

＊

「おい、新入り、ちょっといいか」

めずらしく午前中に出社していた庄司が美貴を呼び止めた。

「あの、新入りって言うの、やめてもらえませんか。もう半年になるんで」

「イチイチこまかいヤツだな」

美貴が反論しようとするのを、庄司が右手をあげて制止した。

「社会部長がお前の企画、放送するなって言ってきた」

「渡辺さんが？」

「いや、社会部長替わったらしいぞ」

「え？」

初耳だ。

「よう知らんが、小橋《こはし》ってヤツだそうだ。経理部行ってて、出戻ったらしい」

「渡辺部長は？」

「総務局だ」

耳を疑った。不祥事の際、全力で守ってくれた渡辺だった。入社以来報道一筋で、部下からも上司からも信頼のあつかった渡辺が総務局……ありえない異動だ。

「何かあったんですか」

「自己都合って話だ」

「自己都合?」

「親の介護かなんかで、忙しいらしい」

渡辺が介護をしているという話は初めて聞いた。

「で、新しい社会部長の小橋ってヤツが、放送するなって言ってきた」

「どうしてですか?」

「検察側の主張がまるで入っていないものを放送させるわけにはいかない、一面的に過ぎる、ということだそうだ」

「検察は、これから取材しようと……」

言いながら、おかしなことに気づいた。

「まだ放送内容を公表してないのに、どこから漏れたんでしょう」

「さあな」

「確かに、まだ検察サイドには一切接触してません。もっとこちらの取材が詰まってから、と思ってました。検察と戦う材料がそろうまで、あえて接触を避けてきたんです」

庄司は腕組みをして考えていたが、やがて顔を上げて言った。

「ま、とりあえず、社会部長サマにはオレからそう言っとくよ。検察側の取材は必ずやります、ってな」

「お願いします」

庄司がデスクの電話を取り上げるのを、美貴は自席から不安な気持ちで見つめていた。情報源は間違いなく社内だ。どこかに今回の企画を快く思わない者がいるに違いない。でも、一体誰が……。

庄司の電話は思いのほか長引いていた。何を話しているのだろう。美貴はいてもたってもいられず、うろうろと歩き回った。もし、このまま放送が見送られることにでもなったら、二度と日の目を見ることはないだろう。恐らくは、永久にお蔵入り……。


庄司がやってきた。表情がいつになく硬い。

「何がなんでも放送はやめろ、だとよ」

怒ったような口調で言う。

「どういうことですか?」

思わず詰め寄った。

「局長サマが懇意《こんい》にしてる検察幹部の言い分では『相原事件に冤罪の可能性は、万に一つもない』だそうだ」

「そんな……検察の言い分を鵜呑みにして放送を見送るなんて、報道機関として恥ずかしくないんですか！」

美貴が気色ばむと、庄司は煙草を一本取り出した。

「オレにキレるな。やるなって言ってきたのは社会部長だ」

「そんな……どうしたらいいんでしょうか」

泣き出しそうな声が出た。

「だから図体がでかいメディアはダメなんだ」

「……は？」

「取材部の連中ってのは、ほとんどが当局にぶらさがってネタもらってるイヌだろ。腑抜《ふぬ》けなんだよ。そんなことばっかりやってるから、いざってときに、刀が抜けねえんだ。一度謀反《むほん》を起こしてお殿様のご機嫌をそこねたら、扶持米《ふちまい》がもらえなくなるからな」

「ここで記者クラブ制度の批判したってしょうがないでしょう」

「……だな」

それきり庄司は何も言わず、不機嫌な表情のまま煙草をくわえて出て行ってしまった。

一人残された美貴は、机に突っ伏した。手にしていた鉛筆の芯が、音をたてて折れた。

とにかく、確かめてみなければ……あきらめたら、すべてがそこで終わる。

美貴は自らを奮い立たせるように勢いよく立ち上がると、スタッフルームを走り出た。

報道フロアは追い込みのきつい昼ニュースが終わったばかりで、気の抜けた雰囲気が漂っていた。昼の立ち会いが始まる前、ひとときの休息時間だ。社会部を見ると、部長席に小さな人影があった。見事なバーコード頭、あれが小橋部長だろうか。そばにいた後輩に確認してから声をかけた。

「小橋部長。『アングル』の榊です。今、ちょっとよろしいでしょうか?」

「はい、どうしましたか」

小橋部長は禿げ上がった頭をこちらに向けて、卑屈な感じの笑みを浮かべた。

「できれば、別の場所で」

「では、応接室でちょっと待っていてください。所用を片づけたら、すぐに伺いますから」

「わかりました。お待ちしています」

小橋は再び書類に目を落とした。


応接室で十分ほど待ったところで、出入り業者のような笑みを貼りつけた小橋が扉を開けた。太いピンストライプのスーツが、小柄な体を余計貧弱に見せている。

「お待たせして、すみませんでしたね」

このタイプには、単刀直入な切り出し方は向かないと思ったが、他に話すこともないので仕方なく本題から入った。

「相原事件の放送をとりやめろ、とはどういうことでしょうか」

冷静な口調を心掛けたが、表情が引きつっているのが自分でもわかる。

「ああ、庄司さんからお聞きになっていると思っていましたが、検察側の取材がまったく入っていないというのでは、公平とは言えないですからね」

小橋は相変わらず、先ほどと同じ笑みを貼りつけている。

「最終的には検察側にも取材して、公平性はきちんと担保するつもりです」

「うん、だとしてもねえ、この事件自体、番組にするのはちょっと難しいんじゃないですか?」

「どういうことでしょうか」

「検察は、絶対の自信があるそうなんですよ」

「今井武虎が犯人で間違いない、ということでしょうか」

「そういうことです」

「その話はどこから?」

「局長からです。ご案内の通り、東京高検の検事長は局長の大学の先輩ですから。検事長から直々にお電話があったそうです」

「ということは、高検の検事長が、近々相原事件について放送されることを知っていた、ということですよね」

「そういうことになるでしょうね」

「まだ放送のことは、ほとんどオープンにしてなかったんです。一体どこから……」

「さあねえ。『アングル』に検察と懇意にされている方がいらっしゃるのでは?」

小橋の慇懃なしゃべり方に苛立ちながら、『アングル』のスタッフの顔を思い浮かべてみる。庄司プロデューサー、欣さん、晶、ADの田中君……絶対に違う。『アングル』じゃない……自然と、ひとりの顔が像を結ぶ。長年一緒に戦ってきた同期だ。そんなはずはない、というより、そうであってほしくない、という思いが勝《まさ》った。必死で頭の中から振り払う。

いずれにしても、局長からのお達しならば、この企画を放送に漕ぎつけるのは百パーセント無理だろう。美貴は機械的に小橋に礼を言い、呆然としたまま報道フロアを後にした。

*

あれから一週間。美貴は毎日、定時に会社を出ていた。何も手につかなかった。保育園に行くと、いつになく早いお迎えに陸が嬉しそうに飛びついて来るのだけが救いだった。

金曜日の午後一時過ぎ。社食で一人、やたらと塩辛いラーメンをすすっていると、ポケットの中でスマホが震えた。

「美貴さん、お久しぶりです」

「米山君、どうしたの」

米山は社会部に配属されて早々、美貴の異動のきっかけとなった一件を起こした二年目の記者だ。最近、警視庁で内偵《ないてい》事案をすっぱ抜いたらしい。メールで回ってくる表彰式の告知で名前を目にした。ほっとすると同時に、自分だけ置いてきぼりを食ったような一抹の寂しさもあった。

「こないだの特ダネ、頑張ったじゃない」

「ありがとうございます。美貴さんが『靴が一足つぶれるまで』って教えてくれた通り、同じ人のところに何度も通い続けました」

「そっか、粘り勝ちだね」

「あのう、実はちょっとお話ししたいことがあるんですが、お時間いただけませんか」

「ヒマだからいつでもいいけど」

自分の言葉にチクリと胸が痛んだ。

「じゃあ急ですけど、これからどうですか。『カフェ・ノワール』わかりますか?」

「社内じゃダメなの?」

「はい、会社ではちょっと……」

「わかった、すぐ出るわ」

午後二時をまわった「カフェ・ノワール」の店内は静かだった。カウンターで野球帽をかぶった高齢の男性が一人、夕刊紙を読んでいる。サイフォンで丁寧に淹れるコーヒーは中々の味なのに、いつ来てもほとんど客が入っていない。これで経営が成り立つのだろうか、と余計な心配もしたくなる。

「美貴さん！」

米山が一番奥の席で手を上げた。

「ごめん、待たせたね」

美貴がコートを脱いでいると、米山が立ち上がって深々と頭を下げた。

「美貴さん、その節はどうもありがとうございました」

「何、あらたまって。気持ち悪いな」

美貴が笑うと、米山は真剣な表情になった。

「例の件、美貴さんが自分の代わりに異動になったって聞きました。『最終的にGOサインを出したのは自分だから、米山は悪くない』って全力でかばってくれたって」

「そんな昔のこと、もう忘れたよ。まあいいから座って」

苦笑いしながら席につくと、米山も腰を下ろした。胸ポケットからバッジのようなものをはずして美貴に見せる。『MPD』と書かれた記者証だった。

「おかげで今、警視庁の捜査一課担当、やらせてもらってます」

「良かった、一課担希望してたもんね。やりがいあるじゃない」

「ありがとうございます」

米山はもう一度深々と頭を下げると、かばんからB４サイズの茶封筒を取り出した。

「これ、美貴さんに見せたかったんです」

「何？」

「『週刊ファクト』、来週発売のゲラです」

美貴は封筒を受け取って、中から三枚の紙を取り出した。校正刷りをファックスしたもののようだ。

『激写！　東京高検検事長がキー局の美人記者と路上でハレンチ行為』

タイトルの下には、霜村《しもむら》東京高検検事長が物陰で女性記者と密着している写真がでかでかと載っている。女性記者はタイトスカートのスリットから伸びたハイヒールの足を相手の足の間に割りこませていて、明らかに積極的な様子がうかがえる。暗がりで撮影しているため、写真のきめが粗くてわかりづらいが、霜村検事長の右手が女性記者の胸元をまさぐっているようにも見える。女性記者は煽情《せんじょう》的に首をのけぞらせているが、その胸元に巻かれたスカーフに見覚えがあった。

「これ……」

女性記者の顔には細い目隠しが入っているが、一目で啓子とわかる程度のものだった。

「どこで手に入れたの？」

「大学の同期がここで記者やってるんです。昨日飲んでるときに、コレ、お前んとこのだろって見せてくれて……どう見ても、高桐さんですよね」

「……たぶん」

「どうしますか」

にわかには答えられなかった。この雑誌が発売されれば、間違いなく啓子はスキャンダルの渦中に放り込まれ、再起不能なほどのダメージを受けるだろう。社としても、こんな写真が出回ったら、啓子を社会デスクにしておくわけにはいかないはずだ。取材部から、あるいは報道局そのものから更迭《こうてつ》……ほとぼりが冷めるまでか、あるいは片道切符か。

この記事を止めることができるのは誰だろう。うちの幹部じゃダメだ。テレビ局バッシングの急先鋒『週刊ファクト』とは元々犬猿の仲だし、かなりの「お土産」がなければ掲載を見送ってはくれない。相応の見返りを提供することができるところ……もう一方の当事者、検察当局を措《お》いて他にないだろう。

そこまで考えて、一度は振り払ったはずのイメージが再び立ち上がってきた。相原事件を冤罪として放送することが、なぜ検察側に漏れていたのか。啓子を通じて、司法クラブに当時の検察担当者のやさを割り出して欲しいと頼んだ。だが、たとえものを知らない若手の記者であっても、事前に放送内容を当局に漏らすような愚挙に出るわけがない。ということは、やはり……。

美貴は、米山の目を正面から見た。

「米山君、これ、預からせてくれる?」

「もちろんです。ぜひ使ってください。一部で噂になってますよ。検察の圧力で『アングル』の放送が差し止められるかもしれないって」

米山は真剣な表情で身を乗り出した。

「美貴さんの企画、ぜひ放送してほしいんです！」

力強く言う米山に軽く目で応えて、席を立った。


カフェを出ると、ドアの前に黄色く色づいた銀杏《いちょう》の葉が落ちていた。半分に千切れて、埃にまみれている。かがんで拾おうとすると、折からの風に指の間をすり抜けて行った。

＊

週末、陸を連れて京都に向かった。東京は朝からよく晴れているが、京都では雪が降っているらしい。陸に分厚いダウンジャケットを着せ、赤いマフラーをぐるぐる巻きつけて新幹線に乗り込んだ。

「あと二十分で京都ですって、ずいぶん遅れたわね。雪のせいかしら」

いつのまにか陸を膝にのせて眠り込んでいたらしい。隣の夫婦が話す声で目が覚めた。窓の外を見ると、雪が積もっている。

「陸、雪だよ！」

陸は窓におでこをくっつけて、一心に窓外の景色を見つめている。ここ数年、東京には雪が降らなかった。陸にとっては、生まれて初めての雪だ。車内の熱気のせいで、陸の頬が熟したりんごのように染まっている。

亮輔が眠る墓は、ＪＲ京都駅から地下鉄烏丸《からすま》線で北に七駅、さらに駅を出てから十分ほど歩いたところにある。宇治《うじ》にある亮輔の実家が守っている先祖代々の墓だ。一周忌が済んでから、ここに来るのは初めてだ。もうすぐ二回目の命日が巡ってくる。もう二回、いや、まだ二回か……心の中でつぶやきながら、陸の手を引いて雪道を一歩一歩踏みしめながら歩く。

しばらくすると、雪がやんだ。緑に囲まれた静かな住宅街の中に「誠正院」と書かれた石柱が立っているのが見えた。そばにある大きな寺の塔頭《たっちゅう》なので、控えめな門構えだ。

住職は草履《ぞうり》ばきのまま、本堂の脇からのびる雪の積もった急な階段をすたすたとのぼっていく。初めて見る女性の住職だった。五十段ほどのぼり、すっかり息が上がったところで墓地があらわれた。

「わぁ！」

階段をのぼりきったところで、陸が声を上げた。遮るものがなく、京都の町並みが一望できる。はるかに連なる雪をかぶった山々。そのうちの一つに、「大」という文字がくっきりと見える。送り火で有名な五山《ござん》の大文字《だいもんじ》だ。

「まま、あれなに？」

「あれはね、うーん、何て言えばいいんだろう」

美貴が考えこんでいると、女性の住職が助け船を出した。

「あれはね、大文字さん。火でおしょらいさんをお送りするんですわ」

「おしょらいさん?」

美貴が聞き返す。

「精霊、と書くんですけど、お盆で戻って来はる死者の御霊《みたま》を、あの世にお送りするためのかがり火ですわ」

「あの世に送る……」

聖なるかがり火を望む高台で、亮輔は今、何を思っているのだろう。しばし歩みを止めて、山々の稜線に見入った。重く垂れこめた雪雲との境界はどこまでも曖昧だ。眺めているうち、不思議な感覚が湧いてきた。あちらもこちらも、そんなに大きく変わるところはないのかもしれない。生きていることと死んでいることは、ただコインの裏表……どちら側にいたとしても、たいした違いはない……。

おいで。

甘やかな誘惑を、誰かが耳元でささやく……。

刹那、美貴の手を陸が強く引いた。

「まま、いくよ」

亮輔の墓前に白ゆりの花束を供え、香炉に線香を焚くと、住職が経を上げてくれた。美貴の隣で、陸も一生懸命小さな手を合わせている。そっと子守歌をささやくような声に、心を解きほぐされる感覚があった。

「ありがとうございました。失礼ながら、女性のご住職は初めてです。お経がやさしく聞こえました」

「みなさん、そう言うてくださいます。うちも、お嫁にきたときは、自分が僧侶になるやなんて、思いもよりませんでしたし」

「え？」

美貴が問うと、住職は薄く笑った。

「主人が早《はよ》うに亡くなりましてね。息子を食べさせるために、ほんの中継ぎのつもりで跡を継いだんですわ」

「そうなんですか。では、ゆくゆくは息子さんが」

住職は目を上げて、大文字山の方へ向けた。

「坊主はやりたくないって、東京のアパレルの会社にね……そんなつもりはあらへんかったのに、いつのまにか尼寺になってしもて」

寂しそうなほほえみで美貴を包んだ。それからゆっくりと一礼すると、一段、一段、草履の足を確かめながら階段を下りていった。

墓石まわりの雑草を抜いていると、石の隙間から季節外れの小さなたんぽぽが顔をのぞかせていた。

「陸、ほら、たんぽぽさんだよ」

「……ぽぽ?」

「た・ん・ぽ・ぽ」

「ん、ぽ、ぽ!」

両手のこぶしを握り締めて、大きくうなずきながら、一音一音、一生懸命に発音しようとする。美貴が笑うと、陸も照れたように首をかしげて笑った。素直ないい子に育っている、と亮輔は褒めてくれるだろうか。

美貴がひしゃくで墓石に水をかけると、陸が持参した雑巾《ぞうきん》で一生懸命に拭く。側面を拭き終わると、陸は両手を伸ばして抱っこをせがんだ。ここ、ここ、と墓石の上を指さす。

「そっか、上も拭きたいのね」

美貴が抱き上げると、陸は短い腕を懸命にのばした。京都の風は身を切るようだ。陸の手が真っ赤にかじかんでいる。陸をおろすと、両手で包んでやった。そのまま抱きしめる。ぬくもりがゆっくりと体中に広がっていく。

「……まま?」

陸を強く抱きしめながら、美貴は一心に祈っていた。ただひたすらに、何かに向かって祈り続けた。熱いものがこみ上げる。一つ、二つとしずくが落ちて雪を溶かした。

何か小さなあたたかいものが美貴の頭にのせられた。陸の真っ赤にしもやけした手が、美貴の頭をぎこちなく撫でていた。

「いいこ、いいこ」

泣いていいのか笑っていいのか、陸を強く抱きしめると、くすぐったそうに身をよじった。

いつのまにか、綿毛のようなものが舞っていた。それはたよりなく辺りを漂い、美貴と陸の上にやわらかく舞い落ち、やがて、淡くほどけて見えなくなった。

*

『週刊ファクト』の発売日。出社前に、会社の斜め前にあるコンビニエンスストアに立ち寄った。ページをめくって見出しを追う。例の記事はどこにも掲載されていなかった。代わりに、巻頭の大見出しになっていたのは、『美しすぎる代議士の汚職疑惑〜公共工事発注をめぐり、収賄か?』というスクープ記事だった。バラエティ番組などにもちょくちょく出演している名の知られた女性議員だ。

米山から受け取ったゲラは南條に託した。おそらく南條が付き合いの深い検察幹部に渡し、そこから高検検事長の耳に入って、もみ消し工作がおこなわれたに違いない。犠牲になった女性議員も哀れだが、これだけの短時間で記事が差し替えられた事実に、美貴は驚きとともに、何ともいえない嫌悪を感じた。「美しすぎる代議士」がこの記事によって逃亡したり、あるいは最悪の場合自殺を図ったりしたら、検事長はどう責任を取るつもりなのだろう。彼にとっては一議員の命など、どれほどのものでもないのかもしれない。深いため息をつきながら雑誌をラックに戻している時、ふいに後ろから声をかけられた。

「びっくりした、米山君か」

「あの記事……」

ラックに差した『週刊ファクト』を見ながら言う。

「うん、載らなかったね」

「アレ、どうしたんですか」

不服そうな表情を隠さない。

「闇に葬った」

おどけた顔で笑ってみせると、米山が目をむいた。

「どうして?」

「優秀なデスクを一人失うのは、もったいないでしょ」

「高桐さんは、美貴さんのライバルじゃないですか。なんで助けるんですか。俺は美貴さんに頑張ってほしくて……」

「お気遣いありがと。でもね、私、今の番組気に入ってるんだ。米山君もさ、スクープ合戦に疲れたら『アングル』においで。世の中を違った角度から見てみるのも、中々いいもんよ」

米山は相変わらず、憮然《ぶぜん》とした表情のままだ。

「ま、今度、夜回り前にヒマな日があったら飲みに行こ。さあ仕事、仕事！」

米山の背中を勢いよく叩くと、先に立って店を出た。

＊

霜村検事長と高桐啓子の一件は、局内でちょっとした噂になっていた。米山によれば、記事そのものは掲載されなかったが、事前に『週刊ファクト』編集部から毎朝放送の広報部に対して「ここに写っているのは御社の社会部記者で間違いないか」とご丁寧に写真付きで問い合わせがあったのだという。それなのに掲載は見送られた。美人代議士のスクープと引き換えに検察が記事を握りつぶしたであろうことは、誰もが感じとっていた。皮肉なことに、そのことは逆に美貴にとって追い風となった。社会部が今、相原事件の放送を差し止めたら、検察と裏で手を握っていると言われかねない。『週刊ファクト』の一件以来、局幹部も何も言ってこなくなった。このまま事態が推移すれば、予定通り放送できそうだ。

美貴は東京高検の霜村検事長に正面切ってインタビュー取材を申し込んだ。あっさり断られたが、なおも食い下がると、文書で回答するから質問を送って来いという。小橋社会部長に相談すると、目も合わせないまま、「検察側の取材は、文書回答を反映すれば事足りるのではないですか」と逃げるように言った。明らかにこの件に関わりたくない様子が見てとれた。

そして今日、検察から質問状に対する回答が送られてきた。書面を手にした晶が大げさに肩をすくめて見せる。

「しっかし、まさに木で鼻をくくったような文章だわねぇ。『我々の捜査は適正におこなわれており、最高裁の判決は妥当と考えます』って、どの事件でも使い回せる文言じゃない」

「まあでも、これで材料はそろったわけだ」

欣二郎が言うと、美貴は首を振った。

「まだです。死刑執行関連文書の情報公開を請求しようと思うんです」

「そんなもん、これまで出たことあるのか」

「二〇〇四年に日弁連が請求しています。当時、どんなものが出てきたのかはわかりません。でも、どのようなものにせよ、死刑というのがどういう制度なのか、どのように決定され、どのような手続きを経て執行されるのか、それを知らなければいけないと思うんです」

「この企画は、相原事件は冤罪だってことを言うのが狙いでしょ。何もご丁寧にそこまですることないんじゃない？」

晶があきれたような顔をする。

「アメリカで二〇一四年までに冤罪が明らかになった死刑囚が過去二十五年間で百四十三人もいるんです。最近、ＤＮＡの再鑑定が実施されるようになって、次々に冤罪が発覚してるんですよ。無実の人間が、国家という強大な権力によって命を奪われていいはずがありません。死刑に至る過程は、国民の知るところでなければならないと思うんです」

「お前もつくづく厄介なやつだな」

欣二郎が苦笑する。

「だ〜から、男っ気ないのよ」

晶が笑う。

「息子が恋人だからいいんです」

「あんたねぇ、息子なんて将来、嫁にとられて終わりよ。一年に一回顔見せに来ればいい方なんだから」

「こういう風にならんとも限らんしな」

欣二郎が晶をあごで指した。

「ちょっと、その言い方ないんじゃない！」

晶が詰め寄ると、「いや、他意はない」と欣二郎が笑う。

「今の絶対、悪意あった！」

晶が頬をふくらませた。

悪意……晶の言葉を反芻《はんすう》する。その途端、ふいに美貴の中で、ある考えが立ち上がってきた。それはここのところはっきりとした形を成さないまま、もやもやと漂っていたものだった。むしろ意図的に向き合うことを避けていたのかもしれない。けれどそれは今、確信となって美貴の前にあった。

あの事件には、ウラがある。背後に何か大きな力が働いている。犯人検挙に焦った当局なら、目撃証言のねつ造やアリバイ潰しぐらいはやるかもしれない。でも、事件から十九年も経った今、現場に警察官を張りつけて取材活動を妨害したり、放送中止の圧力をかけてきたり、あまりにも解《げ》せないことが多すぎる。

乾は言った。

『この事件には今井さんを犯人に仕立て上げた、何か別の意志のようなものが働いている気がしてきたんです』

「別の意志」とは、一体何なのか。あの事件には、この十九年間明るみに出ることのなかった、何かもっと大きなものが隠されている。なぜ武虎が犯人でなければならなかったのか。無事放送に漕ぎつけられたとしても、その謎を解かない限り、真相にはたどり着けない。

眼前に広がる黒々としたもやを振り払うように、検察から送られてきた文書を撮影用の台に広げた。

＊

「今井武虎が犯人です。当時も今も、その確信は何ら変わっていません」

ようやく見つけた当時の検察幹部は、弁護士として千代田区麹町《こうじまち》に小さな事務所を開いていた。来意を告げても、顔色一つ変えない。経験に裏付けられた自信を感じさせた。武虎の一審公判に東京地検側で関わった人物だ。

「再鑑定してみたところ、武虎さんのＤＮＡは犯人のものと不一致でした。その他にも、目撃証言やアリバイなど、次々におかしな点が出てきたんです。冤罪の可能性があります」

そう告げても、一切表情を変えない。冤罪だ、などとマスコミに詰め寄られたら、当時の検察幹部として普通は動揺するはずだ。美貴が取材している内容について、すでにどこからか知らされているに違いない。

何とか新証言を引き出せないか……その一念であれこれ質問を重ねるうち、美貴は不思議な感覚にとらわれていった。相手は絶対の正義で、判断を誤ることなどあろうはずもない。むしろ間違っているのは、自分のほうではないか……その感覚は対話が長引くにつれ美貴の中で徐々に強くなり、次第に確信のようなものに変わっていった。検察官の断固とした話し方や威厳のあるオーラ……こうしたものが無形の圧力となって虚偽の自白を作り上げていくのかもしれない。いつのまにか手にじっとりと汗をかいていた。ポケットからハンカチを取り出すと、腋の下から冷たい汗が一筋流れ落ちた。

美貴の動揺を見透かしたかのように、元検事は自信に満ちた表情で言った。

「この事件は、ＤＮＡだけが証拠なのではありません。目撃証言もあるし、自動車の座席シートから被害者と同じ血液型の血痕も出ている。おまけに今井武虎には肝心のアリバイがない。たとえＤＮＡがひっくり返ったとしても、大勢に影響はないんですよ」

片方の唇を持ち上げて皮肉な笑いを浮かべると、最後に元検事はこう言って話を締めくくった。

「悪いことは言わないから、放送するのはやめておきなさい。あなたの将来に傷がつきますよ」

余裕たっぷりの笑みに我慢できなくなり、美貴は最後のカードを切った。

「犯人のＤＮＡ鑑定の電気泳動実験の写真、切り取られているのをご存じですか」

「どういうことでしょう」

「写真の上の部分が切り取られていて、そこに白いＤＮＡ型のバンドのようなものが写りこんでいるんです。バンドだとすれば、第三のＤＮＡ型ということになる。真犯人にたどり着く重要なカギかもしれない。弁護側は、検察が意図的にそこを切り取って提出したのではないかと見ています」

「ああ、それはね、『エキストラバンド』ですよ」

「エキストラバンド？」

「鑑定の結果には影響を及ぼさないもの、ということです。わかりやすく言えば不要なもの、つまり、『ゴミ』です」

元検事は「ゴミ」の前でいったん息を継ぎ、力をこめて発音した。

「でも、バンドのようなものが写っているんですよ。それを切り捨ててしまえば、意図があると勘ぐられても仕方ないのではないでしょうか」

「あなたが当時のDNA鑑定についてどこまでご存じかは知りませんが、あの頃の方法では、エキストラバンドのような不要なバンドは常に出ていたんです。それを一々、後生大事に取っておいたら、鑑定などできやしませんよ」

こちらの不勉強のせいだといわんばかりの物言いに心の中で歯噛みしつつ、必死で反論する。

「九三年に発生した樺崎事件でも用いられたNHT119法が、今はもう証拠として採用できない低レベルの鑑定法だったことは周知の事実です。不要な部分が大量に出てしまうとしても、切り取ったりせず、エキストラバンドならエキストラバンドだと説明すれば済む話じゃありませんか」

「私はDNAを担当していたわけじゃないから詳しいことはわかりませんが、当時、あれは不要なもの、と結論づけられているんですよ」

元検事はやれやれ、というように首を振ると、おもむろにスーツの袖をめくって腕時計を見た。

「さあ、もうこのくらいでいいでしょうか。出かけなければなりませんので」

ソファから立ち上がる。

「最後に一つだけお聞きしてよろしいでしょうか」

「何でしょう」

「あなたは死刑について、どう思われますか。個人的な見解でかまいません」

元検事は美貴をねっとりとした目つきで見てから、口元を緩めた。それは嘲《あざけ》りに満ちた表情で、美貴は体の中心が熱くなるのを感じた。

「ご質問にお答えしなければなりませんか」

怒りを抑え込みながら、元検事の目を見ながら強くうなずく。

「好むと好まざるとにかかわらず、人を殺すような人間がいなくならない限り、必要な制度でしょう。被害者にとっては、極刑が唯一の救いなんですから」


事務所から出て駅に続く道を歩きながら、元検事の言葉について考えた。

『極刑が唯一の救い』

本当にそうだろうか。検察官は法律家でありながら、いったん起訴すれば被告を有罪にすることが最大の使命になる。その究極の刑罰が死刑だ。けれど被害者にとって、死刑が執行されたという知らせは、本当の意味での「救い」になるのだろうか。相原事件で妻と娘を同時に奪われた男性は、武虎の死刑によって救われたのだろうか。魂の救済が時間によってしかなされないのであれば、死刑など、その途上における一つの通過点に過ぎないのではないか。いやむしろ、憎むべき相手を失って、やり場のない怒りと悲しみが胸の内に渦巻き、彷徨《さまよ》い続けることにはならないのだろうか――

巻き起こった一陣の風に、足元の枯葉が舞いあがる。一層冷たさを増した風に、コートの襟をかき合わせた。

＊

溜まった決裁を終えて冴木が庭に出ると、犬とじゃれている陸の姿が目に入った。

「陸君、こんにちは」

「こん……ちは」

犬に顔中なめられながら、くすぐったそうに答える。そんな陸をほほえましそうに見つめる美貴がいた。木々の間から漏れる陽射しが、つややかな髪の上で躍っている。

昔どこかで見た絵に似ている、と思った。ああ、そうか。オルセー美術館で見たモーリス・ドニの「天国」だ。紫陽花が咲き乱れる庭先で、無邪気に遊び回る子どもと天使たち。ドニは「ナビ派」の一人で、幼児の笑顔や、日々のささやかな幸福感を題材にした作品を数多く描いた。ドニの描く、親近感に満ちた、どこまでも明るく眩しい世界……自分には決して縁がないと思っていた。ナビ、とはヘブライ語で「預言者」を意味する言葉だ。預言者とは、神から授かった啓示や言葉を人々に伝える「仲介者」の役割を担う人物を指す。ナビ派の画家たちは、新たな芸術のあり方を模索する中で、同時に幸せのありかを探し続けていたのかもしれない。

美貴が振り返り、視線がぶつかった。

「あ、冴木さん。これ、ありがとうございました」

美貴がハンカチを差し出す。怪訝《けげん》そうな顔をしたのだろうか。「病院で指に巻いてくださったものです」少しはにかんだような顔でつけ足した。きれいに折り目がついたハンカチから、清潔な洗剤の香りが立ちのぼる。

「ああ、どうも……」

こんな時、何と言っていいかよくわからない。そそくさとポケットにしまうと、美貴が陸とじゃれている犬を指さした。

「冴木さん、この犬……」

「ああ、昨日連れて来られたんです。車道をふらふらと歩いていたらしい」

「ブルドッグですか?」

「パグ、というらしいです」

陸が犬の平らな背中に抱きつこうとすると、犬が嫌がってぐるぐる回る。それをつかまえようと一生懸命追いかけながら、陸はげらげらと楽しそうに笑う。

「陸君は、愛情豊かですね」

「本当に動物が好きで、あっちがどれだけ嫌がっても、全然めげないんですよ。大好き、大好きって」

陸がすかさず「だいしゅき〜！」と合いの手を入れる。

「陸はたぶん、生まれつき愛情があり余ってるタイプですね」

そうだろうか、と冴木は思う。

空に目を向ける。十一月も今週で終わりだ。水色の空に薄く刷毛《はけ》で引いたような雲が広がっている。西の方はすでにあたたかな朱色に染まり始めていた。

自分だって、きっとそうだった。他の子どもと同じように、豊かな愛情に満たされて生まれてきたのではなかったか。それが、いつの頃からか集団になじめなくなり、一人でいるようになった。けれど、ずっと心のどこかで、誰かに気づいてほしいと願っていた。白い子羊の群れに混ざりたいと願いながら、みずからの異質さをどうすることもできない黒い子羊のように。

美貴が心配そうな目でこちらをじっと見ていた。

「僕は……こう思うんです。誰もが、生まれつき空っぽの器を持っている。その器が誰かの愛情でいっぱいに満たされた時に初めて、他の誰かに分けてあげられるようになるんじゃないかって。陸君はきっと、いつもあなたからの愛情でいっぱいに満たされてるんですよ。だからあんなに気持ちが豊かなんだ」

美貴は犬とじゃれ合う陸に視線を向けた。横顔が上気して見える。冴木は心の中で続けた。


『でも僕の器は、ずっと空っぽのままだ』

これまで誰一人、自分の心に触れた人間はいなかった。誰かを愛したいとも思わなかった。それなのにいつのまにか、目の前の女性が心の少なからぬ部分を占めるようになっている。空の器をこの人が満たしてくれるような気がするのは、なぜだろう。すべてを話してしまいたい。自分のすべてを伝えたい。この人なら、わかってくれるのではないか……。

夕暮れの光が美貴の頰をやわらかく照らしている。赤みが差した頰は少女のような丸みを帯びている。触れてみたい、そんな気持ちが溢《あふ》れだした。

「美貴さん……」

掠れた声は届かなかったようだ。美貴は、これ以上ないほどの愛おしさを湛えた表情で陸を見つめている。

突然、美貴が振り返った。

「冴木さん」

あわてて目をそらす。

「この犬、持ち主が現れなかったら引き取らせてください。うちのマンション、ペットだめなんですけど、交渉します。陸が責任もって世話しますから。ね、陸」

美貴が呼びかけると、陸が「はいっ」と直立不動の姿勢になった。うなずいた冴木がぎこちなくほほえみかけると、陸も照れたような顔で笑う。前歯に海苔《のり》のようなものがついているのがおかしい。

「それと、今日はお知らせしたいことがあって来たんです。例の企画、放送日が決まりました」

「……そうですか」

精一杯声のトーンを抑えたが、動揺の色を隠しきれなかったかもしれない。

「来月二日です。これから編集作業に入ります。ぜひ見てください」

「拝見します。頑張ってください」

かろうじて笑顔をつくった。

「署長、急ぎの打ち合わせです」

若い制服の警官がタイミング良く声をかけてきた。軽く手を上げ、美貴に会釈してその場を離れる。署に入る直前、足を止めて振り仰ぐと、抜けるように高くどこまでも透明な空に、パグとじゃれ合う陸の笑い声が溶けていった。

*

あの日、気づいたら僕はどこか駐車場のようなところに立っていた。とても暑い日で、陽炎《かげろう》が揺らめいていたのを覚えている。いつも、どこへ行くにも母と一緒だったのに、その日は見知らぬ女性と二人きりだった。たぶん親戚の誰かなんだろうけれど、今となってはまったく思い出せない。僕が見上げると、その人は黙ったまま黒いハンドバッグから飴玉を出して、僕にくれた。包み紙を開けてくれたので、仕方なく受け取って口に入れたが、それは僕の嫌いなメロン味だった。あの人工的な味が、いまだに好きになれない。

あの日を境に、母は僕の前から姿を消した。一人でどこかの駐車場に突っ立っている自分、それが僕の最初のきちんとした記憶だ。あとから、そこが警察署の駐車場だったと知った。僕がいま勤務している町田南署だ。

僕に本当のことを語ってくれる人はいなかった。「お母さんはお星さまになったんだよ」とか「いつも、お空からキミを見守ってるよ」とか、わけのわからないことばかり。幼い僕にとって、そんなごまかしはどうでもよかった。眠る前のひととき、僕が頭をあずけられるやわらかな腕や、僕の背中をやさしく叩いてくれる手、そういうものが恋しかった。恋しくて恋しくて、たまらなかった。でも父は、そういう甘ったれな僕を許さなかった。父から頭を撫でてもらったり、ほほえみかけてもらったりした記憶は一度もない。父の口から母の話を聞いたこともない。僕もいつしか、母のことを聞いてはいけないんだと子供心に悟った。

小学校に上がると、一人でバスに乗って老人ホームにいる祖母を訪ねるようになった。会うたび、母の話をせがんだ。老人ホームの玄関には、背の高い白木蓮《はくもくれん》が生えていて、毎年春の訪れと共にたくさんの花をつけた。

「あれはマグノリアと言ってね、お母さんの大好きだった花だよ」

その純白の花は、母が写真のなかで着ている看護師の制服を思い出させた。僕が物心ついた時にはもう仕事はしていなかったが、なぜか母の鏡台には看護師だった頃の写真がずっと飾られていた。

「あ、おばあちゃんの話はね、壮《そう》ちゃんの胸の中だけにしまっておくんだよ。お父さんには内緒だからね」

そう言いながら、祖母は会うたびごとに母の思い出話をしてくれた。母が最初に飼った文鳥「ぶんちゃん」のこと。母が寄り道をして叱られた駄菓子屋さんのこと。母が初めてセーラー服を着た日のこと。成人式、母の振袖に染められた牡丹《ぼたん》のあでやかさ。母が結婚式で両親にプレゼントしたブーケの香り。母が好きだった草花の名前……一言も聞き漏らすまいと、僕は息をひそめて祖母の話を聞いた。帰り道、僕はいつも白木蓮の木におでこをつけて、祖母の話を語り聞かせた。そうしないと、僕の胸から溢れ出してしまいそうで、こわかった。

僕が九歳の時に祖母が亡くなってからは、母のことを話してくれる人は誰もいなくなった。

母が死んだ理由。本当のことを知ったのは大学二年の時だ。父が死んだ後、遺品を整理していて、父の古い日記を見つけた。そこに書かれていたのは、母の死の真相だった。不貞を悩み抜いての自殺だった。相手の名前も記されていた。名前だけじゃない、相手の生年月日や勤務先、実家、妻の名前まで、おそらく警察の情報網を使って調べ上げたのだろう。まるで憎しみを結晶化したかのように、男の情報がびっしりと記録されていた。

母は自殺の直前、父に不貞の事実を明かし、ゆるして欲しいと泣いて詫びていた。でも父はゆるさなかった。その頃、妻の様子がどこかおかしいことに気づいていた。でも、怖くて何も訊《き》けなかった。だからこそ、言われた瞬間に感情が暴発した。妻を罵倒し、手を上げる自分を止められなかった……だから、彼女を死に追いやったのは他ならぬ自分だと、日記には父の慟哭《どうこく》が綿々と綴《つづ》られていた。それは息子の自分が読んでも、胸が痛むものだった。その時から僕は、父ではなく、母を恨むようになった。女の顔を見せつけられたことが、たまらなく嫌だった。なぜ秘密を暴露したのか。父を完膚なきまで打ちのめし、重荷を背負わせ、ただひとり身勝手に逝《い》く……その弱さと愚かさを、心底嫌悪した。

誰にも言わなかったけれど、僕はすべてを見ていた。母の姿が宙に舞う瞬間を。おかしな表現かもしれないけれど、とても綺麗だった。神々しくさえあった。あの日、幼い僕は母の後をついて一生懸命に階段をのぼり、マンションの屋上にたどりついた。そこに母がいた。水色のスカートが風に翻《ひるがえ》ると、母は僕の方を向いて、小さくほほえんだ。そして次の瞬間、ふわっと宙に浮いた。僕はうっとりとそれを見ていた。おかあさん、きれいだな。まるでティンカーベルみたいだな……『ピーターパン』の絵本に出てくる小さな妖精。ベッドの中で母が読んでくれた物語だ。ティンカーベルが魔法の粉をかけると、みんな空を飛べるようになる。次はきっと、僕の番だ。わくわくしながら待っていた。でも、いつまでたっても僕の番はやって来なかった。

僕はその時、三歳だった。それなのに、なぜかあの瞬間だけは、今も鮮明に思い出すことができる。

＊

『相原事件の真実』と題して、十二月二日の深夜一時半から放送は始まった。

「生まれた時から、死刑制度はそこにありました。しかし私たちは、この究極の刑罰の実際をどこまで知っているでしょうか」

番組は冒頭、この問いかけから始まる。二〇一〇年八月に公開された、東京拘置所にある刑場の映像が流れ、白いロープがクローズアップされる。

「死刑制度を持つこの国で、決してあってはならないのが冤罪です。二〇一二年十二月二十五日、ある男性の死刑が執行されました」

相原事件のあらましが紹介され、伊東茂や坂下容子など複数の証言者のインタビューをまじえて、事件の矛盾点が次々に明らかにされていく。それからDNA鑑定書の電気泳動実験の写真が切り取られていた事実、カットされていた部分にDNA型とも見える形状の影が映っていたこと、元担当検察官がそれを「エキストラバンド＝実験目的外のもの」だと語ったことなどが淡々と説明されていく。そして検察庁の映像をバックに、ナレーションが続く。

「日本の刑事裁判の証拠開示のあり方は果たして正しいのでしょうか。集められた証拠のうち、どれを開示するかは、現状では検察の判断に委《ゆだ》ねられています。どんな証拠が集められているのかすら、弁護側にはわからないのです。検察は証拠開示に積極的に対応することで信頼を得ることになるはずです。『疑わしきは罰せず』。本来有罪としてはならない人を救済することが必要なのではないでしょうか」

美貴が今回、一番書きたかったことだった。

最後に、武虎の遺品から番組が独自におこなった鑑定で、武虎のＤＮＡ型が犯人のものと目される体液のＤＮＡ型と一致しなかった事実を告げ、ＣＭに入る。

ＣＭが明けて、画面に映し出されるのは二十二枚の文書。美貴が情報公開請求した執行命令書など、死刑執行関連の文書だ。なぜ武虎が死刑に処せられたかを示す「死刑事件審査結果」と題された文書は、タイトル以外、すべて黒塗りだった。そこに一体、何が書かれていたのか。誰が黒塗りにするよう指示したのか。この国では、一人の人間を死刑にする過程は明らかにされない。ナレーションもＢＧＭもないまま、カメラはじっと黒塗りの部分をクローズアップしていく。そこに、無言のメッセージを込めたつもりだった。武虎の死刑執行は、本当に正義だったのか。


死刑制度の存置か廃止か、などということを問うつもりはなかった。取材を進める中で美貴が感じたのは、国家が一人の人間を死に追いやる過程のすべてが厚いベールの向こうに隠されていて、知ろうとしても、そのすべがないということだった。我々は日々、死刑制度と共に生活しながら、どこまでその実態を知っているだろうか。「冤罪」という死刑制度に内在する危うさの一端を示し、我々が無関心であることの怖さを突きつけたいと思った。国家が隠すと同時に、我々が敢えて目をそらしてきた死刑制度というものを考えるきっかけになることを願った。凶悪犯罪が起こり、被告が有罪になり、死刑が執行される。これまで、当たり前のこととして受けとめてきた。けれど今、美貴の中に一つの大きな疑問が生まれていた。

人の命を奪った者は、自らの命をもって償わなければならない。罪には相応の罰を……本当に、それでいいのだろうか。

そこに、ゆるしは存在し得ないのだろうか――

*

番組が無事放送されたのを見届けると、スタッフ全員で恒例の打ち上げに繰り出した。自前の企画を放送するまでは、連日の徹夜が続くことも多い。スタッフの慰労を兼ねて、全員で飲むのがならわしだった。今日は春子が泊まってくれている。

南條から電話があったのは午前三時半すぎ。新橋のスナックで、晶と庄司が濃厚なデュエットを繰り広げている時だった。

「もしもし?」

「美貴か」

「え?」

「南條だ」

『オールウェイズ』を熱唱する晶のだみ声にかき消されて、ほとんど聞き取れない。

「すみません。ここうるさいので、ちょっと待ってて下さい」

スナックの重いガラス扉を押して外に出ると、こまかな雨が降っていた。

「番組、見たよ」

「ありがとうございます」

「お前の作ったものはほとんど見てきたが、今回のが最高傑作だと思う。立派な調査報道だ」

南條は自分にも厳しいが、人の仕事も滅多にほめない。それを知っているだけに、素直に嬉しかった。

「真実は一つしかない、番組でそう言ってたよな」

「あ、ええ。CM前のナレーションですね」

「お前に教えられたよ」

「何をですか」

「これから行ってもいいか」

場所を教えると、唐突に電話が切れた。スナックの扉を開けると、中から生暖かい空気と共に、欣二郎の歌う小林旭が流れ出てきた。

*

どこに行くつもりなのか、南條はハンドルを握ったまま、口を開こうとしない。美貴は居心地の悪さを紛らわせようとラジオをつけ、FMに合わせた。力強いチェロの音色がほとばしり出て、一瞬ぎくっとする。エルガーのチェロ協奏曲だった。

車が停まったのは、晴海埠頭の岸壁だった。周りを殺伐とした倉庫群に囲まれ、人気《ひとけ》はまったくない。南條は煙草に火をつけ、何回か煙を吐き出すと、前を向いたまま言った。

「俺があいつと最後にちゃんと話したのも、こんな場所だった。亮輔が死ぬ前日のことだ」

不味いものを飲み下したような顔で煙草を口からもぎ取り、車内の灰皿で乱暴にもみ消す。

「あいつが死んだのは、俺のせいだ」

胃の腑から苦いものが湧き上がってくるような声だった。思わず南條を見ると、その横顔には何の感情も宿っているようには見えなかった。ただ、ぼんやりと月明かりを映す黒い波間を見つめている。まるで何かがそこに見えるかのように、じっと一点を凝視したまま、南條は重い口を開いた。

おふくろは、俺を女手一つで育ててくれた。妾《めかけ》だったんだ。相手がどこの誰かは知らないが、今になれば、やつの胸元で光っていた臙脂《えんじ》色のバッジが何を意味するのかはわかる。政治家にとってスキャンダルは命取りだ。子どもを認知しなかったばかりか、おふくろはゴミのように捨てられた。子ども時代の俺は、いつも腹をすかせていた。金がないことを俺に悟らせまいと、おふくろは日曜日になると、デパートに連れて行ったり、動物園に連れて行ったりしたが、俺は家に金がないことを知っていた。だから、何もねだったりしない聞き分けのいいガキを演じていた。母親に金銭的な苦労をかけたくなくて、地方の国立大学に進学した。親孝行なんかじゃない。本当は、一刻も早く家を出たかったんだ。おふくろはいつも俺の中に、自分を捨てた男の面影を探していた。そんなおふくろの視線から逃れたかったんだ。運良く第一志望の通信社に就職した後も、故郷から遠く離れた支局を希望した。

あの晩、亮輔に取材を命じたのは、俺だ。元々大きなヤマじゃなかった。だが、孤独死した女性に、乱暴された痕が見つかった。付近で相次いでいた婦女暴行事件と同一犯じゃないかってことで、一気にネタのバリューが上がった。なんせガイシャは六十二歳だ。犯人像にも好奇の目が向けられた。取材の内容自体はたいしたことじゃない。女性が亡くなった推定時刻と同じ時間帯に目撃者を探す、っていう一年生でもできる仕事だ。別の現場から疲れて帰ってきたばかりの亮輔に、もう一回行ってこい、と先輩ヅラして押しつけた。しかも、締め切りの三時間前だ。本当は二日前にデスクが俺に振ってきた取材だった。とっくに片付けてなきゃいけなかった。だが、俺はそれを丸々二日間放置したんだ。別に面倒だったわけじゃない。怖かったんだ。女性が死んだ現場に近づくのが怖かった。女性の怨念《おんねん》が俺にとりついて呪い殺されるんじゃないか、そんな恐怖に囚われていた。正直に言おう。俺は殺された女性に、おふくろの姿を重ねていたんだ。

おふくろが死んだことを聞かされたのは、死後三週間経ってからだ。孤独死だった。定期的に地区を見回っている民生委員に発見されたんだ。夏だったから、臭いに気づいた近隣の住民が知らせたらしい。おまえは遺体の臭いを嗅いだことがあるか。ないだろうな。ひどい臭いだ。腐って、体内に溜まったガスに押し出されて体中から体液が流れ出るんだ。髪の毛や爪や歯は剝がれ落ちて、膨張した内臓は破裂し、最終的には骨を残して液化していく。それでも、最後まで残るものがあるんだ。なんだと思う。子宮だ。子宮だけは最後まで損なわれずにちゃんと残るんだ。あのおふくろの子宮の記憶が、俺の前に生々しく立ち上がった。俺が発生した場所。生まれ落ちるその日までを過ごした場所だ。

俺は仕事にかこつけて、盆も正月もおふくろのいる家には帰らなかった。たまに電話して声を聞くだけで、就職してから一度も会いに行ってやらなかったんだ。おふくろは六十二歳でこの世を去った。孤独死した女性と同じ年だ。その女性が、おふくろの無念を俺に伝えようとしているように思えた。怖かった。たまらなく怖かった。その場所に近づきたくなかった。今ならわかる。俺は、自分の犯した罪を見たくなかったんだ。だが俺は、その臆病さのせいで、もっと大きな罪を犯すことになった。死ななくてもいい若い命を、俺のせいで散らせてしまった。俺は亮輔に言った。

「締め切りは三時間後だ。早くしないと間に合わない。車をかっ飛ばせ」

わかっただろ。亮輔は俺のせいで死んだんだ。

転げ出るようにして車を降りた。まるで血潮が吹き出すかのような激しいチェロの音色。ラジオの声が追いかけてきた。

「演奏はジャクリーヌ・デュ・プレ、指揮はデュプレの夫、ダニエル・バレンボイムでお送りしました」

難病に冒《おか》され、二十八歳の若さで音楽家生命を断たれた夭折《ようせつ》の天才。デュ・プレと一体化したような激しくも悲壮なメロディは、まるで彼女を待ち受ける運命を予感していたかのようだ。亮輔も、予感していたのだろうか。急峻《きゅうしゅん》な崖で車を走らせながら、一つ先の曲がり角に自分の運命を狂わせる何かが潜んでいると、知っていただろうか。一瞬も一生も、私たちには先を見通すことなどできない。亮輔が最後に見た景色は何だったろう。暗闇の中ただ落ちていく時、荒々しい山肌を見つめながら何を思ったのか――

折から激しさを増した雨に頬を打たれながら、しぶきをあげる白い波頭に問う。どうして彼だったのか。なぜ亮輔でなければならなかったのか。

教えて、教えて、教えて……。

いつしか心の声は叫びとなって、身の内から迸《ほとばし》り出た。波打つ黒い海は何も答えない。頰を打つ雨にあらがうかのように、とめどなく熱いものが流れる。膝を折って地面を拳で叩いても、大地も何も答えはしない。嵐になればいい。荒れ狂う波間にさらわれ、この身がバラバラに壊れてしまえばいい……。


突然、眩しい光に目を射られた。灯台だ。

まま……まま……。

光の中から、小さなつぶやきにも似た声が聞こえた。子宮の奥から体に直接響くような声……。

美貴は両手を大地について、ゆっくりと立ち上がった。


助手席のドアを開けて、南條が迎えた。苦しみ抜いた男の目をしていた。低く唸《うな》るようなチェロの音が聞こえる。病《やまい》と戦い続け、四十二歳で若い命を散らせたデュ・プレ。彼女も自らの運命を呪いながら死んでいったのだろうか。

いや、きっとそうではないはずだ。デュ・プレはこんなにも素晴らしい音楽をこの世に遺したではないか。亮輔もまた、ジャーナリストとしての人生を全うした。

「取材するネタに、重いも軽いもない」

口癖のようにそう言っていたのは、他ならぬ亮輔ではなかったか。不条理な時代の流れや運命に翻弄された人々の声なき声をすくい上げるのが、僕たち記者の仕事なのだと。自分にできることは、亮輔が遺したものを大切に守り育てていくことだ。

助手席に乗り込むと、体をひねって南條の方に向き直った。

「話してくださって、ありがとうございました」

嘘偽りのない、真心から出た言葉だった。南條もまた、美貴をまっすぐに見つめて言った。

「最後に二人で海を見に行ったとき、あいつが言ったんだ。ガキがかわいくてかわいくて、最近夜回りに行く気がしないってな。俺は当然ボロクソに言ってやった。そんなんで事件屋が務まるかって。あいつはいつも通り、すいません、ってペコペコ謝って、最近ヨメさんにも叱られっぱなしなんですよ、って嬉しそうに笑ってた」

思わず漏らした笑い声と共に、熱いものが頬を伝った。涙はあとからあとから溢れ出て、美貴の膝を濡らした。今夜は亮輔の夢が見られるかもしれない。美貴は助手席のシートに深く体をうずめた。

第六章　真相

坂下家の庭は、道に面している。満開のまっ白なヒナギクの向こうに、容子の姿が見えた。縁側に座って、豆のスジを取っているようだ。昼下がりの明るい光が差し込んで、暖かそうに見える。容子を包む穏やかな空気に、美貴は自分がこれからしようとしていることが本当に正しいのか、問い直さずにはいられなかった。坂下夫妻が武虎のアリバイを覆した裏には、きっと何かある。恐らく、夫妻がかばいたかった誰かの存在があるはずだ。それを今日は聞きに来た。人が触れられたくない心の扉を無理やりこじ開ける……そんなやり方でしか、真実に近づくことはできないのだろうか。けれど、武虎の冤罪がなぜ起きたのかも、大河の死の真相も、まだ何もわかっていない。迷いを振り切るように、強く握った拳で縁側のガラス戸を叩いた。

気づいた容子が立ち上がって戸を開ける。

「ずいぶん早かったわね。連絡もらってから、まだ二時間よ」

「ええ、今日は電車の乗り換えがうまくいったので……それ、お手伝いしましょうか」

「助かるわ、ありがとう」

容子の隣に腰を下ろす。板敷きの縁側が陽の光で温もっていた。

「先日は取材にご協力いただき、ありがとうございました」

当時の証言を翻して武虎のアリバイを証明するには、相当の勇気が必要だったはずだ。深く頭を垂れる。

「おとといの放送、おかげさまで視聴率も良くて、たくさんの方に見てもらうことができました。いつもは大体1％台なんですけど、今回は平均で4％を超えました」

「そう、わざわざ来てくだすってありがとう。私も取材にお答えした甲斐があったわ」

美貴がさやえんどうの入ったざるを引き寄せてスジを取り始めると、容子が目を細めた。

「上手ね」

「小さい頃、母を手伝ってよくやったんです。これ、すごく新鮮ですね。一粒一粒がしゃきっとしてます」

「今朝ご近所さんからいただいたばかりなの。一人じゃとても食べきれないわ」

ざる一杯のさやえんどうを掲げて見せる。

「これ、お揚げさんといっしょに煮るから、お夕飯食べてって」

「はい、遠慮なく。今日は息子も延長保育にしてあるので、保育園で夕ご飯なんです。迎えは母が」

「じゃあ、お土産用も作らなくちゃ」

容子がスジを取り終わったさやえんどうを入れたボールを持って、嬉しそうに立ち上がる。七十二歳とは思えないほど、まっすぐに伸びた腰が若々しい。


早めの夕食の後、美貴が持参した、よもぎがたっぷり入ったおはぎを食べながら煎茶をすすった。

「容子さん、ひとつお聞きしたいことがあるんです」

「あら、あんなに聞いたのに、まだあるの」

容子がおどけて目を見開いて見せた。

「前回も同じことをお聞きしました。お話しになりたくなかったら結構です。でも、どうしてもお聞きせずにはいられないんです」

前回は放送を優先して、深く突っ込まなかった。けれど今となってはもう、うやむやにはしておけない。謎を解かない限り、前には進めない。

一呼吸置いてから、まっすぐに疑問をぶつけた。

「あの時なぜ、うそをついたんですか？」

正面から見つめると、容子は美貴をじっと見つめ返し、やがて観念したかのように、うつむいて湯呑みを置いた。

「……ゆるされないことよね」

そして静かに立ち上がると、居間を出て行った。

戻って来た容子は一枚の写真立てを美貴に差し出した。木製のフレームの中で、大学の卒業式に着ける黒マントと帽子をかぶった青年が笑っている。

「息子よ。アメリカにいるの」

容子は写真立ての上に積もった埃を手のひらで拭った。

「大学の時に留学して、向こうの人をお嫁さんにもらってね、あちらで働いてるの。コンピューター関係の仕事みたい。人工知能がどうとか言っていたけれど、私にはさっぱり」

寂しそうに笑ってから、訥々《とつとつ》と続けた。

「事件から二年あまり経って、ある日突然、警察の人が来たの。『一九九九年の十二月二十七日、息子さんはどちらにいらっしゃいましたか』って」

「アメリカ、ですか」

「いいえ、留学したのはその後なの。あの時はまだ日本の大学に通ってたわ。自宅から通っていたから、その日はうちにいたか、アルバイト先のハンバーガーショップにでもいたか。あの日は武虎さんが来るから、私は料理にかかりきりだったの。息子はうちにいたり、いなかったりだから、正直よく覚えていないのよ。その日、息子が帰って来るまで刑事さんはうちで粘ってたわ。息子が帰ってくると、事件当日の行動をしつこく尋ねた。私は隣の部屋で一部始終を聞いてたのよ。あの日、どこにいて何をしていたか、誰と会ったか、何度も何度も、手を替え品を替え……。息子は『家で一日中ゴロゴロしてた』とか『ぶらっとその辺に煙草を買いに出た』とか、はっきりしないことばかり。刑事さんも、その日はそれで帰ったわ。でも翌日、息子がいないときに、同じ刑事さんがまた来たの」

「一人で、ですか?」

「ええ。最初の日も次の日も、一人よ」

おかしいと思った。通常、刑事は二人組で行動する。連日単独で来たとなると、正規の捜査ではない可能性がある。

「そして言ったの。『被害者の母娘が連れ去られたスーパーマーケットで、二人がいなくなった時間帯に息子さんによく似た人物を見た人がいる。息子さんは、その時間は家にいたって答えています』って。ぎょっとしたわ。刑事さんは不審そうな目つきで部屋のあちこちをねめ回してる。明らかに息子を疑ってる、と思った。それで咄嗟に答えてしまったの。『あの日、息子は確かに家にいて、私たちと一緒にお夕飯を食べました』って。そうしたら刑事さんが言ったの。『その日は今井武虎さんが来て、一緒に忘年会をしたのではなかったんですか』って。しまった、と思ったわ。前は、武虎さんと三人で忘年会をしたって答えてるんですもの。つじつまが合わない言い訳をしたら余計疑われる。迷っていたら、刑事さんが言ったの。奥さん、DNAって知ってますかって」

「DNA鑑定のことですね」

「ええ。刑事さんはこう続けたの。『ここだけの話だけれど、実は現場や被害者の女の子から、今井武虎と同じ型のDNAが検出されているんです』って。DNA型が一致すれば、これはもう間違いない。武虎が犯人であることは、最新科学が証明している。これは動かせない事実なのだから、奥さんが何を言おうが言うまいが、逮捕は時間の問題だ。それに、武虎さえ素直に罪を認めれば、五年かそこらつとめたら娑婆《しゃば》に戻れるって。それから、ニヤッと笑ってこう言ったの。『もしかすると奥さん、日付の記憶が間違っているのかもしれませんよ』。それから部屋に飾ってあった息子の小さい頃の写真をじっと見たの。その瞬間、『記憶違いでした。武虎さんが来たのは前の日だったと思います』って口走っていた……」

容子はうつむいて、両手でエプロンの裾を握りしめた。

「怖かったの。家に上がりこんで、息子を問い詰めていた刑事さんの横顔。何が何でも犯人を検挙してやるって意気込んでた。パニックになった私は、何としてでも息子に向けられた疑いの目をそらしたいと思った。武虎さんのDNAが一致したと聞かされて、正直ほっとしたの。『犯人は武虎さんだったんだ。うちの息子じゃない』って。あの時は無我夢中で、息子の疑いを晴らしたい一心だったのよ。でもまさか、死刑になるなんて……。五年かそこらで出て来られるって言っていたのに。武虎さん、あんなに優しい人だったのに、本当に本当に、私たちは取り返しのつかないことを……」

両手で顔を覆ったまま肩を震わせる容子の姿に、やはり、と美貴は確信した。これは、陰謀だ。坂下家の息子を疑って近づいたわけではない。警察は最初から、武虎が狙いだったのだ。その上で、アリバイを潰すために、坂下容子がうそをつくよう巧妙に誘導した……。

「その時来た刑事さんの名前、覚えていらっしゃいますか」

うなずいて居間を出て行った容子は、戻って来ると四隅が折れて丸くなった名刺を無言のまま差し出した。何度も何度も手にしたのだろう。名刺にはあちこちにしみがついたり、しわが寄ったりしている。

「あの冷たい目を、一日たりとも忘れたことはなかったわ」

名刺には『町田南署　刑事課強行犯係長　警部補　北野《きたの》徹《とおる》』とある。

「主人の定年後、こちらに越してきたの。自然に囲まれた土地で畑をやりたくなってね。事件のことやなんか、もう全部忘れてしまいたくて。でも、記憶はどこへ逃げても追いかけてくるのね。ずっとずっと、苦しかった……」

急須を手に台所に消えた。中々戻って来ないので様子を見に行くと、容子は流し台に両手をついて、立ったまま静かに嗚咽《おえつ》していた。声をかけることもできずに、ただ震える背中をさすった。この人も犠牲者なのだと思った。

「ごめんなさい。私たちのせいで武虎さんは死刑になってしまった。本当に、本当に、ごめんなさい……」

容子はそのまま床にくずおれ、泣き続けた。ごめんなさい、ごめんなさいと繰り返しながら。美貴は胸に、暗い怒りの炎が灯《とも》るのを感じていた。善良な市民を脅してうそをつかせ、目をつけた人間を犯人に仕立て上げて死刑に追いやる……これが正義を標榜《ひょうぼう》する警察のやることか。心ならずうそをついてしまった人も、いわれなき罪によって大切な家族を奪われた人たちも、一生癒えることのない傷を負う。そして何よりも、本当に捕らえなければならなかったはずの真犯人は、今もどこかで平然と暮らしているのだ。ゆるせない……炎は膨れ上がり、美貴の中で大きな焔《ほむら》となって燃え上がった。

帰りの電車は暖房がききすぎて暑いくらいだった。コートを脱ごうとしたら、隣に立っている制服姿の男子生徒に袖口が触れた。軽く頭を下げると、小さな舌打ちのあと『ババァ、うぜえ』、そう、つぶやいた。高校生だろうか。彼らから見れば「ババァ」と言われても仕方のない年齢かもしれない。

窓ガラスに疲れた一人の女が映っていた。落ちくぼんだ目、張りをなくした肌。目の下には、明らかにクマとわかる黒い影が浮かび上がっている。この三週間ほど、編集作業と放送にまつわる雑事に忙殺されていて、満足に眠っていない。もっと若い頃は、三日間くらいの徹夜は何でもなかった。三十五歳。自分の知らない女がそこにいた。

容子にもらった名刺を取り出す。北野徹。名前に見覚えはなかった。けれど、恐らく彼が単独でやったことではないだろう。警察も検察も、そんなに甘くはない。一人の刑事がねつ造した証拠など、簡単に見破るだろう。恐らく彼の背後には組織があるはずだ。武虎を犯人に仕立て上げた、とてつもなく大きな力……。

放送では触れていないが、一九九九年のあの事件の直前に、目黒区の碑文谷で小学一年生の女の子の誘拐事件が発生している。警察は犯人にあと一歩のところまで近づきながら、身代金だけ奪われて犯人を取り逃がすという大失態を演じた。誘拐された女の子の遺体が見つかったのは、相原事件の二週間ほど前のことだ。高級住宅が立ち並ぶ碑文谷という土地柄と、被害女児の父親が大蔵官僚だったことも手伝って、事件に注目が集まった。その上、警察の絶望的な取り逃し……世間の風当たりは厳しかった。警察としては、同じ小学一年生が被害者の事件で失敗を繰り返すわけにはいかない。特にこの事件は所轄だけで捜査に当たっているわけではなく、本庁の捜査一課が指揮を執っている。警視庁の威信にかけても、絶対に犯人を挙げなければならない正念場だった。上からの大号令があったに違いない。

一体、誰の指示で北野は坂下容子に揺さぶりをかけたのか。北野徹本人は絶対に口を割らないだろう。当時、同じ署内にいた同僚に話を聞いてみるしかない。美貴は警視庁の一課担時代に、誤認逮捕事件をスクープしたことがあった。きっかけは事件があった所轄の生活安全課員からもたらされた情報だ。かねてから、刑事課の強引なやり方に反発を抱いていた人物が誤認逮捕の事実をリークしたのだった。周辺から当たったほうが真相にたどり着けることもある。

ともかく、当時の町田南署の名簿をあたってみよう。でも、どうやって……方法が思い浮かばなかった。放送と無関係な仕事を社会部のリサーチャーに何度も頼むわけにはいかない。かといって、自分一人で所轄の古い名簿を探し出すのは不可能だ。この際やむを得ない。借りを作るのは危険だが、彼に頼もう。美貴は電車を降りるとスマホを取りだし、警視庁時代に知り合ったヤミ名簿屋の番号を押した。

＊

翌週の日曜日、佐野牧師から電話がかかってきた。ちょうど陸を風呂から上げたばかりで、美貴は下着姿のまま、陸の体を拭きながらスマホの応答ボタンを押した。

「あ、佐野さん、ご無沙汰しております……こら、ちょっと待ちなさい、陸！」

おむつをつけないまま、素っ裸で走り回る陸をあわてて追いかける。

「あ、お取込み中ですか」

「すみません、ちょっと、あの、こちらからおかけ直ししてもよろしいでしょうか」

「もちろんです、お待ちしています」

佐野が笑みを含んだ声で答える。電話を切ってから陸をつかまえて服を着せ、ごしごしとタオルで頭を拭く。「いや、いや」とむずかる陸に麦茶の入ったストロー付きのコップを渡すと、三十分だけだからね、と言い含めてテレビをつけた。DVDプレーヤーの電源を入れて、日頃から録りためている幼児番組を再生する。聞き慣れたテーマ音楽にのって陸の体が左右に揺れ始めたのを見届けると、佐野の番号を呼び出した。

「先ほどはすみませんでした。あの、番組の感想についてのお手紙もありがとうございました。お礼を申し上げようと思っていたのに、先にお電話を頂いてしまって……」

「小さなお子さんがいらっしゃるんですね。お仕事しながらの子育ては大変でしょう」

「最近、なかなか言うことを聞いてくれなくて」

「子どもはちょっとくらい、きかんぼうの方がいいんですよ。聞きわけのいい子なんて、むしろ心配です」

「だといいんですけど……」

「教会学校の子どもたちも、小さい頃ケガばかりしていたやんちゃな子の方が、大人になってからは、どっしり落ち着いていたりするもんですよ」

「そんなものですか」

「実はね、今日お電話したのは、今井武虎さんの面会記録の件で取り急ぎお伝えしたいことがありまして。先日お話しした二月二日から十二日の間は、一件しか面会がなかったそうです」

「武虎さんに明らかな変化があったという期間ですね。面会相手が誰か、おわかりになりましたか？」

「はい、面会者の名前にお心当たり、ありますでしょうか？『冴木壮一郎』という方なんですが……」

視界がぐらりと揺れた。あの冴木が……なぜ。今井武虎に面会する、一体どんな理由があるというのだ。担当刑事としてか。そんなはずはない。年齢を考えても、武虎の事件の頃は、まだ入庁間もないはずだ。二人の間に、どんな接点があるというのか。相原事件の捜査本部にいたのだろうか。だとしても、当時入庁したての下っ端捜査員が、事件から十三年も経って執行間近の死刑囚にわざわざ会いに行くだろうか……。

そこで思考が停止した。そばにあったノック式のボールペンをカチカチと鳴らし続けていたことに気づく。佐野の心配そうな声が聞こえた。

「榊さん、大丈夫ですか?」

何だろう。胸を塗りつぶしていく、この黒々としたものは。ゆっくりと、でも確実に侵食して思考を狂わせていく。もうこれ以上見たくない、これ以上知りたくない……でも、最後まで見届けなければならない。真実を見つけ出す、結子にそう約束したではないか。せめぎ合う気持ちの間で揺れながら、なんとか佐野の声に意識を集中した。

佐野が当時の刑務官を紹介してくれるという。訪問の約束を取りつけ、電話を切って振り返る。テレビ画面の中で、ぬいぐるみのウサギとリスがどんぐりの実を奪い合っているところだった。陸は背中を丸めて画面にくぎ付けになっている。

「陸、ねんねするよ」

返事がない。

「もうねんねの時間、テレビは終わり」

少し強い口調で言ったが、微動だにしない。テレビは魔物だ。めまぐるしく変わる映像に、にぎやかな音声、過剰なほどに飾りたてたテロップ……見る者をとらえて離さない。恐ろしいほどの磁力、いや魔力とでもいうべきか。

「陸、もうおしまい！」

自分でも驚くほど大きな声が出た。リモコンを乱暴につかんで無理やり電源を消すと、陸は火がついたように泣き出した。抱き上げると、汗ばんだ体からベビーシャンプーのほのかな香りが漂い、鼻腔《びこう》をくすぐった。ささくれ立った気持ちが徐々に鎮まっていく。陸の泣き声に混じって、窓の外から風切り音が聞こえる。

「ごめん、陸。大きな声出して」

夜になって風が強まってきたようだ。嵐になるのだろうか。あの晩、殴りつけるような暴風雨の中、陸を背中にくくりつけて走った冴木を思った。

事件当時、冴木はどこで何をしていたのか。どんな真実を見せられるとしても、目をそむけるわけにはいかない。きっと最後まで見届ける……陸を抱く手に力をこめた。

＊

一九九九年の町田南署の名簿は意外と簡単に見つかった。費用は三万円。さほど法外な値段とも言えない。名簿屋いわく、個人情報にうるさい最近のものより、ひと昔前の名簿の方が入手しやすいらしい。

美貴は名簿屋が去った後の「カフェ・ノワール」で、手に入れたばかりの名簿のコピーを開いた。刑事課のページをめくっていく。あった。北野徹係長、階級は警部補となっている。他に見知った名前はないか。指でたどって行くと、突然、その一行が目に飛び込んできた。「冴木壮一郎」。同じ警部補の欄に名前があった。

「これって……」

思わず声が出た。「あの署長さんとはね、二度目なんですよ」町田南署の庭師の言葉を思い出す。キャリア官僚は通常、入庁時に巡査や巡査部長などの階級をとばして、警部補からスタートする。名簿の階級が警部補になっているということは、警察大学校での研修後に配属された初任地が町田南署だったということだ。その同じ所轄に、署長として戻るなどということがあるのだろうか。町田南のような比較的大きな規模の所轄には、地元出身の署長が就くことが多い。冴木は町田市出身なのだろうか。そういえば冴木については知らないことばかりだ。なぜ北野徹と同時期に町田南署にいるのか。なぜ武虎に面会したのか。なぜ現場に警官が張りついていたのか。冴木は一体、何を隠しているというのか……。

落ち着こう。からからに乾いた口にコーヒーを流しこむ。運ばれてからゆうに三十分以上経ったコーヒーはとうに冷え切って、舌にしびれるような苦みだけを残した。

庭師の言葉がよみがえる。

「やさしい、繊細な感じの青年でね。でも次に会った時には、なんだか厳しくて冷たい感じの人になられてたからね、あんまり印象が違うもんで、驚きましたわ。確か、自分の最初の記憶は警察署だ、みたいなことを言っとったですよ。それで警察官になりんさったんかいねって聞いたら、なんとも言えない寂しそうな顔をされてましたよ」

嫌な予感がする。パズルのピースが一つずつはまっていって、最後の最後に見たくなかった絵を描き出す。大河が描いた蝶がひらりと動きだし、迷宮の扉の奥へと消えていく。そこに一体何があるというのか。知りたくなかった真実から、ずっと目をそらし続けていたような気がする。

カップに半分ほど冷たいコーヒーを残したまま、音を立てて椅子を引いた。

＊

約束した時間に佐野の住む牧師館を訪ねると、応接間にはすでに先客があった。ひどく痩せた目の細い男性。前頭部がかなり薄くなっているが、いくつかシミの浮き出た頬はそれほど張りを失っていない。四十代後半といったところか。眼鏡の奥の小さな丸い瞳が実直そうな印象を与えていた。

「この方が面会記録について、調べてくださった須田《すだ》さんです」

「はじめまして、須田和夫《かずお》と申します」

「こちら、お話しした毎朝放送の記者さんです」

「榊美貴と申します」

「須田さんは、今井武虎さんが収監されていた東京拘置所の刑務官をされていたんですよ」

「今も刑務官を?」

「もう、退職しました。今は地元で小さな洋食屋をやっています」

「素敵ですね」

「昔から料理が趣味で……思いきって第二の人生を始められたのも、先生とお会いしたからです」

佐野のほうに軽く目をやった。

「どうして刑務官のお仕事をやめようと思われたんですか」

「きっかけは、今井武虎さんなんです。刑務官として今井さんに接する中で、この人は無実なんじゃないか、そう思えてきて仕方なかったんです」

「なぜですか」

「うまく言葉にできないんですが……私の、刑務官として長年勤めた勘、とでも言いましょうか……」

「カン、ですか」

「ええ。今井さんは佐野先生の教誨が始まってからというもの、毎日毎日、それは熱心に聖書を読んでいました。無期囚のなかには、宗教に帰依《きえ》するふりをして模範囚となり、仮出所の時期を早めようとする者もいます。でも今井さんは死刑囚ですから、そんなふりをしても意味がない。死の恐怖から逃れるために、救いを求めて洗礼を受けた、そういう感じでもないんです。何というか、ただ無心に、ひたすら何かを求めて祈っている。その姿が、とてもあんな事件を起こした人には見えなくて……」

表紙がぼろぼろになった武虎の聖書を思い浮かべた。

「職業柄、ありとあらゆる犯罪者を見てきました。死刑囚も何人も見ました。だからこそ、あの人がひとを殺《あや》めるなんて、それも母と娘を同時に殺して山の中に埋めるなんて、絶対にあり得ない、と確信したんです。今井さんは教誨が始まって五年ぐらいしてから、洗礼を受けました。それなのに、刑が執行されたのはクリスマス当日です。イエス・キリストがお生まれになった日。キリスト教に帰依した者にとって、一年のうちで最も大切な日です。そんな日に刑を執行するなんて、許せないと思いました。でも、自分には何もできません。悩み抜いた挙句、先生に教えを乞うたんです。『人の命を奪った者に生きている資格なんかない。死刑になって当然だ』ずっとそう信じて仕事をして来ました。でも、そうじゃないんじゃないか、憎しみの悪循環を断ち切らなければ、いつまでも果てしない連鎖が続くんじゃないか、そんな風に思うようになりました」

「憎しみの悪循環……」

思わずつぶやくと、黙って聞いていた佐野牧師が初めて口を開いた。

「榊さんは、マーチン・ルーサー・キングをご存じでしょうか。アメリカの公民権運動の指導者です。彼が『憎しみの悪循環を断つ』というテーマでこんな話をしているんです。ある夜、自分と弟は、アトランタからテネシー州のある町へ向かっていた。弟が車を運転していたのだが、その夜は運転の荒っぽい車が多かった。ライトを下げてくれる対向車など一台もなかった。眩しくて運転しづらい。とうとう弟は怒って言った。『次に来る車がライトを下げなかったら、こっちも下げないぞ。一番明るいライトで思いきり照らしてやるんだ』。急いで彼をたしなめた。『ダメだよ、そんなことをしたら両方とも破滅だ。この高速道路を走っている誰かが、冷静でいなければ』……人類の不幸な戦争の歴史を振り返っても、こうしたことが幾度繰り返されてきたことか」

うなずいて、須田が続けた。

「いかに残忍な犯罪をおかした者であっても、国家が法の名のもとに、人の命を奪い去ることが本当に正しいのか、私にはわからなくなったんです」

元検事の言葉がよみがえった。

『被害者にとっては、極刑が唯一の救い』

大切な誰かを奪われた者は、犯人を骨の髄まで憎み、復讐を望む。この手で殺してやりたい、とさえ願う。その復讐心がこの世に存在する限り、犯した罪に、法の下で罰を与えることは必要である、それが応報刑思想だ。処刑は一体誰のためにおこなわれるのか。被害者のため、遺族のため、国家秩序のため……それとも、法理そのものを守るためか。

「執行の直前、今井さんが佐野先生と交わした最後の言葉を忘れたことはありません。

『罰は受け入れます。でも、私は事件には関係していません。真犯人は別にいます』と……最後まで終始一貫、同じ言葉を繰り返していました」

「真犯人は別にいる……と」

うなずいて須田が続ける。

「宗教に帰依している者は、たいてい最後の瞬間に罪を懺悔《ざんげ》して、神や仏にゆるしを乞うんです。すると、牧師先生や僧侶が、神や仏に成り代わって、こうおっしゃるんです。『汝《なんじ》の罪をゆるす』と。神は罪をゆるすのに、私たち人間は決してゆるすことなく、死という究極の罰を与える。私には、何が正しいのかわからなくなりました」

黙り込んだ須田に代わって、佐野が言った。

「須田さんは、今井さんに面会があった二月十日のことを覚えているそうですよ」

「須田さんは、その日拘置所にいらしたんですか」

「はい。私はあの日、今井さんを舎房から面会室まで引率し、そのまま監督して、房に戻るまでずっと一緒にいました」

「面会されたのは、冴木壮一郎さん、という方でしたか?」

美貴が確認すると、須田は躊躇《ちゅうちょ》することなくうなずいた。

「はい。死刑囚の面会は、ほとんどが家族か弁護士です。その日は警察の方が面会ということだったので、何か事件について聞かれるのかと思っていたんですが、そんな話は一つもありませんでした」

「今井さんの様子は？」

「冴木さんを見ても、誰かわからない様子でした」

「冴木さんはどんなお話を？」

「ご不便はありませんか、とか、お体の調子はどうですか、とかほとんど当たり障《さわ》りのないことだったと思います。今井さんも、普通に受け答えをされていました。ただ、最後におかしなことを聞いたんです」

「おかしなこと？」

「ええ。『母を覚えていますか』と」

「どういうことでしょう？」

「私にもよくわからなくて、あれ、この人今井さんの古い知り合いなのかな、と思った程度でした。そして、『母からの手紙を差し入れました。封は開けていないから安心してください』と」

「今井さんは何と」

「心当たりがないようでした。すると『母の名は、冴木ゆきといいます』と続けました。今井さんは名前を聞いてとても驚かれたようで、小さく声を上げていました。相手はそれ以上何も話さず、面会はそれで終わりました」

「冴木ゆきさん、どういう字を書くか、わかりますか？」

「わかりません」

「その手紙はどこへ」

「それが、わからないんです。佐野先生にお尋ねしたところ、遺品の中にも入っていなかったそうです。自分で処分してしまったのかもしれません。細かく千切ってトイレットペーパーと一緒に流すと、浮かび上がって来ませんし」

冴木ゆきの手紙はどこへ消えたのか。遺品については鑑定に出す前にすべて調べたが、聖書と身の回りのものしかなかった。追加鑑定があるときのために、遺品は増富教授に預けてある。もう一度念入りに調べてみた方がいいかもしれない。いや、それよりもまず、冴木に話を聞きに行こう。武虎には、ゆきからの手紙は見ていないと言ったようだが、読んでいるかもしれない。所轄や署長官舎に行っては目立つ。社会部のリサーチャーに冴木の自宅住所を調べてもらおう。自宅に戻るとしたら週末か……。

はやる気持ちをおさえ、佐野の家を辞した。

*

冴木は果たして自宅に戻っているだろうか。署からは歩いて二十分ほどの距離だ。幼い頃からここに住んでいるのだとしたら、庭師が話していた冴木の「最初の記憶」にある警察署とは、町田南署のことなのかもしれない。

冴木の自宅は、入り組んだ住宅街の坂を登り切ったところにあった。周囲に大きな道路はなく、時折鳥のさえずりが聞こえるだけの静かな場所に位置している。白壁に緑の屋根が映える、美しい洋風の邸宅。壁にはところどころ蔦《つた》が絡まっている。庭先に植えられた沈丁花の茂みでは、白い蕾《つぼみ》がいくつも膨らんでいた。かすかに甘いような、ほろ苦いような香り……大河が小学校の屋上から転落した日、警察署ですれ違った冴木の後ろ姿がよみがえった。あの時、確かに沈丁花の香りがした。見上げると、六角形に切り取られた二階の出窓が開いている。そこから聞き慣れたピアノの旋律が流れてきて、思わず足を止めた。ショパンのノクターン十三番。亮輔も好きだった曲だ。

じっと耳を澄ませていると、時折指使いが乱れる。プロではない人間が演奏しているのだろう。静かな悲しみのメロディから、こみあげる激情のようなクライマックスがやってくる。やがて最初と同じ旋律に戻り、はじめは消えゆくだけのはかない旋律だったものが、絶妙のハーモニーを伴った三連符の和音に支えられ、朗々と謳《うた》いあげる……。

そこにあるのは、ショパンが本来意図したであろう生の歓《よろこ》びではなく、痛いほどの悲しみだった。ひたすら咆哮《ほうこう》のように繰り返す、どこにも行き場のない叫び。こんなに悲しいノクターンは聞いたことがなかった。

ふいに曲が終わり、静寂が訪れた。美貴は硬直した両足を引きはがすようにして、冴木家の前に立った。鉄の門扉は重く冷たく、青い錆《さび》が浮いていた。扉を押し開けた手を嗅ぐと、かすかに血のような臭いがした。

僕がその名前を見つけたのは、捜査資料の中でした。

『今井武虎』

片時も忘れたことはない、その忌まわしい名前を目にして、僕は全身の肌が一斉に粟立つのを感じました。僕の母をもてあそび、苦しめ、しまいには自死に追いやった男……男の名前を凝視しながら、僕は復讐を誓ったんです。

＊

警察庁に入ってから、警大で三か月間の研修を終え、警部補としてさらに三か月間の交番勤務を経験しました。その後、町田南署の刑事課強行犯係に配置されました。三十人の刑事課のなかで、警部補は六人だけ。ノンキャリだったら十年はかかるところを、半年で警部補におさまった二十二歳の僕に、たたき上げの刑事たちはよそよそしかった。

二〇〇〇年一月四日。その日は朝から冷たい雨が降っていました。事件の一報を受けて現場に急行したんです。母親と女の子の遺体は、雨でぐちゃぐちゃになった泥の中から見つかりました。死後一週間程度。すでに腐敗が進行し、蛆虫がわいた無残な遺体。隣からくぐもった音が聞こえてきた。横を見ると、先輩が地面に這いつくばって嘔吐《おうと》しているのが見えました。でも僕は、娘を抱え込むようにして亡くなっている母親を見て、美しいと思いました。うらやましいとさえ思った。子どもの時からずっと考えていたんです。僕も一緒に死にたかったと。母親と一緒に、あの時自分も屋上から飛びたかったのに、と。

二週間前に別の誘拐事件の犯人をあと一歩のところでとり逃していた警視庁は、この事件の解決に躍起になりました。本部事件になったばかりでなく、刑事部長がわざわざ所轄まで活を入れに来たくらいでした。捜査本部は事件当夜に現場付近を通った可能性のある人間や、近隣住民で当日のアリバイが怪しい人間を片っ端から洗い出していった。そのリストのなかに、武虎の名前を見つけたんです。

思い切って、武虎が経営する喫茶店に行ってみました。扉を開けると、僕の脇をすり抜けて、小学校高学年くらいの男の子と女の子が店に駆け込んできた。

「お父さん、おなかすいた!」

そう口々に叫んで、厨房の中の男性に駆け寄る。男性は笑いながら二人の頭をなでた。席に着くと、小さな店は豊かなコーヒーの香りに満たされ、あたたかい陽光が差し込んでいて、何とも言えない居心地のよい空間でした。やがて、先ほどの男性がやってきました。聞けばオーナーだという。今井武虎その人でした。あたたかい笑顔で、僕の前に水の入ったグラスを置いて行きました。

ゆるせなかった。母を自殺に追い込んでおきながら、自分はぬくぬくと穏やかな幸せの中にいる……二人の子供に囲まれた武虎の情景は脳裡に刻み込まれ、その後もずっと僕を苦しめ続けました。

僕は捜査本部の北野徹係長に目をつけました。階級は同じ警部補。手柄をあげて、本部に認めてもらいたいという野心がありありと見てとれた。僕の父は警察庁の刑事局長までいって退官しました。僕が幹部になった暁には、必ず要職につけてやる。そうほのめかして北野を操るのはたやすかった。何も指示しなくても、北野は「組織の期待」に応えるため、次々に証拠をそろえていった。そして僕が異動した後、事件から二年三か月後に今井武虎が逮捕されました。組織にとっても、武虎は格好の生贄だったんです。別の誘拐事件で、犯人を目前で捕えそこねるという痛恨のミスをおかしていた警視庁は「執念の犯人逮捕」で汚名をそそぐことができた。おまけに決め手はＤＮＡ鑑定だ。ＮＨＴ１１９法の効果を証明することで、「科学捜査の警視庁」を標榜することができた。僕にとっても、組織にとっても、武虎は絶対に犯人でなければならなかった。ここに共犯関係が成立したんです。


「武虎さんが無実であることを、あなたは知っていたはずです」

冴木はうつむいたまま口を開かなかった。沈黙する冴木を見つめながら今感じているのは、怒りよりも、どうしようもない悲しみだった。自らの妄執《もうしゅう》に囚われるあまり、武虎を無実の罪に追いやった男……こんな真実なら、知りたくなかった。なぜ自分はもっと憤《いきどお》らないのか。こんな酷い真実を前に怒りに駆られないなんて、自分は報道に携わる者として失格だ。そう思う一方で、目の前の男を抱きしめたいという激しい衝動が突き上げてくるのをどうしようもなかった。自分の両腕を強くかき抱き、唇を噛みしめて耐えた。

やがて、体全体を引き剝がすように美貴は椅子から立ち上がった。

「清水結子さんが、今井武虎さんの再審を請求します。あなたは、あなたがなすべきことをしてください」

これからは、敵と味方になる。もう会わない。そう思い定めて冴木の家を辞した。部屋を出るまで、冴木は一度も顔を上げなかった。

駅に向かって坂を駆け下りながら、美貴は顔を上げ、湧きあがってくるものを必死でこらえた。青空に、裸の枝が手のように折り重なっている。いくつもの痩せさらばえた手が必死に何かを求め、空をつかむ。枯れて先の丸まった葉が、折からの風に耐えきれず、くるりと一回転して地面に落ちた。

＊

店の名前は「とまり木」という。武虎がつけた名前だ。せわしない日常のなかで、ふと立ち止まってひととき憩《いこ》える場所に。そんな意味だという。いかにもお父さんらしい、と結子は話した。

十数人も入ればいっぱいになってしまうような小さな店だが、窓際の席からは昼下がりの陽光にきらめく浅川《あさかわ》の流れが見える。店の前でゆったりとした川の流れを見ながら、美貴は自分の心に、今一度問うていた。結子に真実を告げるべきかどうか。佐野牧師の「憎しみの悪循環」という言葉が頭から離れなかった。真実を話すことは、果てしない憎しみの連鎖を生むことにならないか。

それでも、真実は一つだ。自ら番組でそう書いたではないか。真実がただ一つなら、結子はそれを知るべきだ。結子にはその権利がある。重い足を引きずるようにして、店の石段を登った。


「うちのコーヒーを飲んだら他のとこのは飲めないって。最上級のアラビカ種の豆を使ってるからね。お父さんの受け売りだけど」

笑う間にも手は休めず、一定のスピードでミルを回し続けている。カウンターの向こうで豆を挽く結子は凛《りん》として、アパートで見る姿とは別人のようだった。カウンターのこちら側にまで新鮮な豆の香りが漂ってくる。

店内にはショパンのノクターン二十一番が流れていた。忠実に譜面を追っているようでいて、情熱がほとばしるようなメロディ。プレイヤーに立てかけられたレコードのジャケットを見ると、アシュケナージだった。店の隅に古い木製のコモードが置かれているのが目に入った。結子に断って観音開きの扉を開けると、中には見事なコレクションが詰まっていた。ルービンシュタイン、ポリーニ、アルゲリッチ、ホロヴィッツ、古くはアルフレッド・コルトーまで。

「すごい……」

美貴が思わずつぶやくと、二人分のコーヒーを運んできた結子が、「面倒だからCDに変えたいんだけど、お父さんの形見だから」と照れたように笑った。

美貴の前に座るとコーヒーを勧め、店名が印刷されたペーパーナプキンを敷いてスプーンをのせた。

「悩んだんだけど、店の名前、変えなかったんだよね。お父さんがつけた名前だから。相当ダサいけど、むしろ一周回って新鮮かなって」

笑いながら、自分のペーパーナプキンをもてあそぶ。

「私、学がないからさ、喫茶店ぐらいしか思いつかなかったんだよね。立地がいいから峠越えのお客さんが結構来てくれるし。ホント、お父さん、様々です」

ナプキンを上手に折りたたむと、「で、今日はどしたの?」と聞いた。

「少し長い話になると思うけれど、お店、大丈夫?」

「看板にしちゃった。今日はそんなにお客さん来ないから」

すべてを話し終えると、いつのまにか、傾いた陽が浅川を橙《だいだい》色に染めていた。最初の一口から手をつけないままのコーヒーを飲んだ。冷めても豆の香りは損なわれていない。結子は先ほどからテーブルの上に突っ伏したまま、顔を上げようとしない。遅い午後の光が斜めに差し込む店内を、静寂が支配している。

「あの日は……」

結子がつぶやいた。絞り出すような掠れ声。語尾が頼りなく消える。

「二〇一二年のクリスマス、大河の五歳の誕生日だった。窓の外には雪が降ってて、私は大河のために、誕生日ケーキのスポンジを焼いてた。オーブンに生地を入れて、点火しようとした瞬間、電話が鳴った。大河が『ママ、でんわ！』って叫んだ。お父さんが逮捕されてから十年。死刑が執行された、という連絡だった。竜哉がお母さんの携帯に電話した。出なかったから、留守電に入れたの。ひとことだけ。『終わったよ』って」

その日は東京の西部に大雪が降った。八王子にある「とまり木」のまわりでは、膝が埋まるほどに雪が積もった。風も強く、目を開けていられないほどだった。

強い風のせい、あるいは雪のせいだったのだろうか。店からほんの三十メートルと離れていない場所でのスリップ事故だった。

夜七時。帰宅が遅い母の直美を心配し始めた矢先、近所の人が店に駆け込んできた。大河のことを頼んで現場に駆けつけたとき、雪の中に鮮血が広がっていた。

「母さん！」

竜哉は雪の中にうつぶせに倒れている直美の肩をつかんで激しく揺さぶった。

「やめて！」

竜哉に追いついた結子は叫んだ。それでも、竜哉はやめようとしなかった。

「竜哉、救急車呼んだから！」

結子が叫ぶと、竜哉は直美を抱きかかえて歩道まで移動させた。竜哉が通ったあとに、点々と血の滴が続いていた。

現場に救急隊が到着したのは、それから二十分後のことだった。直美をストレッチャーに載せた隊員が『雪で通常の倍かかったもので……』と言い訳を口にした。雪で立往生した車が道路をふさいでいたため、歩いて十五分ほどの病院に着くのに二十分以上もかかった。

病院で直美の死亡が確認された。搬送にかかった時間は関係なく、即死だったと思う、と医師が告げた。警察からは、横断歩道を渡ろうとした際、暴走してきた車に轢《ひ》かれたようだ、と言われた。急ブレーキを踏んだようだが、あの雪で効かなかったのだろう、と。

竜哉はただ無表情に説明を聞いていた。

霊安室に移されてからも、竜哉はいつまでも直美のそばを離れようとしなかった。一言も発しないまま、無表情を顔に貼りつけて、白い布をかけられた母親のそばに立ちつくしていた。すべてのものを拒絶しているような背中。けれど、結子の耳には聞こえた気がした。

「おまえのせいだ、全部、おまえが来てからおかしくなったんだ」

竜哉が自分を責める声だった。石のように冷たい竜哉の背中に触れることはできなかった。

店に戻ると、眠ってしまった大河を抱いてソファに丸くなった。雪に降り込められ、暖房で曇った窓ガラスに、武虎と直美の幻を見た。幼い日、母親に育児放棄され、裸同然でさまよっていた自分を抱きしめてくれた二人。二人がいたから、自分は生きてこられた。今井の両親と竜哉に囲まれて育った日々の情景が、一つ一つ白昼夢のように浮かんでは消えた。

雪は音もなく降り続いていた。浅川の岸辺に横殴りの雪が叩きつけている。どこまでが川で、どこからが岸なのか、もはや判別がつかないほどに、世界はまっ白に塗りつぶされていた。川の流れが、いつもよりずっと大きく見えた。

近親者のみを集めておこなった葬儀の晩から、竜哉の行方がわからなくなった。大河を置いて捜しに行くことはできなかった。帰ってくるなら、武虎と直美の気配が残るこの店だと思い、毎晩「とまり木」に一つだけあるソファで、大河と一枚の毛布にくるまって眠った。葬儀から三日目の夜、突然竜哉が帰ってきた。

物音で目が覚めると、部屋の隅に竜哉が立っていた。両手をぶらんと下げたまま、何も言わずに立っていた。近づいて、そっと抱きしめる。竜哉が頭を押しつけてきた。背中をさすってやると、竜哉はまるで幼な子のようにしがみついてきた。竜哉の頬も手も、氷のように冷たかった。結子はその冷たい身体をかき抱き、自分の体で包み込んでやった。

結子は遠い目をして窓の外を見た。

「あの事件があった日、お母さんは、お父さんを坂下さんの家まで迎えに行ったの。お酒を飲みすぎて眠ってしまったお父さんを無理やり起こして連れ帰ってきた。容子さんは『毛布をかけておいたけれど、寒くなかったかしら。風邪引いてないといいんだけど』って心配してくれたって言ってた。それなのに、いつのまにかあの夫婦は『事件の夜、武虎さんは来ていない。前の日だった』ってうそをつくようになった。心無いマスコミや周囲の人がみんな疑っても、お母さんだけは最後まで、お父さんの無実を信じてた。離婚や転居を勧める人も多かったけど、逃げたら罪を認めることになるからって、私たちを同じ学校に通わせて、同じ場所で店を続けて……すごく強い人だった。でも竜哉はそうじゃない。すごく、もろい人なの」

逮捕当時、中学三年生だった竜哉と、竜哉より一つ下の結子は母親の言葉を信じて父親の帰りを待ち続けた。学校でどんなにいじめられようと、近所の人から嫌がらせを受けようと、父親の無実を信じて待ち続けた。それなのに、帰って来るはずの父親は、事件から十三年後、死刑になった。再審請求も取り下げ、最後は従容《しようよう》として刑を受け入れたという。

「どうしてなのか、ずっと考えてた。最後の面会で、『自分は事件とは無関係だ、でも、自分には他に罰を受けるべきことがある』って。そう言った時のお父さんの顔が忘れられない。修行僧みたいな顔だった……」

「修行僧」という言葉に「ただ無心に、ひたすら何かを求めて祈っている」という須田の言葉が重なった。

「お母さんがいなくなった後、私たちは何を信じて生きて行けばいいのかわからなくなった。それからなの。竜哉が壊れ始めたのは」

結子は再びテーブルに突っ伏した。肩を震わせて泣く結子の背中をただ見つめることしかできなかった。

過酷な運命を受け入れた武虎。捻じ曲げられた人生を必死で生き抜いてきた直美と竜哉、結子、そして大河。あのクレヨン画は一体何を意味しているのか。真実はどこにあるのか。窓の外に浅川の悠然とした流れが見える。嘘も、真実も、正義も、悪も、すべてをのみこんで、川は静かに沈黙していた。

あと一人、会わなければならない人がいる。結子の背中にそっと手を置き、声をかけて店を出た。

＊

「とまり木」を出ると、ＪＲに乗り、町田から小田急線に乗りかえ、玉川学園に向かった。駅に着いてタクシーを探していると、駅前のケーキ屋からベビーカーを押した若い女性が出てきてぶつかりそうになった。

「ごめんなさい」

慌てて頭を下げると、ベビーカーの上で、陸と同じくらいの男の子が赤い長靴の形をしたお菓子の包みを抱えて目を見開いている。リボンの結び目でサンタクロースの人形が揺れた。ガラス扉が開いて、店からジングルベルの曲が流れてくると、男の子は「じんぐーべる！」と声を上げた。

「ジングルベル、でしょ」

ねえ、というように母親が美貴に笑いかける。当たり前の幸せがそこにあった。

突然、涙が溢れ出した。男の子の母親に小さく頭を下げ、やってきたタクシーに手を上げる。行先を告げると、シートにもたれて目を閉じた。

駅から車で十五分ほどの古い住宅街に、その家はあった。十九年前のあの日。突然、妻と七歳になったばかりの愛娘《まなむすめ》を奪われた男性は、今も同じ家に一人で暮らしていた。訪問を前に、自分が作った番組のことや、大まかな来意は告げてあった。

インターホンを押すと、男性は無言でドアを開けた。案内してもらった客間で、二人の遺影が置かれた仏壇に手を合わせる。母娘の写真は日に焼けたのだろうか、全体的に色あせていた。あれから長い年月が過ぎたのだ。美貴は男性が一人きりで過ごしてきた途方もない時間を思い、これから自分が伝えることの重みを噛みしめた。

「今日は、お伝えしなければならないことがあって来ました」

男性は美貴を見ないまま、無言で先を促した。

「今井武虎さんの再審を請求しようと思っています」

男性は、じっと二人の遺影を見つめていた。十九年前、買い物の途中で突然失踪し、無残な姿で発見された妻と娘。コスモスの花壇を背に、頬を寄せ合って笑っている。夏の終わりなのだろうか。白いシャツ一枚の母親と、ピンク色のTシャツを着た女の子。少し先の未来に自分たちを待ち受けている凶暴な運命など思いもしない、無邪気な笑顔。

『神様、二人を返してください』

男性は写真を見ながら、何度祈ったことだろう。その日の朝、出勤する自分と妻子とのやりとりを、何度思い返したことだろう。

『パパ行ってらっしゃい。晩ごはん何が食べたい?』

『うーん、そうだな。もうすぐ年の瀬だし、すき焼きなんかいいな』

『じゃあ今日は、お肉が安いスーパーに行こうかしら』

あの時、あんなことを言わなければ、二人は家から遠い店にまで足をのばすことはなかったはずだ。いや、むしろ自分が会社帰りに買い物をしてやればよかったのだ……ありとあらゆることで自分を責め、一瞬一瞬を振り返って悔やみ続けたに違いない。そしてそれ以上に、犯人を憎悪し、呪い続けたに違いない日々……。

やがて長い沈黙を破って、被害者の父親であり、夫でもある男性は口を開いた。体の奥から絞り出すような声だった。

「あなたは……」

伏し目がちの男性の目を見る。何も映してはいない。ただ黒々とした、底知れぬ闇がそこにあった。

「あなたは、自分が何をしようとしているかわかっていますか。あなたは、私の生きる支えを、この十九年間、犯人として憎み続けてきた相手を奪うんです。それがどんなに残酷なことかわかりますか。私はあの日、本物の怒りや悲しみというのが、どういうものかを知りました。今井を憎むこと、それだけを支えに生きてきたんです」

男性はそう言うと、美貴の目をまっすぐに見た。射るような視線だった。思わず目を伏せると、男性の膝が小刻みに震えているのが見えた。悲しみは時間が癒す、などと誰が言ったのだろう。事件から何年経とうとも、決して消えることはない。この人にとって、あの日から時間は止まったままなのだ。

真実をあばくことは、本当に正しいことなのだろうか。誰にとっても知りたくなかった真実など、真実と呼べるのだろうか。この人は武虎を憎み、その命が絶えることだけを願い、武虎の命が消えたその後も変わらず憎み続けることで、自らを支えてきた。あなたの抱いてきた憎しみは、その年月は、すべて間違いだったのだ、と突きつけることがどんなに残酷か。いまだ憎しみの暗い闇を抱え続けている男性の姿をこの目で見るまで、本当には理解していなかった。冴木は武虎に無実の罪を着せることで、この人が本当に憎むべき相手をも永遠に奪い去ったのだ。その計り知れない罪の重さを、改めて思い知らされた。

「今井を、できることなら自分の手で殺してやりたい、そう思っていました。妻と娘が味わった痛みと苦しみを、奴にも味わわせてやりたい。何度も何度も痛めつけて、なぶり殺しにしてやりたいと思いつめた。それなのに、今井が死刑になったと聞いて私が感じたのは……何か、知らない間にアリを踏み潰してしまった時のような、かすかな嫌悪感だけでした。何の救いにもならなかった。誰が死刑になろうが、私の大切な家族はもう二度と帰ってこないんです……」

最愛の妻と娘を失った男性は、うつむいて涙を落とした。美貴は心に誓った。必ずや真犯人を探し出してみせる。そしてまたここに来る、と。

玉川学園から町田に戻る電車の中でスマホを確認すると、留守番電話のマークが点灯していた。録音を再生すると、ひどく慌てた様子の晶の声が聞こえてきた。

「もしもし、美貴。町田南の署長の家が火事だって！　署長重体みたいよ」

まさか、そんな……冴木が自分で火をつけたのか？　いや、自殺するとしたら、もっと違う方法を選ぶだろう。では、結子か。だとしたら私のせいだ。私が告げた真実が結子を追い詰めた。

駅を出てから、すでに日が落ちた住宅街を走った。のぼり坂をやみくもに走る。どこまで行っても道は果てしなく続くように思われた。行く手に灰色の煙がたなびいているのが見える。それが冴木の家から出ているものであることは疑いようもなかった。

どうして、あなたはこんなにも苦しみを与えるのですか……美貴は見えない誰かに呪詛《じゆそ》をぶつけた。もし、火をつけたのが結子なのだとしたら、結子は育ての親を失い、夫を失い、一人息子を失い、今、最後にたった一つ残された、良心という名の美しいものまでも失おうとしている。結子の携帯を鳴らしたが、電源が切られていた。気持ちは痛いほどわかる。養父の今井武虎が無実の罪によって縊り殺され、執行当日に養母が事故で死に、竜哉が心の病にたおれ、一人息子が自殺した。結子は冴木によって、もしかしたら自分自身よりも大切な人たちを、根こそぎ奪い去られたのだ。これ以上の憎しみがあるだろうか。

火をつけたのが、結子でないことを願った。願いながら走り続けた。汗が噴き出し、心臓がきりきりと痛み、悲鳴を上げる。結子の中で滅茶苦茶に引き裂かれたものを思いながら、走り続けた。

＊

警察と消防の発表では、消し忘れの煙草が原因ではないか、ということだった。警察署長の自宅でボヤ、というニュースは一時メディアを賑わせたが、出火原因の凡庸《ぼんよう》さに、まもなく沈静化した。だが、冴木は煙草など吸わない。偏頭痛持ちで、煙草の煙は特に苦手なのだと話していた。あれから結子は一切電話に出ない。「とまり木」には「Ｃｌｏｓｅｄ」の札がかかったままで、アパートからは人の気配が消えていた。

冴木が自ら火をつけたのなら、ボヤ程度で済むような中途半端な結果にはならなかっただろう。結子をかばったのだろうか。自分が犯した罪への償いのつもりか。無実の男を死に追いやった。その男の娘が、復讐の火をつける……。自分がしてきたことと、同じではないか。そう考えたのかもしれない。

でも、私が伝えさえしなければ、結子は真実を知らないままだった。結子にとっては、曖昧な形でぼんやりと胸の裡にあった憎しみが、冴木ただ一人に集約された瞬間だった。大切なものを自分から根こそぎ奪い去ったのはこの男だ、その一念が結子を狂わせたのだろうか。相原事件で妻と娘を殺された男性を思った。彼もまた、武虎を憎み続けていた方が楽だったに違いない。真実とは、一体何なのだろう。誰も幸せにしない真実など、必要なのだろうか。

美貴は毎日、冴木が収容されている病院に通った。もう二度と会わない、そう決めたはずなのに、足が病院に向かうのを止められなかった。病室には面会謝絶の札がかかったままだった。病室から出て来た看護師をつかまえて聞くと、症状が重いので今は面会できない、ということだった。ようやく冴木の顔を見ることができたのは、火災から二週間あまり経ってからのことだった。

＊

持参したコスモスの花束を手渡した。真夏の太陽のような明るいオレンジ色の花弁が、冴木の顔をより青白く見せた。一回り小さくなったように感じる。

「きれいですね」

掠れた声で言ったきり、美貴と目を合わせようとしない。

「このところ、色のない夢ばかり見ていたものですから……それとも、誰の夢にも色なんかないんだろうか」

手にした花束を見つめ、自嘲気味につぶやいた。

「私のは、いつもフルカラーですよ」

「あなたらしい」

冴木が低く笑った。なつかしい笑顔。胸の奥に小さな疼痛が起こった。追い出すように、大きくひとつ息を吐いてから言った。

「あの火事……」

冴木が言葉をかぶせてきた。

「単なるボヤです。僕の火の不始末で」

「うそです。署長は煙草なんて吸わないでしょう。結子さんが……」

「署長の家でボヤなんて恥ずかしいですからね、僕が捜査を止めました。一酸化炭素中毒ってことになってますが、この通りぴんぴんしてますよ。マスコミがうるさいんで、病院に隠れてただけです」

冴木がいつにない早口でまくしたてるのを、悲しい気持ちで見つめた。この人は明らかに結子をかばっている。結子のしたことを隠蔽することで、自分の罪をあがなおうとしているのだろうか。

「そんなことで、あなたは結子さんに償ったつもりですか?」

声が尖るのを抑えられなかった。

「あなたは、あなたの罪をきちんと償うべきです」

「……ずっと、そのことを考えていました」

花束を包んでいるセロファンが耳障りな音を立てる。花束に添えた冴木の手が小刻みに震えていた。

「あなたが相原事件の取材をしていると聞いたときから、ずっと怖かったんです。自分の存在が明るみに出て、警察組織全体に累が及ぶかもしれない……そう思うと、怖くて怖くて眠れない日々を過ごしました。僕は保身しか考えない、生きている価値のない人間なんです」

この人は死を考えている……冴木の心中を思い、思わず鋭い声が出た。

「あなたには、まだ警察官としてやるべきことがあるはずです！」

冴木が気圧《けお》されたように美貴を見た。その目をまっすぐに見返し、息を整える。

「あなたを告発するつもりはありません。私は私なりのやり方で真実を明らかにします。あなたも、あなたの立場でなすべきことをしてください。あなたたちが野放しにしてしまった相原事件の真犯人を捜すことです」

見つめ合う二人の間に沈黙が流れた。先に視線を外したのは冴木だった。窓外に目を移し、しばらくの間じっと青空を見上げていた。

「陸君は、お元気ですか」

唐突な質問だったが、不思議と違和感はなかった。

「はい。あれからは、ひきつけも起こさず元気にしています」

「それは良かった。彼はきっと、お母さん思いのやさしい男になりますよ」

そして、ゆっくりとこちらを見てほほえんだ。静かな笑顔だった。やがて、冴木は思い切ったように、美貴から目をそらして続けた。

「美貴さん、色々とありがとうございました。もう見舞いは大丈夫です」
その声からは色彩が失われ、署長としての硬質な響きが戻っていた。その口調に半ば安堵し、半ば寂しい気持ちを抱きながら、深々とこうべを垂れる。目を上げると、逆光の中に、冴木のあごから首筋にかけての線が浮かび上がった。意外に力強いそのシルエットを見つめながら一礼する。病室を出る際もう一度振り返ったが、冴木は窓のほうを向いたまま、もうこちらを見ようとはしなかった。

病院を出ると、雲ひとつない青空に、一羽の鳥が悠々と羽ばたいていた。光に射られて思わず目を閉じると、あたたかいものが一筋頬を伝った。今日は大晦日《おおみそか》だ。明日から新しい一年が始まる。

第七章　記憶

「ちょっと、真犯人見つけるって一体どうするつもりよ」

晶が蛍光イエローのモヘアニットに包まれた腕を組むと、重そうなシルバーのブレスレットがじゃらりと音を立てた。

「……わかりません」

仕事始めの日、もう少し相原事件の取材を続けさせてほしい、と頼むと、庄司から「好きにしろ」という答えが返ってきた。相原事件の放送に対する反響が大きく、視聴率もいつもの三倍近かったので、『アングル』は命拾いした。口には出さないが、美貴の働きを認めているのだろう。庄司に対して「絶対に真犯人を見つけます」と意気込んではみたものの、何か手がかりがあるわけではない。結子の消息も、相変わらずわからないままだ。勝算はないに等しかった。

「とにかくアレよね、大河の描いたクレヨン画。あの謎を解かないとね」

晶が元気づけるように張り切った声を出す。

「はい。どういった経緯であのバッグの絵を描いたのか、その辺りをもう少し掘り下げたいんですが……」

「よし、晶さまが小学校に乗り込んだげるわ」

鼻息も荒く、ラメが全面についたショルダーバッグを派手なネイルアートの施された指で取り上げた。

「あ、いいです、いいです。私がもう一回行きますから」

腰を浮かせた晶を全力で押しとどめる。再び学校を訪れたところで新しい発見があるとも思えないが、晶の勢いに押され、思わず口走ってしまった。

「オッケー、美貴。その意気よ。現場百遍、はりきって行って来い！」

晶がグローブのような手で美貴の背中を叩く。

「ついでにイケメン教師もよろしくね～」

晶の声を苦笑いで受け流しながら、スタッフルームを出た。


行き詰まったら現場に戻る。事件取材の鉄則だ。冬休みだというのに、理科実験クラブの森沢は学校にいた。授業以外にも、教師には色々とやらなければならないことがあるらしい。もう一度大河の絵を見せてほしいと頼むと、快く応じてくれた。子どもの声がしない学校はもの寂しい。理科教室も何となく埃っぽい感じがする。

「あ、先日の放送、拝見しました。すごく、考えさせられました。あいつにも……大河にも、見せてあげたかったです……」

森沢には放送日を連絡しておいた。途中から声を詰まらせながら、大河のスケッチブックを渡してくれた。例のクレヨン画のページを開く。

「この絵が気になっているんです。一枚だけ、全然タッチが違いますよね」

「はい。僕も驚きました」

「生徒が絵を描いているとき、先生はそばにいらっしゃるんですか？」

「いいえ、僕は理科教師ですから。実験の時はついていますが、絵は彼らが自主的に描いているものなので、特に指導はしていないんです。ただ……」

そのまま黙り込んだ。うつむいて唇を噛みしめる。何かを迷っているようだ。

「ただ？」

先を促すと、森沢が顔を上げた。ゆっくりと目でうなずくと、思い切ったように口を開いた。

「実は、お伝えしようか迷っていたのですが、あの後、一つわかったことがあるんです」

その時、羽音がした。二人して、窓際に置かれた鳥かごを見た。

「あのピーちゃんですが……」

と言って、森沢は鳥かごを指さした。

「『ヒトゴロシ』って歌うとおっしゃっていたでしょう」

「はい」

「子どもたちに聞いてみたんです。誰があんなことを教えたのか」

「わかりましたか?」

思わず身を乗り出す。森沢が伏し目がちにうなずいた。

「同じ学年に大河とすごく仲のいい子がいたんです。どうも、その子がピーちゃんに仕込んだらしいんです」

「なぜそんなことを……」

「わかりません」

「子どもたちは何と?」

「『面白いからじゃない?』って。小学生なんて、そんなものです」

「その子にお聞きになりましたか?」

「僕が聞いても答えないでしょう」

「どうしてですか」

「……うまく言えないんですが、そういう子なんです」

「その子の家を教えていただけませんか」

「それは……」

明らかな逡巡が見て取れた。教師が生徒の個人情報を漏らすことに抵抗があるのだろう。

「自分で探します。せめて名前だけでも教えてください」

「割と珍しい名字なんです、だから……」

黙ったまま、取材ノートの新しいページを開き、森沢の方に向けてペンを置いた。森沢は少しの間迷っていたが、やがて思い切ったようにペンをとると、ノートに名前を書きつけた。

「ありがとうございます」

思いをこめて、頭を下げる。森沢の励ますような瞳に背中を押されながら、校舎を後にした。

*

『佐治《さじ》　瑠伽《るか》』。電話番号案内で調べると、市内に同じ名字の家は四軒。しかし、町田第七小学校の学区には一軒しかない。

新学期が始まる日。朝七時すぎに駅からタクシーに乗り、目的地の住所を伝えた。

「ここですね。あの角の家がそうです」

ドライバーが美貴の指示通り、少し離れた場所で車を停めた。

「ここ、町田第七小からどれくらい離れてますか?」

「徒歩七、八分ってとこですかねえ」

ドライバーがナビを見ながら答える。

その時、玄関ドアが開いたので姿勢を低くした。そっと覗くと、出てきたのは一人の少年だった。

「あっ」

思わず声が漏れた。忘れもしない、あの日の少年だ。大河の葬儀に一人きりで向かっていた、サスペンダーの男の子。面差しが少しやつれた感じがする。黒いランドセルを背負っているところを見ると、これから学校なのだろう。美貴は料金を支払い、タクシーの外に滑り出た。急ぎ足で近づき、さりげなく少年の横に並ぶ。透き通るような白い肌に、黒目がちな大きな瞳。赤みの強い薄い唇。女の子のような外見からは、あの日のような不穏なものは感じない。

「これから学校?」

隣に並んで話しかけると、こちらに不審そうな目を向けた。

「覚えてないよね。前に道で会ったことがあるんだけど」

「知ってるよ。大河のお葬式のときでしょ」

驚愕した。半年以上前、たった一瞬すれ違っただけなのに、なぜ覚えているのか。

「どうして……」

「すごく、悲しそうだったから」

「なぜそんなことがわかるの?」

「だって……」

少年はかがんで小石を拾った。しばらく掌に載せて眺めていたが、やがてつまらなそうな顔で地面に投げ捨てた。

「真っ赤だったもの」

「真っ赤？」

「そう、まわりの空気が真っ赤だった」

「空気で人の感情がわかるの？」

「……ねえ、お姉さん、大河の知り合いなの？」

あまり話したくないのか、突然挑むような調子になった。

「大河君のお母さんとお友達なの」

「ふーん」

「あなたは、大河君の友達？」

「友達……ね」

少年は大人のような口調で言うと、ふっと唇をゆがめ、そのまま黙り込んだ。少年がもらした笑いはぞっとするほど虚無的で、十歳の少年のものとは思えなかった。「オーメン」の主人公ダミアン、あの呪われた少年もこんな風に笑っていた気がする。

「大河君と同じクラスなの？」

質問を変えたが、少年はそれには答えず、うつむいたまま歩きながら、小さな声で何ごとかずっとつぶやいている。

小学校の門まで来ると、少年は振り返って美貴を冷たい眼差しで見据えた。

「ねえ、なんで僕のこと追いかけてくるの？」

「大河君のことで、ちょっと話が聞きたいんだ」

「なんで？」

「私はテレビ局の記者なの。大河君がどういう風に亡くなったのか、本当のことを知りたいのよ」

「知ってるよ。だって僕、その場にいたもの」

「え？」

耳を疑った。発表文には「目撃者は第一通報者のみ」と書かれていた。その場にもう一人、この少年がいたというのか。

「ほんとに知りたいの？　だったら教えてあげる。おいでよ」

校門で見張り番に立っていた教師が転んだ子どもを立たせている隙に、少年は突然、美貴の腕をつかんで校門をすり抜けた。そのまま校庭を突っ切り、屋上につながる外階段を一気に駆け上がる。屋上に出る扉には南京錠がかかっていた。

「あ〜あ、出られないや」

少年はそのまま、力尽きたように扉の前の階段に座り込んだ。美貴も隣に腰を下ろす。

コンクリートの冷たさが、じかに伝わってきた。

「そこにいたって、一体どういうこと?」

「だから、僕一緒にいたんだよ。大河が飛び降りるとき」

「止めなかったの? 誰か人を呼ぶとか……」

「止めたってしょうがないでしょ」

「どうして?」

「だって本人が死にたがってるんだから。止めたって、どうせ他の場所で死ぬよ」

「死にたがってるなんて、どうしてわかるの?」

「言ったでしょ。僕には見えるんだ。大河のまわりの空気も真っ赤だったんだよ」

「真っ赤っていうのは、悲しんでるってこと?」

「赤黒かったんだ。悲しいのと怒ってるのと、半分半分。大河はおじいちゃんがヒトゴロシだってこと、すごく悩んでた。みんなにいじめられてたんだ。だから悲しいのと、おじいちゃんに怒ってるのと、半々だったんじゃないかな」

「大河君は、おじいちゃんが人を殺したって思っていたの?」

「思ってたよ」

「どうしてそんなこと、わかるの?」

「そんなに言うなら、証拠見せたげるよ」

そう言うと、いきなり階段を駆け下りていった。美貴もあとを追って一階に降りたが、すでに少年の姿はなかった。所在無く校庭の隅に立っていると、どこからか少年が現れた。手にしていたのは、大河のスケッチブックだった。ページをめくる小さな手が、あの絵のところで止まった。

「ほら、これ見て。大河のおじいちゃんが殺した女の人から盗んだバッグでしょ？　僕と遊んでた時にさ、突然この絵を描き始めたんだ。家の中で、これを見たんだって」

「いつ？　いつ見たって言ってたの？」

「知らない」

美貴はスマホを取りだし、クレヨンで雑に描かれたバッグの絵を写真に撮った。対比として、細密画のような精緻な蝶のデッサンも何枚か撮影する。これを専門家に見せれば、同一人物が描いたものかどうか、わかるかもしれない。

「ね、わかったでしょ。大河の自殺はおじいちゃんのせいなんだよ。じゃあ、僕もう授業あるから」

背中を向けた少年にあわてて呼びかける。

「ねえ、名前何ていうの？」

「ルカ」

佐治瑠伽。顧問の森沢が書いた名前と一致する。

「瑠伽君、これ、元の場所に戻しておいて」

瑠伽は面倒臭そうにスケッチブックを受けとると、校舎に向かって駆け出した。

*

知り合いの美術評論家に大河が描いた絵の写真を送ったところ、数日後に返信があった。驚いたことに、蝶の絵とバッグの絵、筆致はかなり違うが、同一人物が描いたものとみて矛盾はない、という回答だった。対象物の輪郭を取るとき、一気に一筆書きするところが共通しているという。また、輪郭線の筆圧が最後まで一定で変わらないところも一致する、と書かれていた。回答を見て、美貴はさらに混乱した。では、大河は実際にあのバッグを見たということか。だとすれば、一体どこで……あのバッグは相原事件に関係するものなのか……

頭を抱えていると、目の前に湯気の立つマグカップが置かれた。顔を上げると、両手を腰にあてた晶が見下ろしている。

「ずいぶんお悩みだわね」

「わからないことだらけで……」

晶がスマホで撮った大河のクレヨン画を覗き込んだ。

「血染めのバッグ、ねえ。でもさ、あの子が見たものが真実かどうかって誰にもわからないじゃない?」

「どういうことですか?」

「『フォールスメモリー』って知ってる?」

「フォールスメモリー?」

「『ニセの記憶』ってこと。何かのきっかけで間違って刷り込まれたものだったり、あるいは完全につくられた記憶だったり、色々あるけど……あたし大学で心理学専攻だったのよ。ゼミの教授がこういうの専門だったの。もう退職しちゃったけど、良かったらあたしの同級生を紹介したげるわ」

晶はそばにあったメモ用紙に何か書きつけた。

「ありがとうございます。晶さんって、意外と奥深いんですね」

「まあね。若い頃は自分のアイデンティティに悩んでさ、心理学で解き明かせるんじゃないか、とか考えたわけよ。結局、自分のことはよくわかんなかったんだけどね」

照れたように笑いながら、メモ用紙を美貴の手に押しつけた。

奥田《おくだ》准教授の研究室は、大学の広大な敷地の一角にある古びた三階建ての建物にあった。かすかに薬品のような匂いが漂う板張りの廊下を行くと、「奥田研究室」と書かれた扉が現れた。ノックすると、ひげを生やした背の高い男性が顔をのぞかせた。天然なのだろうか、黒々とした髪が額や耳の下で無造作にカールしていて、ワイルドな印象を与える。研究室のホームページには四十九歳と書かれていたが、それよりずっと若々しく見える。くたびれた白衣の下は、はき古したジーンズにキャンバス地のスニーカーだ。

「奥田です。迷いませんでしたか？」

笑うと白い歯がこぼれた。こんな感じが晶のタイプなのかもしれない。ひそかに思いを寄せていたのだろうか、などと場違いな想像が頭をかすめる。

中に入ると、研究室の壁には一面に背の高い書架が並び、英語のものから日本語のものまで、心理学関係の本が所狭しと並んでいた。「犯罪心理学」と書かれた本も多い。よく見ると、背表紙に色分けしたシールが貼られ、一冊一冊番号が書き込まれている。

「すごい量ですね」

「本に囲まれていないと落ち着かないタチなものですから。どうぞ」

美貴の前に湯気の立つカップを置いた。

「いちごカルピスです。お嫌いでなかったら」

奥田の外見と、出された飲み物のギャップにとまどいながら一口すすると、甘酸っぱくて懐かしい味がした。

「美味しいです。カルピスって温めてもいけるんですね」

「そうなんですよ。武田は元気にしていますか？　かれこれもう二十年ぐらい会ってない」

「先生は学生時代、晶さんとゼミがご一緒だったんですよね」

「アイツはとにかく頭が良くて、おまけにあのルックスでしょ。モテまくって大変だった」

「……えーと、それは、女性に、ということでしょうか」

「もちろん。あいつのまわりを常に三、四人の女性が取り囲んでたなあ。おこぼれにあずかろうとして近づく不逞《ふてい》の輩《やから》もいましたよ」

奥田准教授は楽しそうに笑った。今の晶を知らないらしい。極彩色のまつ毛を思い浮かべて、思わず笑った。

「何か」

「あ、いえ」

咳払いをして、本題に入る。

「本日お伺いしたのは、この絵について先生のご意見をお聞きしたかったからなんです」

スマホからプリントアウトした、バッグのクレヨン画を見せる。それから蝶の絵も何枚かテーブルに置いた。

「この子は絵が上手で、普段は鉛筆でこんな細密画を描く技量を持っているんです。こちらのクレヨンで描かれたバッグの方は至って稚拙な絵ですが、専門家に見せたところ恐らく同一人物の筆致だろうと。ただ、この子は……」

奥田が首をかしげて先を促す。

「亡くなっているんです。だから、確かめようがなくて……」

それから相原事件の概略と、被害者のバッグと財布が見つかっていないこと、大河が今井武虎の孫であること、可愛がっていたインコの口ぐせや瑠伽のことなどをかいつまんで説明した。話しているうち、奥田の目が徐々に強い光を帯びてきた。

「もしこのバッグが被害者の持っていたものだとすると、大河君は祖父の武虎さんが隠し持っていたものを、どこかで見たのかもしれない。であれば、冤罪と思われていた今井武虎さんがやはり真犯人である、という可能性も出てきます」

「一方で、この絵が実際は何を描いたものか、よくわかっていないということですね」

飲み込みが早い。

「そうなんです。大河君の同級生は、『大河が突然、この絵を描き始めた』と……」

「その子は大河君が絵を描いている時、その場にいたんですか」

「ええ、彼はこんなことも言っていました。『僕には人の感情に色がついて見える。大河が死ぬとき、赤黒く見えた。悲しいのと怒っているのと、半々だった』って」

「それは恐らく『共感覚』というやつですね。文字や数字、音楽、感情なんかに色がついて見える人、というのは確かにいるんです。レオナルド・ダ・ヴィンチやムンク、詩人のボードレールなどはこの感覚を持っていたんじゃないかといわれている」

「私が解せないのは、その子がやたらと事件について詳しいこと、それに、何と言うか……」

適切な言葉を探した。奥田は美貴から視線をそらさず、じっと待っていた。

「何か、妙な感じがするんです。その子が本当のことを言っていないような、大河君に敵意を抱いているような、何かそんな感じがして……」

「その子に会ってみることはできますか」

「十歳の男の子ですから、保護者の同意なく連れて来るということはできないと思います」

「じゃあ、僕が行きましょう。どこか、さりげなく会える場所を探していただくことはできますか」

「そうですね。学校帰りに、どこか公園とか……」

次に会う日時を決めると、美貴はモヤモヤしたものを抱えたまま立ち上がった。奥田が書架から一冊の本を取り出して美貴に手渡した。

「次にお会いする時までに、これを読んでおいてください」

『つくられる偽りの記憶』。本のタイトルを見て、晶の言葉を思い出した。

「記憶が作られた可能性がある、ということでしょうか」

「あくまで可能性の一つです。十歳の少年に記憶を作ることができるかというと、僕にも何とも言えません。いずれにしても、予断をもってあたるのはよくありません。まずは急がずに、少年があなたに対して心を開くのを辛抱強く待ってください。そして、少年が僕に会ってもいいという時期が来たら、次の面会を待たず、すぐに連絡をください」


渡された本を帰りの電車の中から読み始め、陸を寝かしつけてから五時間、一気に集中して読み終えた。特に美貴の関心を引いたのは、アメリカのある大学で、心理学を専攻する学生を被験者として行われた実験だった。

学生たちに、実際に体験した出来事二つと、実際には体験していない三つの出来事のうち一つをペアにして呈示した。そして、これらの出来事の記憶を思い出すよう試してもらう。実際にあった出来事については思い出すことはできるかもしれないが、最後の一つの出来事は実際には起きていないわけだから、思い出すことはできないはずだ。

ところが、その出来事が起きた場所や一緒にいた人、そこでの行動などいくつかのヒントを与え、しばらく時間をおいて二度目の聞き取りを行うと、実際には起きていない出来事を「思い出す」被験者が現れたのだ。三度目の聞き取りでは、四分の一の被験者が、起きていないはずの「思い出」を想起することができたという。

さらに、他人に実際にはなかった記憶を「思い出させる」ことができるかどうかの実験も行われた。この実験に参加した大学三年生が、自分の弟クリスに「クリスが五歳の時に家族みんなでショッピングモールに行って迷子になり、フランネルのシャツを着た背の高い年配の男の人と一緒にいるのが見つかった。クリスは泣いていて、その男の人の手をつかんでいた」という「実際にはなかったこと」を思い出させることに成功している。この「実際にはなかった出来事」が書かれたブックレットを渡されたクリスは、毎日思いついたことを余白に書くよう指示される。日記を書きながら、クリスは次第にこの時のことを「思い出して」いった。そして最後の面接で、クリスは「一緒に家族を探してくれた男性が着ていたシャツの材質や色、男性の頭のてっぺんが少し禿げていて灰色の毛がまるくなっていて、めがねをかけていたこと」まで、詳細に「思い出した」のだという。つまり、他者に「偽りの記憶」を植えつけることは可能だ、ということが実験で証明されたことになる。

もし瑠伽が、大河に偽りの記憶を植えつけたのだとしたら……動機は一体何だろう。大河を殺人者の孫としていじめの標的にするためか。いや、いじめはすでに始まっていた。インコの奇怪な高い声を思い出した。

「ターイーガクン、ヒトゴロシ」

インコがあんなことを言うように仕向けたのは瑠伽だ。そうやって、大河をじわじわと追い詰めていった。何のために……大河を苦しめるため、自殺に追いこむためか。

「まさか」

そこまで考えて、思わず首を振った。十歳の少年がそこまでする、一体どんな動機があるというのだ。このまま考えていても、堂々めぐりだ。とにかく、瑠伽にもう一度会いに行こう。

「りくもいく！」

突然、寝室から大きな声がした。あわてて見に行くと、陸が両手を上げてバンザイの格好をしたまま、寝息を立てていた。かけておいたタオルケットと羽布団を盛大に蹴飛ばして、上半身が敷き布団からはみ出ている。抱き上げて布団の上に戻してやると、小さな声がした。

「おまつり、いく……」

太平楽な寝言に思わず吹き出した。布団をかけ直して陸の頭をなでているうち、我知らず目頭が熱くなった。

子どもの幸せとは、一体何だろう。明日も、今日と変わらない平和な一日が来ると無条件に信じられること。当たり前に帰ることができる場所があって、当たり前に甘えられる誰かがそばにいること……。キッチンカウンターの上に置いた写真立てを見つめる。生後三か月の陸を抱いた亮輔と自分。二人とも、掛け値なしの笑顔だ。あの頃は、明日もあさってもつっても永遠にこんな日々が続くのだと、かけらも疑っていなかった。大河は、そんな穏やかさとは無縁の日々を生きてきたに違いない。武虎の死刑判決を報じた後で、一体どれだけのメディアが残された家族の人生に思いを馳せただろう。

ふと、七国峠の帰り道、欣二郎と交わした会話を思い出した。

「欣さんは昔、制作会社にいらしたんですよね。どうして『アングル』に？」

欣二郎は耳に挟んでいた煙草をくわえて百円ライターで火をつけると、目を閉じてゆっくりと煙を吐きだした。

「俺がいた制作会社は情報番組の下請けでな、とにかく目先の事件事故を追わされた。現場に行くと、パチカメの連中が大勢いて、パッパパッパ、フラッシュを焚く。あの閃光がどうもニガテでな。明るすぎるんだよ。ああ煌々《こうこう》と照らしちゃあ、大事なことが影ん中に隠れちまう。ドキュメンタリーってのは、閃光のあとを描くもんだ。俺はそっちの方が性に合う」

「閃光のあと……」

「暗がりの中に、大切なもんがあるんだと俺は思う」
「暗がりの中に、ですか」
「人がとっくに忘れちまったもんの中にな」

陸が寝返りを打って、横座りした美貴のすねに勢いよく足がぶつかった。苦笑いしながら陸の体を元に戻してタオルケットをかけ直すと、ふんわりと甘酸っぱい汗のにおいが立ち昇った。思い切り深呼吸すると、陸は何が嬉しいのか、うふっと笑った。しばらく様子を見たあと、寝室の電気を消して、そっとドアを閉めた。

＊

それから毎日、瑠伽のもとに通った。朝、家から学校まで約十分の道のりを一緒に歩く。何か特別なことを話すわけではなく、ただ横に並んで歩きながら瑠伽が心を開いてくれるのを辛抱強く待った。瑠伽はおよそ小学五年生とは思えないほど物の見方が冷めていて、あまり人に共感を抱かないように見えた。それが「共感覚」の持ち主だからなのか、それとも生まれもった性格によるものなのかはわからない。大河が可愛がっていたインコに、「ヒトゴロシ」などと言わせたのはなぜなのか。大河が飛び降りた瞬間、そこに居合わせたのは偶然なのか……瑠伽に聞きたいことは山ほどあったが、奥田に言われた通り、あせらずにその時を待った。大河の死をひもとくカギは、もはや瑠伽の中にしか残されていない。準備ができていない状態で質問を浴びせ、瑠伽の心が閉じてしまうようなことは避けたかった。

ある日、廃品回収のトラックが宣伝の歌を流しながらそばを通った時、瑠伽が突然両耳を押さえてしゃがみこんだ。

「どうしたの？」

唇を真一文字に結び、両目をかたく閉じている。耳をふさぐ手が小刻みに震えていた。トラックが遠ざかってしばらくすると、ようやく瑠伽はゆっくりと目を開けた。ひどく顔色が悪い。

「大丈夫？」

「僕……音楽が聞こえると、頭の中がいろんな色でいっぱいになるんだ」

「色？」

「ドは赤とか、レは黄色とか、音によって色は決まってる。だから、いろんな音楽がいっぺんに聞こえるような場所に行くと、目の前がぐちゃぐちゃになって、ものすごく頭が痛くなるんだ。音楽の授業も嫌い。みんなが音痴な歌を歌うと、汚い色でいっぱいになって吐きそうになるから。だから、音楽の授業には出ない」

自分に過剰な刺激を与えそうなものは、自ら避ける。瑠伽はそうやって自分自身を守ってきたのだろう。ならば大河は、瑠伽にとってどのような存在だったのだろう。何としても遠ざけたい、自らを混乱に陥れる存在だったのか。

瑠伽はひとたび心を開いたように見えても、次の瞬間には元の殻に閉じこもってしまう。一進一退の日々が続いた。


異変が起きたのは、通い始めてまもなく二週間になろうという月曜日の朝のことだった。瑠伽が青ざめた表情で家を出てきた。学校までの道すがら、一言もしゃべろうとしない。美貴が声をかけても、うつむいたまま一切口を開かなかった。学校に着くと、瑠伽は突然美貴の手を引いて屋上への外階段を駆け上がった。

「ちょっと、どうしたの。何かあったの?」

息を切らしながら聞く。屋上に続く扉の前まで来ると、瑠伽は美貴にしがみついてきた。そして小刻みに震えながら、怯《おび》えた声で言う。

「怒ってるんだよ、大河。すごく怒ってるんだ。毎晩毎晩、僕の寝てる部屋に来て怒るの。もう、やめさせてほしいんだよ。ねえ、何とかして!」

ゆっくり瑠伽の体を離し、両肩を支えて正面から目を見る。

「ちゃんと教えて。あの日何があったのか。大河君とキミは、どうして一緒に屋上に上がっていたの?」

「……声がしたんだ」

「声？」

「コロセ、コロセって……」

「どんな声？」

「最初はささやき声。ぼーっとしてたら聞こえてきたんだ。それからだんだん、かん高い声になって……いつのまにか、昼も夜も、何をしてる時でも聞こえるようになった。床の下から、壁の隙間から、窓の外から、天井から、校庭から……僕のまわり全部から声が聞こえるんだ。コロセ、コロセって……こわくてこわくて逃げようとするんだけど、追いかけてくるんだ。どこまで逃げても、耳をふさいでも、ずっと追いかけてくる。だけど、ふり返っても、誰もいないんだ……」

最後はすすり泣くような声だった。

「いつから聞こえるようになったの？」

瑠伽はしばらく黙って震えていたが、やがて顔を覆った手の間から絞り出すような声が聞こえた。

「……もう、ずっと前」

そしてそのまま、倒れかかるようにして美貴に体を預けた。美貴の胸にうずめた瑠伽の頭はまだ小さかった。かすかにシャンプーの甘い香りが漂ってくる。美貴はそのまま、瑠伽の髪をなで続けた。

*

「美貴さん、お久しぶりです」

スタッフルームで視聴率表を作っていると、背後から声をかけられた。

「米山君」

「聞きましたか、人事」

「人事?」

「高桐さん、二月から総務局だそうです」

「総務、って……渡辺部長のところ?」

「はい。渡辺部長、ご両親の介護が大変だからって、報道から総務に異動されたんですけど、今度新社屋の建設プロジェクトがもち上がったから、誰か一人くれって高桐さんの名前を挙げたみたいです」

渡辺が啓子を引き取ったのだろうか。あの一件以来、表立った処分はないが、啓子がデスクをはずされたと聞いた。

「……そっか。啓子ならきっと、どこでもバリバリやるよ」

「なんか、ほっとしたんです」

「え?」

「だって検察にタレこんだの、高桐さんでしょ。世の中、勧善懲悪《かんぜんちょうあく》であって欲しいじゃないですか」

返答に困っていると、晶が割り込んできた。

「あらぁ、そんなに簡単に白黒つかないのが、世の中ってもんよぉ」

「こういう『どっちつかず』ってのも、いるしな」

通りすがりに、晶を指しながら欣二郎が言う。

「ちょっと、せっかく若いイケメン見つけたのに、余計なこと言わないでよ!」

晶が靴音高く欣二郎を追いかけて行ってしまうと、スタッフルームに静けさが戻った。

「米山君、わざわざありがとね」

「いえ」

照れたようにうつむいた後で、顔を上げた。黒々とした太い眉がきりりと持ち上がる。

「美貴さんの第二弾、期待してます。必ず真犯人を見つけ出してください!」

勢いよく一礼して去っていった。

長年共に闘った同期が報道を去る……胸に小さな穴があいたような気がした。

*

通い始めて十七日目の朝。瑠伽が家を出てきた瞬間、息をのんだ。横に並んでいつもの通学路を歩きながら、できるだけさりげない調子で訊く。

「痛そうだね、どしたの」

「……なんでもない」

「パンダみたいだよ」

「ちょっとぶつけただけ」

右目の周りが赤黒く腫れ上がっている。誰かに殴られたのだろうか。

「でも、お医者さんに見せたほうがいいよ」

「うるさいな！　何でもないって言ってるでしょ。大河みたいなこと、言わないでよ！」

瑠伽が苛立った表情で美貴を睨《にら》みつけた。

「大河君も、そう言ったの？」

「あいつ、うるさいんだよ。お医者さんに行った方がいいとか、保健室で先生に見せてこいとか。ちょっとぶつけただけなのに、大ごとみたいに言うんだ」

「でもさ、本当に早く見せたほうがいいよ。あとが残っちゃう」

「うるさい、うるさい！　大河も、お姉さんも、みんな大っ嫌い！」

耳をふさいで道路のへりに座り込んだ瑠伽の隣にしゃがむ。そっと瑠伽の背中をなでてやった。抵抗するかと思ったが、おとなしくされるままになっている。どれくらい経っただろう。やがて聞こえるか聞こえないかの、かすかな声で言った。

「……くぶん」

「え?」

のぞき込んだが、瑠伽の長い前髪がじゃまして、表情は見えない。

「作文を書いたんだ」

「どんな作文?」

「『しょう来のゆめ』っていう題」

「それで?」

「大河の夢は警察官だった。おじいちゃんは人殺しなんかじゃないから、真犯人をつかまえて事件を解決したい、って書いてあった」

胸が詰まった。大河は信じていたのだ。母親の結子と同じように、武虎の無実を信じていた。だから、強くいられたのかもしれない。人殺しの孫、と罵《ののし》られて転校を繰り返しても、いつかは真実が明らかになり、武虎の潔白が証明されると信じていた。

「それは困るんだよ!」

瑠伽が突然顔を上げた。上気した顔が真っ赤に染まっている。努めて冷静な声を出した。

「どうして困るの?」

「たぶん……たぶんだけど、うちの父ちゃんが事件に関係してると思うから」

心臓が一つ、大きく跳ねた。

「……どうして、そう思うの?」

動揺を悟られないよう、声のトーンを抑える。

「大河が転校して来てすぐの頃、夜中にじいちゃんと父ちゃんが話しているのが聞こえたんだ。じいちゃんが『今度、今井武虎の孫が同じクラスにきたらしいぞ』って言ったら、父ちゃんは明らかにびびった声で、『そりゃまずいよ』って」

「それで？」

「それから、じいちゃんが僕に言ったんだ。大河は人殺しの孫だって。だから僕はこっそりみんなに教えてやった。『たーいーがくん、ヒトゴロシ』って歌みたいにして。でも、父ちゃんは、しょっちゅう聞いてくるんだ。大河君は何か言ってるか、とか。お前はどれくらいしゃべる仲なんだ、とか。それで、大河に近づいて友達になった。でも僕、見ちゃったんだ」

「何を？」

「新聞紙にくるまれた女の人のかばん。父ちゃんが押入れの奥から出してきて、じいちゃんに見せてた」

背中に冷たいものが伝った。

「……どんな、かばんだった？」

「持つところに茶色いシミがついてて、中に財布みたいなのが入ってた。じいちゃんが怖い声で、『どこかに捨てて来い』って。それから『どうしてお前のビョーキは治らないんだ』とか、『二度とするんじゃねぇぞ』みたいなことも言ってた。それで思ったんだ。もしかしたら、父ちゃんがヒトゴロシなんじゃないかって。そう思ったら、こわくてこわくて……絶対にそうじゃないって思おうとしたんだけど……」

「うまく、いかなかったのね」

声がうわずっているのがわかる。

「だから、あのかばん、大河が見たことにしようと思ったんだ。大河のじいちゃんが犯人なら、父ちゃんはヒトゴロシじゃなくなる。父ちゃんはビョーキなんだから悪くない。父ちゃんは、興奮すると時々わけわかんなくなるんだ。僕を殴るのもビョーキのせい。だから僕が守ってあげなきゃって思った」

瑠伽が大きな目に涙をいっぱい溜めて、美貴を見た。

「大河君にかばんのこと話したの?」

「うん。『前に、家で血がついたかばん見たって言ってたけど、どんなヤツ?』って、聞いたら、最初は『そんなの見てない』って言ってたけど、それでも毎日毎日同じこと訊いてたら、ある日、大河が自分から絵を描いたんだ。『僕が見たのはこんなやつだよ』って」

「それがこの絵ね」

スマホを操作し、以前撮ったクレヨン画の写真を見せる。瑠伽は小さくうなずいた。祈るように組み合わせた瑠伽の手が震えている。瑠伽の話が真実だとすれば、それはまさしくフォールスメモリーの刷り込みに違いなかった。アメリカの大学で行われた実験のように、初めはまったく覚えがなくても、何度も訊いているうちに「記憶」が確かなものになっていく……。みぞおちの辺りに、冷たい汗が一筋流れ落ちた。何の技術も持たない小学生でも、偽りの記憶を作り出すことができる……慄然《りつぜん》とした。

美貴はじっとりと汗をかいた手をハンカチで拭くと、奥田准教授の研究室の番号を呼び出した。とにかく今は、瑠伽の怯えと不安を取り除かなければならない。奥田はこれからすぐそちらへ向かうと言った。瑠伽は小さな背中を震わせて泣いていた。泣きながら、苦しそうに続けた。

「僕、ハーモニカを教えて欲しいって、大河を屋上に呼び出したんだ。大河、すごくうまいんだよ。上手に吹いてるの見てたら、なんかムカついてきて、大河に言っちゃったんだ。『お前のじいちゃんはヒトゴロシだから、お前の中にもヒトゴロシの血が流れてるんだ。お前さえいなくなれば、お前のお母さんも僕たちも、みんな安心なんだよ』って……そしたら大河、僕の目の前で屋上から飛び降りちゃったんだ。あっという間だった。僕の……僕のせいだ」

耐えきれなくなったように、瑠伽の喉から悲鳴のような嗚咽が漏れた。何も言わず、瑠伽の背中をさすり続けた。

「でも……でも飛び降りるとき、大河笑ってたんだ。すごく幸せそうだった……」

思わず手が止まる。写真の中で、一面の菜の花に囲まれて屈託なく笑っていた大河。その笑顔は、コンクリートに塗り込められた学校の屋上には、あまりにも似つかわしくないものに思えた。

第八章　慟哭

七月になったばかりだというのに、気の早い台風が沖縄に近づいている。今朝のニュースが、明日には九州に上陸する見込みだと伝えていた。七月としては過去最大規模の台風らしい。長崎に一泊して明日帰るつもりだったが、飛行機の予約を早めて今日中に東京に戻ったほうがいいかもしれない。

大河の父親、今井竜哉が暮らす施設は長崎県諫早《いさはや》市のはずれにあった。晶が知り合いの医師から聞き出したところによると、重症心身障害児の施設と精神療養病棟が同じ敷地の中にあるらしい。諫早市と言っても、諫早駅から更に車で三十分ほど行った山深い場所とのことだった。

長崎駅から湯江《ゆえ》行きの列車に乗りこむ。朝八時すぎ。時刻表を見ると、次は一時間後だ。二両だけの車内には、白いセーラー服にえんじ色のリボンを結んだ女子学生や、部活バッグを手にしたスポーツ刈りの男子学生、背広姿の男性など、通勤通学客が多い。四角い窓に縁取られた空には雲が重く垂れ込め、灰色に沈んでいた。

奥田准教授によれば、瑠伽は軽い統合失調症とのことだった。大河が学校の屋上から飛び降りた頃、瑠伽は初期の妄想が激しい段階で、絶えず幻聴が聞こえていたのではないかという。あの日、大河が飛び降りた後、錯乱した瑠伽は家に駆け戻った。自宅にいた祖父に大河のことを伝えると、入れ替わりに走り出て行ったという。「男の子が屋上から転落するのを見た。現場にはその子一人しかいなかった」そう証言したのは瑠伽の祖父だった。

美貴は瑠伽にまつわる話を、すべて冴木に伝えた。情報管理を徹底するためにメールは使わず、すべて冴木個人の携帯に連絡した。冴木は「必ず真犯人を挙げる」と約束してくれた。瑠伽の父親という限りなく黒に近い人物が浮上しているとはいえ、事件から二十年も経って証拠を集め直すのは難しいだろう。しかも、事件の裏には、警察組織の力があったのだ。科学警察という新時代を切り拓くため、DNA鑑定という新兵器を喧伝《けんでん》した。警察が間違いを認め、再捜査に力を入れるとは思えない。冴木個人に賭けるしかなかった。

今井武虎の汚名は、再審請求という別のかたちでそそぐしかないだろう。手続きが進めば、裁判所、検察、弁護側の三者協議が開かれることになる。その席で、これまで存在すら明らかになっていなかったその他の証拠についても、すべて開示するよう検察側に要求することができる。ここまで様々な疑義が浮かび上がってきた以上、裁判所としても、再審を認めるかどうかはさておき、すべての証拠を開示するよう検察側に命じるはずだ。

列車は短いトンネルを幾度も通り抜けた。暗い窓に映る自分の横顔を見つめながら、いま竜哉に会うことの意味をもう一度考える。竜哉は二年前、瑠伽と同じ統合失調症と診断されて施設に入っている。面会できるかどうかわからない。施設の入口で門前払いということもあり得る。それでも、竜哉に会わなければならないと思った。十五歳の時に父親が殺人罪で逮捕され、辛苦をくぐり抜けて来た竜哉。兄妹《きょうだい》同然に育った結子と結婚し、大河という男の子に恵まれ、ようやく幸せを手にしようとした途端、父親が刑死し、母親が事故で逝き、自らも病魔に斃《たお》れた。懸命に生きようとする竜哉をあざ笑うかのように、次々と不幸が襲いかかるのはなぜなのか。

結子の一つ上だから、ことし三十二か三になっているはずだ。果てしない悲劇の連鎖の果てに、竜哉はいま何を見ているのか……自分が竜哉に会う動機は、もはや純粋な取材者としてのものではないのかもしれないと思った。

湯江駅に着くと改札口に駅員の姿はなかった。待合室には古びて座面が割れた木のベンチと、錆が浮いた鏡。数年前の色あせた夏祭りのポスターが風にひるがえって、乾いた音を立てている。駅舎を出てもタクシーの姿はなかった。仕方なく、駅前で軒を寄せ合っている民家の方へ行ってみる。ちょうどほうきとちりとりを手に老婆が表に出てきた。タクシー会社の電話番号をたずねると、老婆は何も言わず、ほうきで道の奥を指した。三十メートルほど先に「三池タクシー」と書かれた看板が見える。礼を言って歩き出した。途中の駐車場に四台のタクシーが停まっているが、運転手の姿は見えない。駐車場の隣にある事務室とおぼしき扉を開けて、中に入った。ごま塩頭の男性がテレビを見ながら、つまらなそうに煙草をくゆらせている。

「すみません、『ハレルヤの家』まで行きたいのですが」

眼鏡をずらして、胡散臭そうにこちらを見る。

「今、昼休みでみんな出とっけんさあ、だぁいもおらんばい」

「何時頃お戻りになりますか」

「何時になっかわからん」

美貴が明らかに土地の者でないからか、つれなく言ってテレビに目を戻した。困惑して立ちつくしていると、ドアが勢いよく開いて爪楊枝《つまようじ》をくわえた男が入ってきた。

「ゲンさん、そがんいじめんでよかたい。おいが行ってやっけん」

「すみません」

美貴が頭を下げると、男は入り口脇の壁に取りつけられたフックから運転手の制帽をとって頭にのせ、美貴からボストンバッグを受け取った。駐車場まで行くと、一台のドアを開け、美貴に乗るよう促した。

「ハレルヤね」

「ええ、お願いします」

車が走り出してしばらくすると、運転手がバックミラー越しに聞いてきた。

「お客さん、この辺初めてね?」

「はい」

「ハレルヤには、みんな行きたがらんばってんなぁ」

「どうしてですか?」

「なんか知らん、ようわからん奇声とか、叫ぶ声の聞こえて気色悪かとさ」

事務所にいた男の不審げな目つきを思い出した。

「なんしに行くと?」

「ちょっと知人に会いに」

「あそこは、地元んもんには『子捨て山』って言わるっとぞ」

「子捨て山……どうしてですか」

「長崎の外海《そとめ》ん近くに『子捨て川』っていう所のあったいね。昔、大村藩《おおむら》が財政ば立て直そうと思うて、子どもは男一人しか作られんってお触れば出してな、そん時にあそこから子どもを投げ捨てとっとさなぁ。悲しか歴史のあるとやもんね。ハレルヤはさ、親に見捨てられた障害児が一生をそこで過ごす場所やもんなぁ。それで『子捨て山』。そのうち、気がおかしゅうなったもんも集まって、どんどん人の増えていったとやもんねぇ。そいで場所が足らんごとなって、山の下から上ん方に引っ越したとばい」

いたたまれない気持ちで窓の外に目を移す。広大な畑が続く平坦な道から、車が一台しか通れないような急峻な山道に入った。両側の木々の緑は東京のそれよりもずっと濃い。細く窓を開けると、むせるような樹木の香りで息苦しくなった。

山道を二十分ほど走ると、前方に小さな白い門が見えてきた。

「ほら、あそこさねぇ。そいけん、この辺で止めようか」

あまり近づきたくないのだろう。車は建物から二十メートルほど手前で停まった。『ハレルヤの家』と書かれた看板の横に、白い聖母子像が立っている。ほほえみながら幼な子を抱くマリア像は風雨にさらされ、ところどころ黒ずんで薄汚れていた。


玄関で呼び鈴を押したが、誰も出てこない。近づくと自動扉が開いたので、靴箱にあった来客用とおぼしきスリッパに履き替えて中に入った。ガラス窓に受付と書かれているが、カーテンが閉じていて、中はまったく見えない。軽く叩くと、まもなくカーテンの隙間からシスターが顔をのぞかせた。ベールからほんの少しのぞく髪は真っ白だが、肌につややかな光沢と張りがある。

「突然、すみません。今井竜哉さんにお目にかかりたいのですが」

「失礼ですけれど、どういったご用件でしょうか」

シスターが、警戒心を隠そうともしない硬い表情で聞いた。

「今井さんの知り合いの者です。長崎に用事があったものですから、足をのばして寄らせて頂きました」

説明は道中考えてきた。

「まあ、どちらから?」

「東京からです。竜哉さんの喫茶店『とまり木』によく行っていたものですから」

シスターの頬が緩んだ。

「まあ、それはそれは、遠いところば、よう来てくれたとですねぇ」

「竜哉さんは……」

「今お昼休みですから、呼んできましょう」

「ありがとうございます」

「こちらの部屋で少しお待ちくださいね」

シスターが「応接室」と書かれた部屋の鍵を開けて、中に入れてくれた。木製の小さな机とベージュの布張りの椅子が二脚置かれているだけで、あとは何もない。唯一の装飾は壁に掛けられた風景画だけだ。どこか外国の景色を描いたものだろうか。金色の小麦畑の向こうに、十字架を戴《いただ》いた赤い三角屋根の教会のような建物が見える。

入り口に近い方の椅子に腰掛けて、竜哉を待った。竜哉はどのような容貌をしているのだろう。結子の部屋に竜哉の写真は見当たらなかった。大河に似ているとしたら、竜哉も線が細い繊細なタイプなのかもしれない。

控えめなノックの音がして、ドアが開いた。立ち上がって振り返ると、日に焼けた背の高い青年が立っていた。黒々とした太い眉に、目鼻立ちのしっかりとした顔。ホームベース型の顔の先端にわずかなあごひげを生やしている。白いポロシャツにジャージ素材の紺色のズボン。サイドに白い線が入っている。さしずめ体育教師といったところか。統合失調症という重い心の病を抱えているようには見えなかった。

「今井竜哉です」

「初めまして。榊美貴といいます。東京の毎朝放送で記者をしています。結子さんと個人的に親しくさせて頂いていて、去年、お父様の武虎さんについての番組を作らせて頂きました」

「テレビ、見ました。あの、結子はここのこと……」

「自分で調べました。結子さんには、何もお話ししていません」

「そうですか……」

うなずいた表情は、安堵にも落胆にも見えた。やがて、応接室の扉を開けた。

「良かったら、庭に出て話しませんか？　その方が気持ちいいし」

竜哉は話し方も身のこなしも、至って健康的だ。もっと重篤《じゅうとく》な状態を予想していたので、拍子抜けした。この様子なら、大河の死についても知らされているかもしれない。

庭に出ると、木製のベンチが二つ並んで置かれていた。竜哉がすすめてくれた奥のベンチに腰を下ろす。花壇の紫陽花が色とりどりに染まっていた。ふと、町田市立病院の救急搬入口に咲いていた紫陽花を思い出した。あれからもう一年が過ぎたのだ。もっと長い時間が経ったような気もする。

「こちらはもう、長いんですか?」

「二年前からです。最初は患者として入ったんです。でも、診察を受けるうち、主治医に『君は病気じゃない』って言われて……『ここを出ても行くところがない』と訴えたら、住み込みで働かせてくれたんです」

「病気ではなかったということですか?」

竜哉は視線を落とし、白いスニーカーのマジックテープをもう片方の足でいじっている。

「……東京の医者は簡単にだませたんですけどね」

「だませた?」

「幻覚が見えるとか、声が聞こえるとかメチャクチャなこと言ったら、すぐに統合失調症って診断されて、大量の薬をもらえました。もらった薬を処方通り飲んでみたら、もうだるくてだるくて、しゃべろうとしても呂律《ろれつ》が回らないんですよ。歩こうとすると、よろけて倒れたりして。すぐに本物の病人らしくなれました」

薄く笑った。まるで自分自身をあざ笑うかのような虚ろな笑いだった。結子が生家について話した時の目に似ていた。何物をも映さない目……この人も、自分のために生きたことがない人なのかもしれない。

「なぜ病気のふりを?」

竜哉は一瞬だけ迷うようなそぶりを見せたが、やがて思い切ったように口を開いた。

「離婚するためです。大河を守ってやりたかった」

「大河君を？」

「今となっては、そんなことは無意味だったってわかります。でも、あの時は必死だった。僕がいなくなって、結子と離婚して名字を変えれば大河はいじめられなくなる。『ヒトゴロシ』って後ろ指をさされることもなくなる……そう思ったんです。でも結果的には、すべて無駄だった」

「大河君のことは？」

「知っています。新聞で読みました」

「葬儀には……」

竜哉はしばらく黙ってうつむいていたが、やがて顔を上げると、美貴を射貫くような目で見た。

「行けませんよ！　どのツラ下げて行けっていうんですか。離婚は大河のため、なんて真っ赤なウソだ。『今井』って名字は、大河のためにも捨てたほうがいい、そんな風に結子を説得したけれど、本当は違う。僕は逃げたんだ。二人の前から、病気のふりして姿を消した……そんなやつがおめおめと顔を出せるはずがない。結子はもう、僕の顔なんか見たくもないはずです」

「逃げた……何から逃げたんですか」

竜哉は両手で頭を抱え込み、長い身体を二つに折り曲げると、隙間から無理やり声を押し出した。

「……不幸。逃げても逃げても追ってくる、不幸の連鎖から」

竜哉は頭を抱えたまま、痛みに耐えるかのように前後に体を揺すっていた。

竜哉は結子が言ったように「もろい人間」なのかもしれない。だから逃げた。逃げることでしか結子と大河を守れないと信じたのだろう。けれど、結子は待っていた。竜哉の帰りを信じて待ち続けた。そしてきっと、今も……。

美貴はリュックからクリアファイルを取り出し、竜哉に差し出した。

「これ、大河君が書いた作文です。『二分の一成人式』ってご存じですか。ハタチの半分、十歳になったお祝いなんだそうです」

竜哉はクリアファイルを受け取ると、中から二つ折りにした一枚の原稿用紙を取り出した。ゆっくりとした動作で開く。すぐ近くで、くぐもった鳥の声がした。山鳩《やまばと》だろうか。ベンチに身を預け、目を閉じて鳴き声に耳を澄ませた。

『しょう来のゆめ　　　　清水大河

ぼくのゆめは、けい察官になることです。けい察官になって、どろぼうをつかまえたり、悪いことをした人を見つけたいと思います。休みの日は、学校の校庭で子どもたちとドッジボールをして遊んだり、公園で絵をかいたりしたいです。でも、本当のゆめは、おじいちゃんの事件をかい決することです。おじいちゃんは人ごろしではありません。ぼくがけいさつ官になって、証明してみせます。そして、お父さんを探しに行って、もう一度お母さんといっしょにきっ茶店をやってほしいです。休みの日は、ぼくも手伝おうと思います。

おわり』

目を開けると、作文を手にした竜哉の手が震えていた。その目から大粒の涙がしたたり落ちる。体を丸めて膝を抱えると、体を前後に揺らしながら声を上げて泣き始めた。まるで遊園地で迷子になった子どものような、無防備で混じりけのない泣き方だった。竜哉の声が空気を震わせ、涙が地面を濡らした。折からの風に庭の草花が一斉にざわめいて、竜哉と共に悲しんでいるように見えた。小さな庭が竜哉の悲しみで満たされていくのを、美貴はただなすすべもなく、じっと見つめていた。

どれくらいの時間が経ったのか。眩しさに見上げると、太陽が空のてっぺんで雲間から顔を半分覗かせている。目の前の病棟に続くガラス扉が開いて、女性がひとり、車いすをこぎながら庭に出てきた。空を指さして何事か、甲高い声を上げる。まるで少女のような声だが、皮膚に刻まれた無数の皺を見ると、五十代後半、もしかしたら六十代かもしれない。

「あっこちゃん、こんにちは」

気づいた竜哉が車いすの女性に挨拶すると、あっこちゃんと呼ばれた女性は甘えたような声を出して、まるで抱っこをせがむかのように両手を竜哉の方に伸ばした。

「今日も盛大に伸びてるでしょ」

言いながら、竜哉が車椅子のそばでしゃがみこむと、女性は嬉しそうに両手で竜哉のあごひげをなで回している。竜哉はにこにこと笑いながら、しばらく女性の思うままにさせていた。まだ少し目が赤いけれど、健康的な顔色に戻っていた。

「彼女はね、僕のひげを触るのが大好きなんですよ。父親が病気になって面倒をみられなくなってから、もう二十年近くここにいますが、女性はいつまでたっても、女性なんですよね。男性も同じです。男の患者さんは、いくつになっても若い女性の看護師さんやヘルパーさんが大好きですから」

そう言って笑った。健康的な笑顔だった。ガラス扉が開いて、若い女性が顔をのぞかせた。

「お話し中すみません。今井さん、そろそろミーティングが始まります」

「あ、すぐに行きます」

女性に軽く手を上げてから、美貴のほうに振り返った。

「今日は台風が近づいているので、通所の患者さんも一晩こちらでお預かりするんです。ここは災害時の避難場所にもなってるので」

「すみません、長居してしまって……あの、最後に一つだけ」

何でしょう、というように竜哉が目顔で聞いた。

「お父さんの無実を、今も信じていらっしゃいますか」

竜哉は正面から美貴の顔をじっと見て、言った。

「もちろん」

静かな、それでいて決然とした口調だった。

「もう一つだけ……竜哉さんがここにいらっしゃることを、結子さんにお伝えしてもいいでしょうか」

「一つだけって言いましたよね」

笑いながら言うと、長い腕でガラス扉を大きく開け放った。

第九章　懺悔

竜哉のもとを訪ねてから八か月。空港を出たところで、小さめのレンタカーを借りた。亮輔の死から三年が過ぎて、ようやく車を運転できるようになった。造船所のドックや女神大橋を眺めながら、長崎港の海岸沿いを走る。早春の太陽が波頭に反射して眩しかった。結子との待ち合わせまで、まだ二時間近くある。

「陸、ドライブしよっか」

悩んだ末、竜哉の居場所を書いた手紙を結子のアパートの郵便受けに入れたのは、去年の七月。長崎から帰った翌日のことだった。患者としてでなく、職員として元気に働いていることも書いた。竜哉が、大河の死について知っていることは伏せた。どこまで話すかは、本人にゆだねた方がいい。

火事の一件から、結子には会えていない。今はアパートも引き払われ、とまり木も閉店したままだ。手紙は受け取ったのか、今どこにいるのか……落ち着いたら連絡を寄越すだろうと待ち続けて、先週ついに結子からハガキが届いた。長かった冬も終わりに近づき、東京では気の早い桜の開花予想も聞かれるようになった。

先月、奥田准教授から連絡があった。あれからずっと瑠伽を診《み》てくれている精神科医の話では、当初頻繁《ひんぱん》に起きていた幻聴や、突発的に暴れ出すといったこともなくなり、順調に回復しているという。虐待が疑われるということで児童相談所に通報したが、自宅で門前払いが繰り返され、進展はない。精神科に付き添ってくる母親も、虐待はないと言い張っているという。瑠伽の父親が相原事件に関係しているのだとしたら、今後も瑠伽には精神面のケアが必要になるだろう。様々な困難に直面しても折れない心を育てておかなければならない。折れない心のことを、精神医学では「レジリエンス」というらしい。バネのようにしなる心。一度たわんでも、折れずにはね返す力。自然な笑顔を取り戻した瑠伽の顔を思い浮かべてみる……悪くない。親として子どもに残してやれるのは、簡単に損なわれてしまう財産や地位ではなく、「折れない力」のような目に見えないものなのではないか……。

そんなことを漫然と考えていたら、突然、後部座席から陸の大きな声がした。

「ママ、あそこ！」

「何？」

「ほら、ママ、ばってんよ！」

「バッテン?」

陸の指さす方を見ると、緑が生い茂る小高い丘の上に白い十字架が立っているのが見えた。教会だろうか。晴れ渡った空と海、白壁とのコントラストが、エーゲ海あたりの島を思わせる。

「あのばってん行こう!」

まもなく四歳になる陸は、最近とみに自我が強くなった。こうと決めたら、てこでも動かない。苦笑いしながらハンドルを切る。

カーナビの地図には「神ノ島《かみのしま》教会」とある。結子と待ち合わせた店から、一キロと離れていない。長崎港の玄関口にある小さな港町。近づくと、明るい春の光に照らされた真っ白な教会が現れた。

車を停めると、陸はさっそく飛び降りて、教会へ続く階段を跳ねるようにのぼっていく。息を切らしながら後をついていくと、途中に石づくりの碑があった。

「その昔、埋め立て工事で陸続きになるまでは小さな離島だった神ノ島。江戸時代、禁教令によってキリスト教は迫害・弾圧を受け続けたが、その厳しい弾圧にも負けず、密かにキリスト教を信仰した『隠れキリシタン』たちが潜伏していた。

幕末、鎖国が終わると、弾圧により途絶えたと思われていた隠れキリシタンたちが名乗りをあげ、各地で信徒が発見された。神ノ島でも西忠吉・政吉兄弟が信仰の復活を願って命懸けで船を漕ぎ、神父を連れて布教活動を行なったという。

その後、禁教令が解かれ、一八九七年デュラン神父により現在の〈神ノ島教会〉が作られ、現在も五百人程の信徒が日々祈りを捧げる」

緑青《ろくしょう》の浮いた取っ手を引くと、礼拝堂内部のひんやりとした空気が身体を包みこんだ。埃っぽく、かすかに黴くさいような懐かしい匂いが鼻腔に流れ込む。

「おばあちゃんちみたい」

陸が手の甲で鼻をこする。実家にそのまま残されている、大学教授だった父の書斎。大量の本が書棚から溢れ出し、床にいくつもの山を作っている。父の顔は写真でしか思い出せないのに、なぜかあの書斎の匂いだけは鮮明に覚えている。懐かしいような、胸が締めつけられるような、紙とインクと黴の匂い。

礼拝堂の長椅子に座ってみる。硬い木の椅子なのに、身体を包み込むような感触だ。窓から射し込む光が床に複雑な幾何《きか》学《がく》模様を描いている。窓にはめ込まれたステンドグラスの様々な色が混じり合い、溶け合って見事な芸術作品を作りあげている。ステンドグラスの職人は、時間によって移ろう光の角度まですべて計算した上でデザインすると聞いたことがある。あちこちに気泡の入った素朴な色ガラスを通した光は、どこか懐かしい色合いを帯びていた。

礼拝堂の中を歩き回っていた陸が戻ってきて、美貴の隣によじ登った。横になって身体をくの字に折り曲げ、美貴の膝に頭をのせる。一点をじっと見つめている陸のやわらかな髪をゆっくりなでてやる。しんと静まりかえった礼拝堂に二人だけで座っていると、不思議な昂揚感に包まれた。泣きたくなるような、笑い出したくなるようなさざ波が、繰り返し寄せては返す。

隣の小さな丸テーブルにいくつかパンフレットが置かれていたので、手に取ってみる。そのうちの一つに目が吸い寄せられた。薄いピンク色の表紙にミケランジェロの「ピエタ」の写真。磔刑《たっけい》に処された後、十字架から降ろされたイエス・キリストと、その亡骸《なきがら》を抱く聖母マリアを題材にした彫刻だ。ミケランジェロは六歳のときに母親を亡くし、里子に出されている。息子の亡骸を腕に抱いて悲しみにくれる、まだ若く美しいマリア。その姿に、母親への限りない思慕が溢れている。その横顔は、結子にも、冴木の母ゆきにも重なった。

腕を伸ばしてパンフレットを手に取る。白抜きの文字で「結いの会」と書かれていた。

「結いの会～たいせつな人を自死でなくされた方の集い
一人で重荷を背負っていませんか。
ともに集い、重荷をおろしましょう。
この会は、たいせつな人を自死でなくされた方のための集いです。
毎月第一水曜日　十八時半から二十時半。

神ノ島教会にて」
最後に聖書の言葉が書かれていた。
「疲れた者、重荷を負う者は、誰でも私のところに来なさい。休ませてあげよう
マタイ　十一―二十八」

パンフレットを裏返して、息を呑んだ。連絡先に竜哉と結子、二人の名前があった。二人の名字は「今井」。大河の死と、それを引き起こしたすべてのものを、今二人は受け入れようとしているのだろう。何よりも二人が連名で並んでいることが嬉しかった。二人ならきっと、乗り越えられる。きっと、やり直せる――

強い光に思わず目を細めた。ステンドグラスを通して射し込む色とりどりの光が礼拝堂を満たしていく。窓外には、岬に向かって立つ真っ白なマリア像。その少し先の沖合に高《たか》鉾島《ぼこじま》が見えた。パンフレットの一つに「一六一七年に一般の領民が切支丹《きりしたん》として初めて処刑された殉教の地」とあった。何の罪もない人々が、ただ己の信仰ゆえに命を落とした場所。竜哉と結子がなぜここを選んだのか、わかるような気がした。

冴木に会いたい。

その時、身体の底から突き上げるような激しい衝動が襲った。会って、竜哉と結子のことを話したい。「結いの会」のことを伝えたい。次から次に泡のように湧き上がる思いに、目を閉じてじっと耐えた。

美貴は陸を抱き寄せると、小さな両手を包み込み、共に祈った。

大河のために、結子と竜哉のために、武虎夫妻のために。そしてこの地で静かに信仰を守り続けてきた、すべての人々のために――

*

久しぶりに見る結子は、見違えるほど逞《たくま》しくなっていた。黒く戻した髪は肩の上で切りそろえられ、テーブルに載せた腕も小麦色に焼けて健康そうに見える。酒におぼれ、コンビニエンスストアの床に倒れていた初めての出会いからは、まるで別人のようだ。どんぶりに山盛りのちゃんぽんと、一皿に八個ずつの大振りな餃子をすべて平らげた。陸が競うようにして、ちゃんぽんのどんぶりに顔を埋《うず》める。

「陸くん、いっぱい食べてえらいね」

結子に頭をなでられると、陸は煮玉子を丸ごと口に押し込み、目を白黒させた。昔は心配になるほど食の細い子だった。いつのまにこんなに大きくなったのだろう。

「最近、ものすごい食欲なのよ」

「子どもはいっぱい食べる方がいいよ。うちの保育園なんか、残す子が多くて困っちゃう」

結子は先ほど訪れた神ノ島教会付属の保育園で、保育補助の仕事をしているという。

「保育士、お母さんの夢だったの。ちゃんと資格を取りたいと思ってるんだ」

目を輝かせた。「お母さん」は、育ての母、直美のことだろう。以前、「お父さんと同じで、本当に子どもが好きな人だった」と話していた。竜哉は今も『ハレルヤの家』で働き続けている。諫早までの長距離通勤が大変なので、平日はハレルヤに寝泊まりし、週末だけ長崎市内に戻って結子と過ごしているのだという。

「それでも東京よりは近いからね。浮気の心配もないし」

結子がいたずらっぽく笑う。

「バカ。必死で金貯めてるとこなのに、んなアホなことするかよ」

スープまできれいに飲み干したどんぶりを置いて、竜哉が怒ったように言った。

「お金貯めてるの？」

「大学に行きたいんです。俺、父さんのゴタゴタなんかもあって高卒だから。大学で心理学勉強して、臨床心理士になりたいと思ってます」

「臨床心理士？」

「はい。ハレルヤの家で、一人ぼっちで亡くなっていく人をたくさん見てきました。最期の瞬間、少しでも幸せな人生だったと思ってほしいんです。だから勉強して、死ぬまでの間に心を整えるお手伝いができたらいいなって……」

照れくさそうに話す竜哉と、その横顔を誇らしそうに見つめる結子に、この二人なら大丈夫だと確信した。

「あちゃー」

結子が声を上げたので横を見ると、陸がちゃんぽんのスープに手を突っ込んでいる。ナルトを引っ張り出して嬉しそうに口に入れた陸の手をおしぼりで拭うと、店の外にある手洗い場できれいにしてくるように言った。

陸が店を走り出ていくと、二人に向き直った。捜査の進捗《しんちょく》状況を伝えなければならない。いま水面下で進められている捜査については、警務部長として秋田県警に移った冴木が折に触れて連絡をくれる。瑠伽の父親には、八歳の少女に対する強制わいせつで逮捕歴があることがわかったという。相原事件で被害に遭った女の子は小学校一年生だ。乱暴しようとした時に少女の母親が駆けつけたため、二人とも車で拉致し、殺害した……ありそうなシナリオではある。事件発生から二十年あまり。どこまでの再捜査が行われるものか冴木は明言しなかったが、「全力を尽くす。真犯人を挙げるまで、警察を辞めることはしない」と言った。

二人は神妙な顔つきでじっと聞いていたが、しばらく沈黙したあと、結子が重い口を開いた。

「結局さ、『証拠のねつ造』みたいなことはしてないんだよね」

主語はなかったが、冴木を指していることは明らかだった。

「そうね。ＤＮＡ鑑定について言えば、当時の技術では一致していたし、バンドを勝手に切り取ったのは科捜研だし、車を目撃した伊東氏も、武虎さんのアリバイをつぶした坂下夫妻も、自分や家族を守ろうとして、自らうそをついた。車のシートから出た血痕は、実際に被害者の血液型と一致していたわけだし……冴木署長が何か直接手を下して、事実をねじ曲げたわけではない。敢えていうなら、署長が望んだシナリオに沿って、北野係長が勝手に動いた。その結果、すべてが一つの方向に誘導されていった、っていうことかな」

「……あたし、バカだった……美貴さんの手帳に書いてあった住所見て、じっとしていられなくなって……あの人の家に火を付けた時、二階の窓から見てるあの人と目が合ったんだ。何も言わず、私がすることをじっと見てた。あたし、怖くなってその場から逃げたの。無我夢中で走って振り返ったら、黒い煙が上がってて……ああ、どうしようって……」

　冴木の自宅から立ち昇っていたどす黒い煙を思う。それは、結子が抱き続けたやり場のない怒りと悲しみの象徴だったのかもしれない。

「それから自首しようと思って、何度も何度も警察に行った。あの人、死んじゃったのかなって怖くなって、町田南署に行ったの。そしたら、あの人が横断歩道の向こうに立ってて、あたしをじっと見て、厳しい顔で首を振った。こっちに来るな、って意味なんだって思って、また逃げた……あたし、ホントにホントに、どうしようもないバカだ……」

結子の目から大粒の涙があふれた。美貴が声をかけるより先に、竜哉がそっと結子の背中に手を当てた。結子はやがて意を決したように涙に濡れた顔を上げ、真剣な眼差しを美貴に向けた。

「美貴さん、今日はさ、渡したいものがあって来てもらったんだ。郵便で送るのもあれだな、と思って。実は渡そうかどうしようか、今の今まで迷ってた。でも、気持ち決まったよ。ね?」

同意を求めると、竜哉が決然とした表情でうなずく。結子がキャンバス地のトートバッグから、何かを取り出した。革張りの本……忘れもしない武虎の聖書だ。結子の居場所が判明した後、鑑定を担当した増富教授から直接送ってもらった。

「この中に、例の手紙が入ってたんだよ」

「まさか……」

思わず声が出た。

「美貴さんが事件の真相を話してくれた時、言ってたでしょ。冴木が母親のゆきさんの手紙をお父さんに差し入れたって。それと、お父さんが教誨師の佐野先生宛てに書いた遺書もあった」

「一体どこに?」

「聖書の革と紙のカバーの間に貼りつけてあった。書道に使うみたいな、すっごく薄い紙。あれじゃや気づかないよ」

「あの時二人で見たのに、そんなところにあったなんて……」

「結子が思い出したんです。父さんが最後の面会の時に『刑が執行されて、万が一お前たちのもとに遺品が届くようなことがあったら、聖書を持って教誨師の先生のところに行ってほしい』って言ってたこと。だから、聖書に何かあるんじゃないかって」

「なぜ、『遺書を届けてほしい』って、はっきり言わなかったんだろう」

美貴が首をかしげると、結子が聖書の革表紙をなでながらつぶやいた。

「私たちに見られたくなかったんじゃないかな……遺書を先生に読んでもらうことが一番の救いになる、って信じてたんだと思う」

結子が、手にしていた聖書を美貴の方に差し出した。

「そういうわけでこれ、美貴さんに預けるよ」

「こんな大切なもの……」

「知らせないといけないんじゃないかと思うんだ」

「誰に？」

結子が口ごもる。竜哉があとを引き取った。

「読んでもらえれば、わかります」

「……ありがとう」

両手で押し頂くようにして聖書を受け取る。

「結子さん、あれからどこにいたの？」

「……あの日、町田南署を離れて少しして振り返ったら、あの人、こっちに向かってお辞儀してたの。ずっとずっと顔を上げないまま、深々と頭を下げてて……その時になぜか思ったんだ。竜哉に会いに行こう、会いに行かなきゃって……」

結子はそうつぶやくと、そっと竜哉の膝の辺りを見た。

「でも、全然見つからなくて……あきらめかけた時に、アパートで美貴さんの手紙を見つけたの。まさか、竜哉が長崎にいるとは思わなかった」

「『とまり木』はどうするの」

「いつか……いつか大河が書いてたみたいに、もう一度一緒にやりたいと思ってるんだ」

言いながら結子がそっと竜哉を見ると、二人が視線を合わせ、同時に頬をゆるめた。長い冬のあと、春を待ち続けた球根からつぼみがこわごわ顔を出すような、そんな控えめな笑顔だった。

夜、ホテルで簡単な夕食を済ませると、陸は電池が切れたように眠ってしまったので、部屋の小さなデスクで冴木ゆきが書いた手紙を開いた。封筒に細い文字で書かれた宛て名は少し右斜め上に傾いていて、冴木の筆跡とどこか似ている気がした。

「今井武虎さま

あなたにお話しすべきかどうか考え続けて、結局答えが出ないまま、手紙を書いてみることにしました。投函《とうかん》するかどうかは、書き終えてから考えるつもりです。

息子、壮一郎は三歳になりました。壮一郎は、武虎さんあなたの子です。あなたにはこれまでずっと、知らせないままでした。そして、夫の冴木紘一郎《こういちろう》もこのことを知りません。紘一郎さんと武虎さん以外に、私は男性を知りません。時期を考えると、壮一郎は間違いなくあなたの子です。

この子は、一日一日あなたに似てきます。紘一郎さんには、まったく似ていないのです。私にさえ、あまり似てくれません。伏し目がちな細い目や長いまつげ、細長い手指……どこをとってもあなたにそっくりです。ふとした時のしぐさにあなたを感じて、私はどきりとします。そして胸がしめつけられます。この子があなたとの秘密を物語っているようで……。

来年の春、壮一郎は幼稚園に入ります。他のお母さんから、入園前に血液検査があると聞きました。この子の血液型を、私はまだ知りません。紘一郎さんはO型で、私はA型。あなたはB型です。もしこの子がB型やAB型だったら……そう考えると、こわくて夜も眠れません。毎日おびえています。あなたに相談しようと、何度か電話をとりました。でも、あなたにそれを告げたところで、いったい何になるでしょう。もう今となっては、私が歩み出してしまった恐ろしい道を引き返すことはできないのに……。この手紙も、出すべきかどうか、まだ迷っています。

毎日こわくて、こわくて、苦しくて……自分がついた恐ろしいうそに、もうこれ以上耐えられそうにありません。血液型がわかる前に、紘一郎さんには真実を話そうかとも思いますが、壮一郎が自分の子でないと知ったら、あの子がどんな仕打ちを受けるかと思うと、それもこわくてできないのです。私のような、何のとりえもない女を嫁として受け入れてくれた紘一郎さんと冴木の両親に、私はとてつもない裏切りをしてしまいました。冴木の両親は結婚後、貯えのなかった私の母を援助して、介護施設に入れてくれました。そればかりか、父のお墓も建てて下さいました。紘一郎さんもご両親も、私を決してゆるしては下さらないでしょう。私のしたことが招く結果を想像すると、夜も眠ることができません。

だれにも言えぬまま、ひとりでこんな恐ろしい秘密を隠し続けている私のこころは、今にもこわれてしまいそうです。罪の意識に押しつぶされそうで、だれかに言ってしまいたい、だれかにこころからあやまって、ゆるしてほしい……そんな私の考えは、あまりにも身勝手でしょうか。

武虎さん、あなたに会いたい。会って、すべてを聞いてほしいのです」

手紙はそこで唐突に終わっていた。最後の文章に句点も打たれないまま、差出人の名前も書かれないまま、便箋《びんせん》の終わりまで、ただ茫漠《ぼうばく》とした余白が続いている。そこに、ゆきの言い知れぬ思いを感じた。

もしこれが事実なら、冴木の生物学上の父親は今井武虎ということになる。結子の夫、竜哉は、同じ武虎を父に持つ異母兄弟ということになる。将来の夢を「けい察官」と書いていた大河。成長して警察に入り、祖父の冤罪を晴らす……その時には、自らの伯父である冴木との対決になっていたはずだ。因果の底知れぬ深い沼を覗いているような気がした。冴木が大学時代に見つけた父親の日記からすれば、冴木の育ての父、紘一郎は、最後まで冴木の出生の秘密を知ることはなかったのだろう。

だが、なぜ冴木はゆきの書いた手紙を読まなかったのか。もし読んでいたとしたら、武虎が冤罪に苦しめられることはなかったかもしれない。一体、なぜ……次々に疑問が浮かび上がる一方で、そのどれにも納得する答えを見つけることはできなかった。

陸が寝返りを打って、ベッドからずり落ちそうになっている。体を真ん中に戻して布団をかけてやる。ずいぶん重くなった。ベッドサイドのパネルで室内の照明を落とし、そのまま陸の隣にもぐりこんだ。目を閉じると、静かな部屋に陸の規則正しい寝息がリズムを刻んだ。

すべてを知った上で、結子と竜哉はこの手紙を託したのだ。自分にできることは、冴木に会って真実を知らせることだけ……だが、この手紙がもたらす衝撃の大きさは計り知れなかった。陸がむにゃむにゃ何ごとか言いながら抱きついてきた。長い睫毛、平べったい鼻、半開きの口、汗ばんだおでこに前髪が貼りついている。幼い冴木の寝顔を見つめながら、ゆきは何を思ったのだろう。

さえざえとした頭に、眠りはなかなか訪れてくれなかった。

＊

「ちょっと、陸が起きちゃうじゃない」

いつも数センチ開けたままにしてある寝室のドアを指さすと、春子が外国人のように肩をすくめた。

「冴木さん、秋田県警の警務部長になったの。将来を嘱望《しょくぼう》されてる人だから、リハビリを兼ねて秋田で骨休めして来い、ってことなんじゃないかな。色々お世話になったし、ちょっと事件のことで聞きたいこともあるし。週末しか空いてないみたいだから」

春子には相原事件の真相は話していない。あの手紙を渡すことを考えると、陸を連れて行く気にはなれなかった。

「日帰りなんでしょ。いいわよ、行ってきて。あ、そうそう。私、アレがいいわ。え〜と……」

「何？」

「え、秋田？」

春子が長崎土産のカステラを切りながら、頓狂な声を上げた。

「ほら、固いお漬け物よ。前にクリームチーズと一緒に食べて、おいしかったじゃない」

「ああ、いぶりがっこね。わかった。夕食にカレー作っておくから、陸と食べてて」

春子の好きな、香りの良いほうじ茶を淹れる。大小の湯呑み。大きな方は亮輔が使っていたものだ。ごつごつとした地厚な湯呑みが亮輔の大きな手にすっぽりと収まっているのを見るのが好きだった。

「秋田か、懐かしいわね。お父さんと新婚旅行で東北をめぐったの。盛岡で石割桜《いしわりざくら》を見て、わんこそばを食べて、秋田で角館《かくのだて》の武家屋敷を見て、きりたんぽ鍋を食べて……そうそう、せっかく行くなら、あそこに行くといいわ。角館からちょっと行ったところに、渓谷があるのよ。なんていったかしら。森の奥に滝があるんだけど、それはそれは素晴らしかったわ。どうせだったら寄ってらっしゃいよ」

「時間があったらね」

「人生で一度は見ておきたい景色ってのがあるけど、あそこは間違いなくその一つよ。お父さんと写真を撮ったんだけど、どこにやったかしら。今度見せてあげるわ。あの頃はお父さんも男前だったのよ」

「お母さん、昔から面食いだもんね」

「そうよ、だからあんたがトクしてるんじゃない。そうそう、それで言えば冴木さん、ちょっといいオトコよね。陸のお見舞いに来て下さった時、廊下の向こうから歩いてくる姿が颯爽《さっそう》として、お父さんが生き返ったかと思ったわ」

ほうじ茶をすすりながら、春子がいたずらっぽく笑う。自分でもおかしなほど動揺してしまい、咄嗟に言葉が出てこなかった。わざとらしく首をかしげて見せたが、見透かされたような気がして、台所に逃げた。手ぶらで戻るわけにもいかず、棚にしまっておいた鮮やかなオレンジ色のボトルを抱えて出た。

「これ、こないだ結子さんに頂いたの。『伊木力』っていう長崎特産のみかんを使ったフルーツワインなんだって。ちょっと飲んでみる？」

「いただくわ」

グラスに注ぐと、辺りに爽やかな柑橘の香りが立ちのぼった。一口含むと、早春の陽光にきらめく長崎の海が広がった。

夏休みの記憶がよみがえる。母は毎年お盆休みになると、湘南の海に連れて行ってくれた。色とりどりのパラソルに、多くの家族連れで賑わうビーチ……いつも二人きりだった。母と砂山を作ってシャベルでトンネルを掘り、疲れると海の家でラムネやたこ焼きを買って食べた。自分は泳げないくせに、娘に赤いビキニを着せて、波打ち際に連れて行った。「大丈夫よ、見ててあげるから」そう言ってほほえむ母のサンドレスに描かれていたひまわりの柄を、今も覚えている。白いリボンのついた麦わら帽を斜めにかぶる母は、まだ十分に美しかった。

「ねえ、お母さんはどうして再婚しなかったの？」

今度は春子が首をかしげた。

「そうね、どうしてかしらね」

渡されたグラスに顔を近づけて香りを吸い込むと、春子はどこか遠くを見るような目をした。

「あなたは、とても手のかかる子だったのよ。五歳の時にお父さんが死んでから、毎日本当に大変だった。子供心にも、お父さんがいなくなったってことがわかるんでしょうね。冷蔵庫のものを全部引っ張り出してみたり、洗剤をぶちまけたり、トイレに自分のパジャマを突っ込んだり……ありとあらゆる悪戯《いたずら》をして私を困らせた。でもね、そんなあなたと必死で向き合っていた日々は……」

春子はそこで一旦言葉を切って、グラスを傾けた。

「これ、美味しいわね」

もう一口飲んで、ふうっと息を吐いた。

「いま思い返すと、充実した日々だったわ。あなたはいつも、私だけを見て、って全身で訴えていた。私はもう、いっぱいに満たされてたわ。あなたからの溢れんばかりの愛情でね」

冴木の言葉がよみがえった。人間は誰もが空っぽの器を持って生まれてくる。そして、その器が愛情でいっぱいに満たされた時に初めて、他の誰かに愛情を分けてあげられるようになるんじゃないか——

「ありがとう」

自然にそんな言葉がこぼれた。

「何言ってんの、気持ち悪いわね」

グラスに残った一センチほどのワインをあけると、悪戯をする子どものような目で美貴を見た。

「あなたはまだ四十にもなってないんだから、あきらめちゃダメよ。男の子の親離れなんてあっという間なんだから」

「お母さんは後悔してないの？」

「何を」

「再婚しなかったこと」

春子は声をあげて笑うと、空になったグラスを美貴に差し出した。

「私だって、まだまだあきらめちゃいないわよ」

グラスを満たしながら、そっと春子の顔を見た。父が四十三歳で他界したとき、母はまだ三十歳だった。大学へ出勤する途中、バスに乗ろうとしてステップをのぼっている時に突然倒れたと聞いている。若くして寡婦《かふ》となった母は、保険外交員をしながら女手一つで美貴を育てた。仕事をする中で、心動かされる出会いはなかったのだろうか。すべてを捨ててこの人と一緒になりたい、そんな出会いがあったかもしれない。それでも、この人は娘を選んだのだろう。女としての幸せより、母であることを優先した……。

亮輔が死んだとき、三十三歳。母と同じような年齢で夫を亡くした。けれど、母と同じ生き方ができるだろうか。秋田に行く理由は、冴木に二通の手紙を渡しに行くことだ。一通は冴木の母ゆきが武虎に宛てた手紙。もう一通は、武虎が書いた佐野牧師宛ての遺書だ。けれど、本当に目的はそれだけか……。

美貴はグラスに半分ほど残ったワインを一息に飲みほした。

「あなたがお酒に強いのは、お父さん譲りね」

頬を赤く染めた春子が笑った。グラスを持つ骨張った指に、傷だらけの結婚指輪がきらりと光った。

*

秋田駅に近づくと、窓外に群青色の海に血を撒き散らしたような夕焼けが広がった。逆さにした身体を磔《はりつけ》にされ、指の先に穴を開けて少しずつ血を搾り取られていったという殉教者たち。その犠牲の血に染まった長崎の海を思った。

冴木の官舎は、県警から五分ほど歩いた住宅街の一角にあった。コンクリート製の古い団地のような建物で、入居者が少ないのか、郵便受けは半分ほどしか名前が書かれていない。エレベーターを三階で降りると、すぐ右側に「冴木」と書かれた表札があった。入院中の病室を訪ねて以来、冴木に会うのは初めてだ。ドアベルを押す指が、ほんの少し震えた。

そっとベルを鳴らすと、少し間があって静かにドアが開いた。

「いらっしゃい」

いつもの柔らかな笑顔に迎えられ、一瞬、古い友人に再会した時のような安堵感を覚えた。なぜこの人と会うと、いつもこんなに穏やかで、そしてほんの少し寂しい気持ちになるのだろう。

廊下の突き当たりのドアを開けると、二十畳近くありそうな居間が広がった。冴木くらいの階級だと、妻や子を帯同して来る者が多いのだろう。家族用の部屋なのかもしれない。

「ずいぶん広いんですね」

「ひとり者には困ります」

居間のソファに腰を下ろすと、冴木が台所からコーヒーを運んできた。カップを置く長い指。横顔から首筋にかけての繊細なライン。写真で見た武虎の面影が重なった。コーヒーを勧めるゆったりとした仕草。ノクターンの流れる「とまり木」で、ローストしたコーヒー豆を挽くのが似合う気がした。出されたコーヒーを一口飲むと、苦みが立っていながら、最後にほんのりと甘さが漂う深い味わいだった。カップを置くと、冴木が笑みを湛えたまま聞いた。

「陸君はいくつになりましたか」

「もうすぐ四歳です。最近は、ほとんど熱も出さなくなりました」

「それは良かった」

「お体の調子はいかがですか」

「休養したせいか、前よりも元気になったような気がしています。最近は持病の偏頭痛も出なくなりました」

冴木の笑顔から視線をはずしてコーヒーカップに目を落とす。本題に入らなければならない。ただ世間話をしに来たわけではないことはわかっているはずだ。

「今日は、手紙を二通、持ってきました」

冴木は黙ってじっと美貴の目を見つめていた。冴木の複雑な視線を感じながら、美貴は鞄から茶封筒を取り出した。この中に入っている二通の手紙は、冴木の人生を根底から覆すことになる……震える指でゆきの手紙を冴木に差し出す。

「冴木さん。この手紙、覚えていらっしゃいますか」

「……ええ」

冴木は静かな声で答えた。読もうか読むまいか、何度も逡巡したに違いない、母親の手紙。

「あなたが収監中の武虎さんに持って行ったものです。お父様は読まれなかったようですが、どこにしまわれていたんですか？」

「写真立てに……母がずっと大切にしていた、看護師時代の写真が収められた写真立ての中に入っていました。父の死後、遺品を整理していて見つけました」

嵐の夜、うっかり切った指にハンカチを巻き付けてくれた冴木の繊細な指がよみがえった。茶封筒から、もう一通を取り出す。

「もう一つは、武虎さんが書いた遺書です。武虎さんの教誨を担当していた牧師さん宛てに書かれています。最近、遺品の中から見つかったものを竜哉さんと結子さんが託してくれました。どちらも、読まれるかどうかは冴木さんにおまかせします」

冴木は美貴の目を無言で見つめた。抗議か、あるいは諦観《ていかん》か。何かを問うようなわずかな揺れがあった。

「二つとも、今読ませて頂いていいでしょうか」

結果がどのようなことになろうとも、引き受ける覚悟だった。美貴はゆっくりとうなずいた。

どれほどの時間が経っただろう。美貴は冴木が落ち着いて読めるように、文庫本を開くふりをした。目は文字の表面を素通りするだけだったが、形だけ十ページほど読み進めたところで、大きな息をつくのが聞こえた。冴木が両手を組み、深く頭を垂れていた。一心に祈っているかのようで、声をかけることをためらった。

やがて冴木は顔を上げると、かすれた声でつぶやいた。

「僕は……」

両方の瞳が濡れていた。もう一度深く息を吸ってから、思い切ったように口を開いた。

「僕は、ずっと憎んできたんです。僕から母を奪い去った男のことを。手紙を渡しても、母のことを思い出しもしなかったあんな男、殺されて当然だと思っていた。それなのに、今になってこんな……残酷だ」

「あなたは竜哉さんや結子さんから、父親の武虎さんを奪った。そして、息子の大河君も……。あなたが憎しみに身をまかせて願ったことが、どれほど多くの人生を踏みにじったか。残された家族が、これまでどれほどの苦しみに耐えてこなければならなかったか、あなたにはわかりますか」

止められなかった。今まで言いたくても言えなかったことが、堰《せき》を切って溢れ出した。

「それなのにあなたは、今さら真実を知らされることは残酷だという。それ以上にずっとむごいことを、あなたはしてきたんです」

「わかっています。僕は罪深い人間だ。これまでずっと、これは母の復讐だ、正しいことなんだと自分に言い聞かせてきた。その一方で恐れてもいた。大河君の一件から相原事件が掘り起こされるのだけは避けなければと。あらゆる策を講じて、大河君の件と相原事件が結びつく可能性を封じようとした。でも大河君が亡くなった日、署に現れた結子さんを見てわかったんです。彼女は苦しみ抜いた人の顔をしていた。僕は何という罪深いことをしてしまったのかと……」

「なぜあの時、正直にすべてを話さなかったんですか。大河君の一件は、あなたが罪を償うチャンスだったのに」

「怖かったんです。すべてを失うのが。僕が優秀な警察官僚になるのは両親の夢でした。その思いを守りたかった」

「ずいぶん身勝手ですね」

自分でも驚くほど冷たい声が出た。

「あの火事の後、あなたは一体どこにいたんですか」

「……ポーランドに」

「ポーランド?」

「古い友人がいるんです。彼は同じ年に警察に入庁した同期で、四か月で辞めました。それからポーランドに渡って、ピアノを学びながら日本語のガイドをしています。彼に会った帰り、マイダネクという第二次大戦中にナチスがつくった強制収容所を見に行きました。アウシュビッツと同じ、ガス室を備えた絶滅収容所です。そこで三十万人以上が殺された。ユダヤ人が五万人、あとはポーランド人やロシア人、さまざまな国籍の人々です。ヒトラーの命を受けて、警察官僚がつくった施設です」

「なぜそんなところへ」

「見たいものがあったんです。かつてここを訪れたアメリカの精神科医が、壁一面に描かれた無数の蝶を見た、と著書に書いていた。彼女はその意味を考え続けた。そして二十五年経って、ようやく一つの結論に行きついた。死とは、さなぎから蝶が飛び立つようなもので、肉体という殻を脱ぎ捨てて別の自由な存在になることなのだ。残虐な死を前にした人々は、死に永遠の安らぎを重ねあわせたのだ、と。僕は、その蝶の絵を探しに行ったんです」

「……見つかったんですか」

「戦後七十四年を経ても、ガス室の天井には、ガス殺に使われたチクロンBという薬品の痕が、青々と残っていました。囚人バラックには五段になった木製の寝台がぎっしり並んでいた。壁には様々なものが描かれていた。名前やイニシャル、子どもの描いた稚拙な絵、細密画のような絵もありました。でも、どうしても蝶の絵を見つけることはできなかった。ただの一つもなかったんです。僕は疲れ切ってマイダネクを出た。すると、物売りの老人が寄ってきた。絵葉書を買ってくれ、という。僕が興味もないまま、老人の差し出す古びた絵葉書を眺めていると、老人が聞いてきたんです。お前はジャパニーズかと。そうだと答えると、『お前たちはナチスの仲間だ。残虐な国民だ』と言う。それは違う、今の日本人は平和を愛している、と答えた。すると、老人はにやりと笑って言ったんです。『お前の中にもヒトラーはいる』と……」

冴木は一度言葉を切って、まるで海の底から戻ってきたばかりのように、深々と息を吸い直した。

「そのポーランド人の男性は、マイダネクの生き残りでした。七歳の時に家族全員が捕えられ、両親と兄姉《きょうだい》四人を目の前で銃殺された」

「そんな……」

「人が人を殺すことが認められ、評価されるのは、戦争と死刑しかない。死刑は、殺しても良い命があるという論理の肯定に他ならない。人はいくらでも残酷になれる。マイダネクはそれを教えてくれた。僕は、僕の中のヒトラーに操られていた。あの日、容疑者リストの中に今井武虎の名前を見つけてから、僕はただ憎しみに囚われ、復讐だけを考えて生きてきた。憎むことは、僕という人間のすべてだったんです」

冴木は両腕を抱え、身体を丸めた。シャツに指が食い込み、深い皺を刻んだ。

「こんな人間が生きていてはいけない。生きているべき人間が殺されたのに、生きている価値のない人間が生きている。そんな馬鹿なことがあっていいのか。あの時死んでしまいたかった。今も、そう思う」

最後は消え入るような声だった。あの時……母親が飛び降りた三歳の時、自分も一緒に死んでしまいたかった。冴木はずっとそう思って生きてきたのだろう。目の前の冴木は、まるで少年のように泣いていた。肩を震わせ、嗚咽する。時折両手の間から、不規則に荒々しい吐息が漏れた。それは慟哭、と言うにふさわしい泣き方だった。

その時、美貴の中に荒々しい奔流《ほんりゅう》が巻きおこった。目の前の男の背中に手を回し、抱きしめてやりたい。滅茶苦茶に愛撫し、すべての苦悩を忘れさせてやりたい……その欲望はあまりにも強烈で、美貴の全身を嵐のように翻弄した。

しばし、目を閉じる。

衝動が過ぎ去るのを待って、二通の手紙を封筒におさめ、立ち上がった。

「生きてください」

静かに一礼し、冴木が顔を上げるのを待たずに玄関へと続く扉を開けた。

＊

秋田から「こまち」で五十分。角館の駅に着くと、真っ白な蔵が目に入った。「観光案内所」と書かれている。中で荷物を預けると、応対した案内係が雪の残る渓谷をぜひ見て行って欲しいと笑顔で言った。きめの細かい肌をした若い女性だった。「一度見たら、二度と忘れられない景色ですから」と熱心に勧める。渓谷までは車で片道二十分ほど。帰りの新幹線まで、まだ三時間弱ある。

駅前で客を降ろしたばかりの小型タクシーに乗り込んだ。

「抱返り《だきがえ》渓谷の入り口までお願いします」

運転手は無言でうなずき、ハンドブレーキを下ろした。


休日のせいか、行き交う車はまばらで、十五分足らずで着いた。目に痛いくらいの真っ青な空の下、遠くに赤い吊り橋がくっきりと浮かび上がっていた。運転手が、あの橋を渡って滝を見に行くといい、と教えてくれた。先ほど見た駅の温度計の表示は七度だった。標高が高いので、この辺りはもう少し気温が低いかもしれない。ダウンジャケットのファスナーを首元まで引き上げ、歩き出した。

みちのくの太陽は東京のそれよりずっと控えめで、まだ冬のなごりを残していた。少し行くと、裸の木々の間にエメラルドグリーンの水を湛えた川が見えた。深さによって微妙に色が違う。藍、瑠璃《るり》、群青、紺碧《こんぺき》、若草、翡翠《ひすい》……思いつく限りの「青」をあらわす言葉を並べてみる。今更ながら、古来日本人が培ってきた豊かな色彩感覚に驚かされる。水の色に目を奪われながら更に進むと、遠くに見えていた赤い吊り橋にたどり着いた。大正十五年に完成したという橋の名前は「神の岩橋」。旧神代村と旧白岩村から一字ずつとって名づけられたのだという。橋の上からは山里の風景が一望できた。日本人なら誰もが「ふるさと」という言葉を思い浮かべるような情景。橋の向こうから子どものにぎやかな声が聞こえてくる。

「お魚さん、いるかな」

「そんなの見えるわけないじゃん」

「お父さん、お魚いるよね」

「いるかな。お父さん目が悪いからな」

「ねえ、お母さん、いるでしょ」

五、六歳だろうか。両耳の上で二つに結わえた髪に赤いリボンを結んだ女の子と、少し年上の男の子。両親が二人を挟んで歩いている。

今井家と重なった。失われた家族の情景……胸が締めつけられた。

三人を並べて写真を撮ろうとしている父親に、声をかけた。

「良かったら、お撮りしましょうか」

「え、ホントですか。すみません」

父親が照れたようにカメラを手渡す。

「ここ、この銀色のボタン、押して下さい。あ、半押しするとピントが合うんで、それからカシャッと……」

美貴がカメラを構えると、四人そろってピースサインを作った。笑いたいような、泣きたいような気持ちになる。美貴は角度を変えて、何枚もシャッターを切った。

「ありがとうございます。ほら、お前たちもちゃんとお礼言いなさい」

父親に促され、兄妹がぺこんと頭を下げる。遠ざかる四人の姿を見送りながら、橋を渡った。「滝まで歩いて二十分」という大きな立て札の前で老夫婦とすれ違ったが、あとは誰とも行き合わなかった。静けさを味わいながら、ごつごつした石の転がる道を一歩一歩ゆっくりと踏みしめる。

やがて道は暗いトンネルに吸い込まれた。入口にオレンジ色のぼんやりしたランプがともっているが、トンネルは意外に長く、闇は徐々にその濃さを増し、ついに足元すら見えなくなった。右も左もわからない真っ暗闇のなか、誰かが背後から自分を呼んでいる……そんな錯覚にとらわれ、美貴は突然言いようのない恐怖に駆られた。叫び出したくなるほどの恐怖だった。足元を確かめながら無心に歩を進めていると、ようやく前方にほのかな光が見えた。美貴は光に向かってトンネルを走り抜けると、脱力してその場に座り込んだ。真の暗闇とは、こんなにも怖いものだったのか。人間に刷り込まれた本能的な恐怖。そのあとも、トンネルはいくつもいくつも続いた。そのたびに美貴は体を丸めて暗闇の中を走り抜けた。トンネルを抜けるたびに、時空を遡《さかのぼ》り、幼い子どもの自分に戻っていくような感覚を覚えた。

いくつめのトンネルを抜けた時だろう。小さな水の粒が額を濡らした。遅れて水音が聞こえてくる。何かに突き動かされるようにしてトンネルを走り出る。すると、突然目の前に滝が現れた。

壮麗な水の神殿、あるいは繊細に織り上げられた水のタペストリーとでも言えばいいのか。白い絹糸のような滝が細く、長く、急峻な岩壁を滴り落ちながら、滝壺へとつながっている。流麗で、優雅で、それでいて雄々しく、猛々《たけだけ》しく……水は滝壺から川を伝って、やがてエメラルドグリーンに輝く命の源へとつながっていく。

言葉もなく、ただその光景に圧倒された。顔にふりかかる水滴を払おうと頬に手をやったとき、その手が濡れているのに気づいた。涙はあとからあとから、尽きない泉のように溢れ出た。流れ落ちる涙をぬぐおうともせず、ただそこに立ち尽くしていた。

「駅までお願いします」

渓谷の入り口まで戻ると、客待ちをしていたタクシーに乗り込んだ。髪に白いものが混じり始めた運転手が無言でうなずく。浅黒い肌に無数の細かい皺が刻まれている。頬骨が突き出て眼窩《がんか》が落ちくぼんだ、日照りや風雪のあとが残る顔だった。運転手が慣れた手つきでギアを入れると、車は老いたロバのようにゆっくりと走り始めた。

「運転手さん、あの渓谷、どうして『だきがえり』って言うんですか」

不思議な地名だ。故事か神話からでもつけられたのだろうか。

「ああ、昔は道がせみゃくて、ひと一人やっと歩ける幅しかなかった。今だば広くなったども、昔、かみとしもからバタッと行き合った時に、お互いに抱きかかえてすれ違ったから、『抱返り渓谷』ってついたど」

抱きがえり……古来、人は狭い困難な道をゆくとき、お互いを抱きあって、体をこすり合わせるようにしてすれ違ったのだろう。どちらか一方が、もう一人を蹴り落として先に進む、そんな世の中にしてしまったのは誰か。「抱返り」という言葉は、困難な世を生きる先人たちの遺した教訓に違いない。人と人とが互いに抱きがえりながら行き来する……それこそが、この世界のあるべき姿なのだ、と。

「お客さん、角館初めてだが?」

「初めてです。今日は雪のせいか、観光客があまりいないみたいですね」

「んだ。まだ寒いからあんまり来てねな」

しばらく無言で車を走らせると、運転手はつぶやくように言った。

「雪はいい。とがったもんもつまんないもんも、まぁるくまぁるく、してくれる」

ところどころ雪が溶けた場所に、厳しい冬を耐えた畑の痩せた土がのぞいていた。

「五月には桜が咲くから、その頃また来てけれ」

「はい、必ず」

体の深いところに灯ったあたたかい光が、体全体にゆっくりと広がっていくのを感じていた。

*

陸と夕方の散歩に出かけた。家から一番近い公園をめざす。陸には新たにお供ができた。

「コタロー、ダメだよ。ひも噛んじゃ！」

漢字で「虎太郎」。いつもデン、と構えているパグにぴったりの名前だ。散歩に疲れたのか、座り込んで引き綱を噛み始めてしまった。おととしの秋、町田南署に連れてこられたパグだ。春子の協力を取りつけ、持ち主が現れなかったら引き取る、という約束をようやく実現した。その間、庭師の萩原さんが面倒を見てくれていたのだ。今年、ついに町田南署の庭が潰されることになった。跡地は留置場になるのだという。萩原さんも署を去った。退職前、挨拶に訪れた美貴に、萩原さんがそっと教えてくれた。大河が転落死した件で、新たに目撃者が見つかったという。どこに情報源を持っているのか、萩原さんは署の内部事情に詳しかった。当日、犬の散歩をしていた目撃者の男性は、屋上に少年がもう一人立っているのを見た、と話しているという。少年を止められなかったことに動揺し、逡《しゅん》巡《じゅん》しているうちに別の男性が現場に現われて通報していたので、その場を離れたらしい。どこまで真相究明の役に立つかはわからないが、それによって瑠伽の話に信憑性が増したことは確かだ。少なくとも、子どもの虚言や妄想の類《たぐい》では片づけられなくなった。

一人暮らしの萩原さんとは、その後も交流が続いている。今日はこのあと、萩原さんの家の近くで一緒に夕飯を食べることになっている。犬連れオーケーのイタリアン。萩原さんが、手に入れたばかりの新しいスマホで調べてくれたのだ。春子に声をかけると、「知らないおじいちゃんとじゃ、息が詰まるしねぇ」と眉根を寄せてみせたが、これは単なる照れ隠しで、陸は「絶対に来る」と踏んでいる。

「コタロー、だめ!」

陸が虎太郎に奪われた引き綱を取り戻そうと躍起になっている。ペンキの剝がれかけたベンチにも、少し傾いたブランコにも、あたたかい光が惜しみなく降り注いでいる。両手を広げて深々と息を吸い込む。陸が真似して短い腕を力いっぱい空にのばした。

「気持ちいいね、陸」

「ん!」

にっこり笑った顔……右側に小さなえくぼができる。黒目がちな一重まぶたの瞳に、さくらんぼのような小さな唇。陸は日増しに亮輔に似てくるようだ。

「あ、てぃんかーべる！」

陸が指さした先に、白い紋白蝶が飛んでいる。蝶は死者の霊がよみがえった姿なのだという。軽やかな羽ばたきを繰り返しながら、春の風を身にまとって悠々と飛んでいる。あんなふうに、自由になってみたい。嫉妬や欲望、虚栄心、怒り、憎しみ……すべての想念から解き放たれ、無重力の空を飛んでみたい。


『蝶がどこで眠るか、知っていますか』

冴木の問いかけがよみがえった。蝶はかすかに羽を震わせると、目の前の背の高い雑草の上にとまった。そのまま、葉の裏側にぶらさがる。しばらくすると、前羽がストンと落ちて後ろ羽に重なり、そのままじっと動かなくなった。陸が指先でそっと触れても、身じろぎ一つしない。

「ちょうちょさん、寝ちゃったね」

陸がささやくように言った。

ずっと考えていた。蝶の眠る場所。外敵から身を守るために、誰にも見つからない場所でひっそりと眠るのだと思っていた。まさかこんな、すぐそばにいたなんて。なぜ蝶は悪意に満ちたこの世界で、こんなにも無防備な姿をさらすのか。

『お前の中にもヒトラーはいる』

マイダネクの老人は言った。いくら隠れても逃れようとしても、悪意は向こうからやってくる。悪意は、自らの裡にも潜んでいる。ならばありのままの姿で、ただそこにあればいい——

一陣の風が吹いて、陸の頭のてっぺんに薄いピンク色の花びらが舞い降りた。どこかでもう、桜が咲いているようだ。見上げると、芽吹き始めた枝先に、一日の最後の光が淡くにじんでいた。

＊

「それでは、米山君の『アングル』での活躍を祈って、かんぱ〜い！」

日曜日の昼下がり。晶のたっての希望で、美貴の自宅で米山の歓迎会が開かれた。「しょんべんくさいのが恋しくなった」とかで、先ほどから陸と床を転げまわっている。実は無類の子ども好きらしい。

「それにしても良かったの？　こんな低予算番組に来ちゃって。せっかく一課担だったのに。夢だったんでしょ？」

グラスにビールを注ぎながら聞くと、米山は憤然と立ち上がった。

「何言ってんすか！　俺、美貴さんの番組見て、マジで感動したんです。美貴さん、絶対に相原事件の続編作りましょう！　人手とか予算とか、関係ないです。二人でやれば、今度こそ真犯人挙げられますよ！」

「やだぁ、その青臭い感じ、超好みぃ。ねぇねぇ、今度デートしない？」

陸と組んずほぐれつしながら晶が嬌声を上げると、欣二郎が割って入った。

「お前、カメラできるそうじゃないか」

「あ、はい。自主映画サークルで撮ってました」

「来月、二週間ほど休ませてもらうから、その間頼んだぞ」

「え？　欣さん、もしかして」

美貴が振り返る。

「ああ、バカ息子がアメリカの大学にうかっちまいやがった」

「すごい、おめでとうございます！」

美貴が軽くグラスを合わせると、欣二郎が照れたように笑った。

「おい、美貴、お前も代休たまりすぎだ。人事部から警告あったぞ。ちゃんと休みとれ」

「ちょっと庄司ちゃん、最近管理職っぽくなってきたんじゃな～い。やっぱり、あれ？新米ディレクターが来て、やる気満々って感じ？」

陸を膝にのせた晶が人差し指をくるくる回しながらまぜっかえす。

「ってカンジ～？」

陸の口真似がそっくりなので、笑いが起きる。

「こら坊主、マネするな」

陸にしかめ面を作って見せながら、庄司がまんざらでもなさそうな口調で言う。美貴の企画の視聴率が良く、さらに外部委託に比べて製作費が抑えられたことから、編成が「社員を一人増やすから、自社制作率を上げろ」と言ってきたのだった。

「それより晶、おまえ料理うまいだろ。たまにはメシでも作りに来てくれよ」

「やだぁ〜、庄司ちゃん、野菜食べないじゃない。メニュー考えるの、めんどくさいもん」

「庄司さん、奥さん出てっちゃって大変なんすよ。食べ盛りの息子さん二人いるし」

ＡＤの田中がみんなに聞こえるようなひそひそ声で言う。

「そういえば、お前ら似合いだな」

欣二郎がまじめな顔で言う。

「勘弁してくださいよ〜！」

晶と庄司が同時に抗議の声を上げた。

「息もぴったりじゃないか」

「悪い冗談はよしてくださいって。おい、それより美貴、醬油あるか？」

庄司が話題を変えようと、米山に買って来させた『どんまる亭』の包みを乱暴な手つきで開けている。

「は〜い、ただ今」

笑いをこらえながら台所に入る。開いた窓から一陣の風が吹きこみ、小さな紋白蝶が紛れこんできた。そのまま居間の方へ、軽やかに飛んでいく。

「ちょうちょ！　ねえ、ママ、ちょうちょよ！　かわいいかわいいわね」

陸のしゃべり方が晶に似てきた気がする。かわいい「わね」じゃないでしょ、とたしなめながら、庄司に醬油差しを渡す。

「じゃあ、部長。来週のゴールデンウィーク、お休みいただきます」

「お前、休み取る時だけ『部長』とか言うなよな。どっか行くのか」

「ちょっと、秋田まで……」

「出た、秋田！」

晶が頓狂な声を出す。

「Pity is akin to love だわねぇ〜。カレシと北国の遅い春を満喫していらっしゃ〜い」

両腕を抱えて、唇を突き出しながら言う。

「もう、そんなんじゃありませんったら。まだ陸とお花見してないんです。だから桜を追いかけて北上しようかと……」

「あきら、ちょうちょよ！」

ビール缶の上にとまった紋白蝶を陸が指さす。晶がそっと近づき、親指と人差し指で器用に羽をつまんだ。

「東京で羽ばたいた蝶は、秋田で嵐を起こせるか」

「あんだ、それ?」

口いっぱいにご飯を頬張った庄司が聞く。

「東京で蝶が羽ばたいた振動によって、秋田で嵐が巻き起こる……つまり、ささいな出来事がきっかけとなって、想像以上に大きな出来事が起こることの例えよ。『バタフライ・シンドローム』って言うの」

「あ、それ映画で見たことあります」

晶が指を放すと、蝶は窓の方に向かってふらふらと飛んで行った。

「つまり、風が吹けば桶屋《おけや》がもうかる、ってやつだな」

欣二郎が言うと、晶が唇をとがらせた。

「もぉ～、そんなダサいのと一緒にしないでよ。これはカオス理論って言ってね……」

「お前の存在こそがカオスだろ」

庄司が割り込み、みんなが笑う。

「お～い美貴、ビールがないぞ!」

庄司が大声で呼ぶ。

「はいはい、いま買ってきますね」

苦笑いしながら、エプロンをはずして玄関に向かう。ジャンパーを羽織り、下駄箱の上から財布と二通の封書を取ってポケットに入れた。

「美貴さん」

振り返ると、米山が立っていた。

「どしたの?」

「美貴さんだけに伝えとこうと思って……瑠伽君の父親、今別件で調べ入ってるらしいっすよ」

「別件?」

「また例の癖《へき》が出たんじゃないすかね……あれは病気ですから」

確かに、小児性愛の犯罪者を治療するのには、長い時間がかかると聞いたことがある。厳罰化だけで再犯を防止することはできない。

「アイツ、相当ビビリみたいだから、もしかしたら相原事件のほうもゲロっちゃったりするんじゃないすかね」

そうなってくれればいい。瑠伽の父親を救う唯一の方法は、きちんと精神科の治療を受けさせることだ。

「ママ!」

米山と入れ違いに、陸が居間から走り出てきた。

「これ、あったよ」

陸が小さなこぶしを開くと、帽子をかぶったどんぐりが出て来た。やわらかな日差しの中で、陸を肩車していた冴木の笑顔が浮かぶ。

「ありがとう、陸」

ポケットにしまうと、陸の頬に顔を寄せた。温めたミルクのようなほんのりと甘い匂い。この匂いも、いつかは消えてしまうのだろうか。

玄関を出ると、頬をなでる風が心地よかった。マンションのはす向かいにポストがある。一通は長崎の竜哉と結子に。その後の顚末《てんまつ》を書いた。もう一通は南條に。相原事件の真相、おそらく真犯人であろう瑠伽の父親のこと、冴木が組織を後ろ盾におこなったこと、すべてを包み隠さずに書いた。

二つの封筒をそっと差し込むと、ことん、と小さな音がした。ポケットのどんぐりを握りしめる。小さいけれど、確かな感触が伝わってきた。

今頃は、秋田にも桜が咲いているだろうか。あの渓谷に桜を見に行こう。両手を広げ、胸いっぱいに春の香りを吸い込んだ。

終章　贖罪

「佐野先生

私のような者の教誨を長きにわたってお引き受けくださり、誠にありがとうございました。先生から主イエスキリストの教えを施していただき、私はようやく人生というものと本当に向き合うことができたような気がしています。先生のお導きのおかげと、深く感謝しております。

今日、一人の青年が面会に来て、手紙を差し入れてくれました。三十年以上も前に書かれた、投函されないままの手紙です。どこに保管してあったのか、きれいな状態に保たれていました。手紙を書いたのは青年の母親です。女性は私が若かった頃、恋い焦がれたひとでした。

彼女とは大学のピアノサークルで知り合い、私が旭川《あさひかわ》、彼女が富良野《ふらの》と、同じ北海道出身だったことから、すぐに意気投合し、交際が始まりました。卒業後、僕が就職した銀行で名古屋支店に配属になり、彼女が東京の看護学校に入り直したこともあって、自然に疎遠になりましたが、一度だけ、卒業して何年かした頃、彼女から連絡がきて会ったことがあるのです。

彼女は、もうすぐ式を挙げることになっている婚約者がいるのだが、とても厳格な警察官僚で、結婚後も看護師の仕事を続けたいと言ったら叱られた、というようなことを話しました。慰めようと肩に触れたらひどく痛がったので、私は彼女を自分のアパートに連れ帰り、無理やりカーディガンを脱がせました。すると、袖なしのブラウスの肩から上腕部にかけて、青黒いあざが浮かんでいたのです。私は「そんな男とは別れろ」と言って憤り、泣き続ける彼女とその晩、無理矢理関係を持ってしまったのです。彼女の腕に浮かんだどす黒いあざを目にするたび、私の中に芽生えた何かが荒れ狂いました。彼女が嫌がって暴れれば暴れるほど、私は凶暴になり、獰猛な獣のように彼女を蹂躙《じゅうりん》したのでした。当時三十二歳だった私は、ただ右から左に金を動かす銀行の仕事に疲弊《ひへい》していて、このまま続けるべきかどうか悩んでいました。突然現れた彼女に青春時代の輝きを見出《みいだ》す一方で、痛々しい彼女の姿が自分自身に重なり、やりきれない気持ちをぶつけていたのかもしれません。

その後しばらくして、彼女から結婚と転居を知らせるはがきが届きました。幸せそうな文面だったので、私にとってその晩のことは、昔の恋人との一夜限りのあやまち……そんな淡い思い出になっていたのです。ですから、その手紙を届けてくれた青年が、まさか自分の息子だなどということは、まったく想像もつかないことでした。彼が届けてくれたのは、彼女が自殺直前に私に宛てて書いた手紙でした。封筒には私の名前以外何も書かれておらず、結局投函されることはなかったのです。

再会から三、四年が過ぎた頃、どうやって知ったのか、彼女が私の経営する喫茶店にふらりとやって来ました。今振り返ってみると、思い詰めたような目をしていました。カウンターに座って珈琲《コーヒー》を静かに飲んでいましたが、何か話したがっている様子でした。私はちょうどその頃、退職金をつぎこんで喫茶店を開き、そこで働いてくれていた直美と結婚したばかりでした。恥に満ちたあの晩のことが思い出され、それに、彼女に対していくばくかの未練もあったのでしょう。買い物に出ていた妻の直美が戻ってくると、私はさっさと彼女が飲み終えたカップを片づけ、わざと冷たい態度をとって店から追い出したのです。彼女とは、それきりでした。いくら悔やんでも悔やみきれません。なぜ彼女ときちんと向き合おうとしなかったのか。そんなにも彼女が苦しんでいるとは知らず、それどころか、私は彼女が自ら死を選んだことすら知らずに、これまで生きてきたのです。

息子の竜哉が生まれて四歳になったとき、ようやく妻が次の子供を身ごもりました。彼女は妊娠しづらい体質で、竜哉を授かったのも、結婚から七年も経ってからのことでした。

夜中に突然腹痛を訴えた妻を車で病院に運ぶ途中、汗ですべるハンドルを握りしめながら、あの晩のことを考えていました。どうしてなのか、自分でもよくわかりません。

病院に着いて、妻が流産したと知らされました。車のシートは妻の流した血で真っ赤に染まっていた。それを拭きながら、激しく自分を責めました。妻の一大事に、自分は別の女性との情事を思い返していた。苦しむ妻に声をかけることもなく、ただ自分のみだらな想念にふけっていたのです。

妻は流産のショックで自宅に引きこもるようになり、精神安定剤が手放せなくなりました。息子の幼稚園の送り迎えも、日々の買い物にも行くことができず、ただ床に臥《ふ》せっては泣いているだけの日々……抜け殻のようになってしまった妻をどう扱ったらいいのか、私自身、子育てと家事と店を抱えて途方に暮れていました。そんなときに出会ったのが結子です。結子がうちに来てからというもの、妻は人が変わったように明るくなりました。実は、流産した赤ちゃんは女の子だったのだと、あとから教えてくれました。女性というのは強いものですね。女の子を待望していた私が悲しむと思い、ずっと黙っていたのだそうです。

取り調べの中で、何度か車の座席シートから検出された血液のことを聞かれましたが、妻の流産のことを話す気にはなれませんでした。話せば、警察は妻にも同じことを聞くに違いありません。何よりも結子にだけは、流産のことを知られたくなかった。結子は、生まれてくることができなかった娘の身代わりではない。結子は結子だから、私たちは愛したのです。そのことに一分の疑いも抱いてほしくはなかった。それによって、私の嫌疑は一層深まることになってしまったのかもしれません。でも、そんなことは、もうどうでもいいのです。私たちは、結子を愛している。大切なのはただ一つ、そのことだけです。

今になって、私はようやくわかったのです。なぜ自分が、無実の罪に問われることになったのか。私が実際に事件に関わったかどうかは、もはや今となっては問題ではありません。私が一人の人間にここまでの憎しみを抱かせてしまったこと、それこそが私の罪なのです。彼には、自分が父親だと名乗ることもできないまま、たった一人の大切な母親すらも、自殺というかたちで奪い去ってしまいました。唯一の救いは、彼が、私が実の父親であることを知らずにすんだことでした。なぜ彼は母親の手紙を読まなかったのでしょう。母を、母としてそっとしておきたかった……その心情を思ったとき、私は自分の罪深さを知りました。

過去に自らが犯した罪が、今につながっている。今となっては、自分は無実だと騒ぎ立てず、むしろ自分の罪を受け入れ、償いたいと思っています。竜哉と結子は結婚して、幼い息子も生まれました。「大河」と名づけたそうです。武虎の「虎」、タイガーからとったのだとか……先日、四つになった大河を連れて会いに来てくれました。結子によく似た、色白で目のすっきりした可愛い男の子でした。大河と遊んでやれなかったことが、唯一の心残りです。妻には事件以来、苦労をさせてばかりです。私亡きあと、直美には誰よりも幸せになってほしいと願っています。

お迎えが来ましたら、遺品は先生の手で処分していただければ幸いです。家族には、何があっても君たちを愛している、とお伝えください。最後までご迷惑をおかけして申し訳ございません。いままでお導きいただき、本当にありがとうございました。

先生の御上に、神様のご加護がありますように。

今井武虎」

〈了〉

参考文献

『つくられる偽りの記憶　あなたの思い出は本物か？』（越智啓太・著　化学同人）

水野　梓（みずの・あずさ）
東京都出身。報道記者。早稲田大学第一文学部・オレゴン大学ジャーナリズム学部卒業。警視庁や皇室、原子力などを取材、社会部デスクを経て、中国総局特派員、国際部デスク。ドキュメンタリー番組のディレクター・プロデューサー、新聞社で医療、社会保障、教育分野の編集委員、夕方のニュース番組のデスク。現在、経済部デスクとして財務省や内閣府を中心に取材しながら、報道番組のキャスターを務める。本書が初の著書となる。

蝶の眠る場所

二〇二一年四月一二日　第一刷発行
二〇二一年六月二八日　第二刷

著　者　水野　梓
発行者　千葉　均
編　集　吉川健二郎
発行所　株式会社ポプラ社
〒一〇二-八五一九
東京都千代田区麹町四-二-六
一般書ホームページ　www.webasta.jp
組版・校閲　株式会社鷗来堂
印刷・製本　中央精版印刷株式会社

N.D.C.913/430P/20cm　ISBN 978-4-591-17002-1

P8008340